拾貝人

The Shell Collector

Anthony Doerr 安東尼·杜爾

施清真——譯

獻給蕭娜

目次

007 拾貝人
045 獵人之妻
085 祝你好運
117 長久以來，這是個葛莉賽達的故事
141 七月四日大贏家
159 守望者
213 瑞匹德河畔的一團亂線
227 Mkondo
269 獻詞

拾貝人

拾貝人正在刷洗水槽裡的帽貝，這時，他聽到水上計程車噗噗啪啪地駛過沙洲。他聽在耳裡，心頭一緊——汽船的船殼輾刮手指珊瑚的萼柱和管珊瑚的細管，撕裂軟珊瑚的花環和苔球。汽船也傷及海貝：榧螺、骨螺和蛾螺被打了洞，密紋泡螺和巴比倫捲管螺被穿了孔。這不是第一次眾人試圖找上門。

他聽到他們嘩啦嘩啦地踏上岸邊，計程車駛回拉穆市，引擎聲漸漸遠去，他們輕輕敲門，門口傳來平板單調的聲響，他的德國牧羊犬圖麥尼蹲伏在他的小床下方，低聲嗚嗚叫，他把一個帽貝扔進水槽，擦乾雙手，不情不願地過去跟他們打招呼。

這兩位體重超標，來自紐約的小報記者都叫做「吉姆」，握起手來濕滑溫熱。他幫他們倒了香料熱茶。兩位吉姆占據了廚房大半空間，著實令人訝異。他們說他們來此撰寫一篇關於他的專訪：他們只待兩夜，而且願意支付一筆優渥的費用。美金一萬元可以嗎？拾貝人從襯衫口袋裡揪出一個蟹守螺，擺在指間把玩。他們問起他的童年：他小時候是否果真射殺馴鹿？他豈非需要好眼力才辦得到？

他據實答覆。這一切似乎突如其來，感覺怪異，不怎麼真實。這兩位壯碩的吉姆怎麼可能當真坐在他桌旁、問他這些問題、抱怨死掉的貝類發出惡臭？最後他們終於問起芋螺、芋螺毒素的威力、多少人已經登門造訪。他們沒有問起他的兒子。

整晚悶熱。沙洲遠處，一道道閃光劃破天際。他在他的小床上聽到茅蟻盡情咬嚙兩位壯碩的吉姆，也聽到兩人爬進睡袋。天亮之前，他叫他們甩一甩鞋子，以防鞋裡藏著毒蠍，當他們依言照辦，一隻毒蠍果然搖搖晃晃地爬出。蠍子悄悄滑到冰箱下方，發出輕微的刮搔聲。

他拿起他的拾集桶，幫圖麥尼繫上頸鍊，圖麥尼領他們沿著小路前進，走向沙洲。空中飄散著閃電的氣味。兩位吉姆氣喘吁吁地跟上。他們對他說，閣下的行動如此迅速，眞是令人佩服。

「爲什麼？」

「嗯，」他們喃喃說，「你的眼睛看不見，這條小路不好走，還有這些尖刺。」

他聽到遠方的拉穆市傳來宣禮師高亢的聲響，宣禮師透過揚聲器，召喚信徒們做禮拜。「齋戒月，」他告訴兩位吉姆。「太陽還未下山時，民眾不吃東西，只喝香料熱茶。大家現在進食了。如果兩位願意，我們今晚可以出去吃飯，民眾會在街上烤肉。」

到了中午，他們已經涉水行進一公里，踏上高聳圓弧的海礁。在他們後方，潟湖靜悄悄地起伏，在他們前方，低淺的海水濺起一朵朵浪花。潮水漸漸升高。圖麥尼的頸鍊已被解開，她氣喘吁吁，半個身子浸在海裡，站在有如蘑菇頂的岩石上。拾貝人蹲下，手指輕搓，微微顫動，在多沙的溝渠中摸尋海貝。他一把撈出一個旋螺，指尖刮過鋸齒狀的螺殼。「紡軸長旋螺。」他說。

當下一波海浪襲來，拾貝人不加思索地抬高他的桶子，以免桶子被海水掩沒。海浪一退，他馬上又把兩隻手臂深深埋進沙中，手指在海葵之間的小坑不停摸找，有時停頓片刻，試圖鑑定一叢腦珊瑚，有時急急追逐一隻挖洞脫逃的海蝸牛。

其中一位吉姆有副潛水面鏡，這會兒戴上面鏡觀測海底。「你看看這些藍色的小魚，」他驚歎。「你看看那種**藍色**。」

拾貝人當下心想，刺絲胞根本不在乎。就算已經死去，這些微小的針狀結構依然分泌出毒素——去年有個鄉下男孩被刺絲胞螫傷，那一小段觸鬚已被截斷了八天，男孩的雙腳依然腫了起來。有個傢伙被龍螣咬上一口，結果整個右半身浮腫，雙眼發黑，皮膚黑紫。多年之前，拾貝人的腳後跟被石頭魚咬上一口，結果毒素腐蝕皮膚，腳後跟變得平滑無比，毫無紋路。他已經多少次從圖麥尼的爪子裡擠出支離破碎，卻依然噴濺毒素的海膽尖刺？如果一隻橫紋海蛇溜到他們雙腳之間，沿著壯碩的大腿往上爬行，兩位吉姆將會如何？如果一隻獅子魚滑進他們衣領，兩位吉姆又該如何是好？

「你們來就是爲了看這個。」他大聲宣布，然後從坍塌的坑洞裡揪出一個芋螺。他翻轉芋螺，把平坦的尾端穩穩地擱在兩隻手指上。即使在這種狀況下，芋螺帶著毒素的吻部依然往前探索，試圖找到他。兩位吉姆聲勢浩大地涉水走來。

「這是一個殺手芋螺，」他說。「牠吃魚。」

「**這個**東西吃魚？」其中一位吉姆問道。「但牠比我的小拇指還小。」

「這個小東西，」拾貝人邊說，邊把芋螺扔進他的桶子，「齒間藏有十二種毒素。此時此地就能讓你癱瘓、讓你溺斃。」

一切都是因爲芋螺在拾貝人的廚房咬了那個罹患瘧疾、出生於西雅圖、信奉佛教、名叫南希的女子。芋螺從海裡爬到岸上，在椰樹下吃力行進一百公尺，穿越洋槐灌木叢，咬了南希，朝向門口逃去。

說不定這一切早在南希之前已見端倪，說不定這一切全都肇因於拾貝人自己，就像貝類的生成，由裡自外層層交疊，迴旋增長，繞著自身打轉，自始至終承受大海的風吹雨打，日漸消磨。

兩位吉姆說的沒錯：拾貝人確實曾經射殺馴鹿。當年他九歲，住在加拿大的白馬市，他父親經常帶著他坐上直升機，指示他倚著氣泡狀的艙頂往外看，冒著急驟的冰雹，拿起狙擊卡賓槍射殺生病的馴鹿。但後來他罹患脈絡膜缺失症，視網膜逐漸退化；一年之內，他的視力逐漸收窄，眼前散布著七彩光暈。到了十二歲，當他父親帶著他前往離家四千英里的佛羅里達州求助於專科醫師，他的視力已經退化到一片漆黑。

他進門，一手緊緊拉住他父親的皮帶，一手往前胡亂摸尋，推開想像中的障礙物，眼科醫師一看到他走進來，馬上知道這個男孩已經瞎了。醫師沒做檢查——還有什麼好檢查？——反而領著男孩走進辦公室，脫下男孩的鞋子，帶他從後門出去，沿著多沙的小徑行走，來到一處海灘。男孩從未見過大海，拚命試圖領略一切：模糊的白影是滔滔浪花，朦朧的黑線是漫過漲潮線的海草，暈黃的圓弧是太陽。醫師指引他看看海草球根，讓他把球根攏在手中壓碎，叫他用大拇指刮搔球根內裡。諸如此類的探奇不勝枚舉：一隻小小的馬蹄蟹在碎浪中攀上另一隻體型較大的同伴，一小群貽貝黏附在潮濕的岩石底側。但當他涉過深及腳踝的海水，腳趾頭不經意地踏到一個跟他大姆指指甲差不多大小的圓貝，他的一生才真正改觀。他從沙中挖出圓貝，手指輕撫柔滑的螺體和參差的殼口。他從來不曾握有如此細緻的東西。「那是鼠寶螺，」醫師說。「你找到一個漂亮的小東西。牠有褐色的斑點，基部的條紋顏色較深，好像老虎的斑紋。你看不見，是吧？」

但他看得見。他畢生從來沒有把一個東西看得這麼清楚。他伸出手指愛撫寶螺，輕輕翻轉。他從未摸過如此柔滑的東西，從未想像世間竟有如此細緻之物。他悄悄發問，聲音近似耳語：「誰**創造**了這個東西？」一星期之後，他的手中依然握著寶螺，直到他父親抱怨臭氣沖天，強自從他手裡撬出寶螺。

一夜之間，他的世界之中只有螺貝、貝類學和軟體動物學。在白馬市漆黑黯淡的冬日，他學習點字，郵購貝類圖書，雪融之後，他翻掘截截原木，搜尋林間大蝸牛。十六歲時，他一心只想探究他在《大堡礁奇景》等書籍所習知的沙洲，於是他離開白馬市，當起船員，乘船航經薩尼貝爾島[1]、聖露西亞[2]、巴丹群島[3]、可倫坡[4]、波拉波拉島[5]、凱恩斯[6]、蒙巴薩[7]、茉莉亞島[8]等熱帶島嶼，自此不再返鄉。世間已是一片模糊，他曬得棕黃，髮色變白。他的手指、他的感官、他的心緒——他的一切——全都沉迷於殼質的構造和螺殼的紋理，專注於斜面、棘刺、粗瘤、突緣、螺層，螺環、皺褶等演化原理。他學會如何辨識手中的螺貝：他將螺貝翻轉，螺貝輕輕一旋，他用手指研析牠的形狀，判定牠究竟屬於榧螺科、枇杷螺科，或是筍螺科。他回到佛羅里達州，拿到生物學的學士學位和軟體動物學的博士學位。他周遊赤道各國；在斐濟的街上迷路得一塌糊塗；在關島和塞席爾遭劫；他發現雙殼貝的新物種、象牙貝的新科目、一種新的織紋螺、一種新的鳥尾蛤。

寫了四本書、換了三隻導盲犬、生養了他那名叫賈許的兒子之後，他提前退休，離開教職，遷往赤道以南一百公里的肯亞。他那棟茅草覆頂的小屋坐落於一個小小的海洋公園，位居拉穆群島以北最偏遠的一隅。他五十八歲。終於意識到自己只能理解到這個地步，軟體動物學只會引發更多疑問，拖累了自己。他察覺自己從未理解千變萬化的螺貝世界：爲什麼是這種網格花紋？爲什麼有這些介殼、這些結瘤？從許多層面而言，無知終究是個福分：你拾獲一個螺貝、撫摸牠、欣賞牠，你說不出爲什麼，只能讚嘆牠怎會如此秀美。這一切多麼神祕、多麼令人心醉！

1 Sanibel Island，佛羅里達州西南方的渡假勝地。
2 St. Lucia，東加勒比海的熱帶島國。
3 Batan Islands，菲律賓觀光勝地。
4 Colombo，斯里蘭卡首都。
5 Bora Bora，大溪地西北方的小島。
6 Cairns，澳洲昆士蘭的主要城市，進出世界著名景點大堡礁的必經之地。
7 Mombasa，肯亞第二大城。
8 Moorea，大溪地西北方的小島。

每隔六小時，潮水破浪而來，在世間各處的沙灘留下一列列美麗的螺貝。他得以走向牠、對牠伸出雙手、將牠擺在指間把玩；他得以蒐羅一個個令人驚豔的螺貝、知曉牠們的名稱、把牠們擲進桶中；他的生命因而豐盈，也因而難以消受。

有些早晨，他行經瀉湖，圖曼尼在他跟前悠閒地踏水而行，他忽然有股衝動，幾乎不禁俯身敬拜。

兩年前，他的生命忽然出現一個意想不到的變化，事態曲折發展，有如螺旋般急轉直下，既是不可避免，也是難以捉摸，你若伸出大拇指摸摸角螺，探索牠的螺線，輕撫牠平坦的螺肋，摸著摸著，突然觸及凹凸不平的殼口，沒錯，就是那種感覺。他當時六十三歲，那天早晨，他到小屋後面的海灘走走，腳趾頭輕輕撥弄一隻蒼白的海參，忽然之間，圖麥尼大聲吠叫，往前飛奔，急急衝到海灘另一頭，頸鍊叮噹作響。拾貝人隨後追趕，結果追上了南希。南希中暑，語無倫次，穿著卡其布的休閒服在海灘上徘徊，好像從一架七四七客機墜落，自雲層跌到地面。他把她帶進屋裡，扶她躺在他的小床上，餵她喝些溫熱的香料奶茶。她顫抖得非常厲害；他用無線電呼叫卡必盧醫師，醫師乘船從拉穆市趕過來。

「她在發燒。」卡必盧醫師斷言。醫師潑了一些海水到她胸口，弄濕了她的罩衫和拾貝人的地板。當她漸漸退燒，醫師告辭離去。她睡了兩天兩夜，都沒醒。沒有人上門找她——無人來電，也無水上計程車載著慌張失措的美國人急急駛入潟湖四處搜尋——這倒讓拾貝人相當訝異。

一復原到有體力說話，她馬上講個不停。她滔滔傾訴令她心煩的私事，源源吐露她的隱私，頭頭是道講了半小時，這才坦承她拋家棄子，離開了先生和小孩。她說她光著身子在家裡的游泳池漂浮，忽然之間，她意識到她的生活——兩個孩子、三層樓的都鐸式樓房，奧迪休旅車——全都不是她想要的。當天她即刻離家。旅經開羅的途中，她遇見一個信奉佛教的男子，從他那裡識知「內靜」、「心境的安寧」等字眼。她正要前往坦尙尼亞跟他同居，不料途中感染了瘧疾。「但你瞧瞧！」她雙手一攤，興奮地說。「結果我來到了這裡！」好像這就一切底定。

拾貝人悉心照料，專心聆聽，幫她烤片吐司。她每三天就陷入寒顫與囈語的狀態。他跪在她身旁，徐徐在她胸口潑灑海水，一如卡必盧醫師先前的指示。

大多時候，她似乎沒事，喋喋不休地傾吐她的祕密。他以他自己的方式，默默地迷戀著她。在潟湖中，她呼喊他，他使盡全力穩穩地向她游去，讓她瞧瞧他這副六十三歲的身軀所能展現的泳姿。在廚房裡，他試圖幫她烹製煎餅，她格格輕笑，跟他保證煎餅可口極了。

後來有天午夜，她爬到他身上。他尙未全醒，兩人就做了愛。事後他聽到她啜泣。性事讓人落淚嗎？「妳想念妳的小孩。」他說。

「不。」她的臉埋在枕頭裡，話語模糊不清。「我再也不需要他們。我只需要平衡。心境的安寧。」

「說不定妳想念妳的家人，這很自然。」

她轉向他。「自然？你似乎不想念**你的**小孩。我看到一封封他寄來的信。我可沒看到你回覆任何一封。」

「嗯，他三十歲了……」他說。「而且我並沒有拋家棄子。」

「你沒有拋家棄子？這裡距離你家三兆萬英里！這是哪門子退休？沒有清水，沒有朋友。小蟲在浴缸裡爬來爬去。」

他不知道該說什麼：她究竟想要什麼？他出門拾集。

圖麥尼似乎慶幸得以泡泡海水、倘佯在月光下，說不定她只是慶幸躲開了她主人那個饒舌的訪客。他解開她的頸鍊；他涉水而行，她繞著他團團轉，鼻子緊挨著他的小腿。夜涼如水，清涼的海風吹拂著他們，微溫的潮水緩緩退去，慢慢滲過他們腿間。圖麥尼打水攀爬到岩石上歇息，他漫步，蹲下，手指埋入沙中，動手摸尋。一個大筍螺，一個白織紋螺，一個破損的骨螺，一個橄欖螺，這些來自海中的小小訪客行走於潮水沖刷的細礫之間，他一一鑑賞，把牠們放回先前尋獲牠們之處。快要天亮時，他尋獲兩個他叫不出名稱的芋螺，芋螺身長三英寸，大膽莽撞，正試圖大啖已被牠們咬得癱瘓的小熱帶魚。

過了幾小時，當他返家時，太陽已經暖暖地曬著他的頭和雙肩，他微笑地走進他的小屋，發現南希僵直地躺在他的小床上。她的額頭冰冷潮濕。他用指關節輕輕敲打她的胸骨，卻毫無反應。他測一測她的脈搏：二十，然後十八。他用無線電呼叫卡必盧醫師，醫師開著小艇駛過沙洲而來，跪到她身旁，在她耳邊低語。「瘧疾引發了離奇反應，」醫師喃喃說。「她的心臟幾乎沒有跳動。」

拾貝人在小屋裡踱步，撞上十年來從未移動的桌椅。最後他終於跪到廚房地上，並非祈禱，而是屈服於緊張與絕望。不明就裡、焦躁不安的圖曼尼誤以爲主人想跟她玩，於是一頭衝向他，把他撞得倒地。他躺在磁磚上，圖曼尼舔著他的臉頰，他伸手一摸，摸到一個芋螺，芋螺一寸寸地爬行，瞎子似地勇往直前，朝向門口前進。

有人曾經告訴拾貝人，在顯微鏡下，某類芋螺的細齒尖長銳利，有如透明的小刺刀，好像迷你冰怪的獠牙。吻部悄悄伸出，緩緩伸展，銳利的牙齒猛然冒出，被咬傷的受害者會迅速失去知覺，痲痺感如潮水般湧來。先是掌心冷得嚇人，接著額頭，然後是肩膀。寒意擴散到胸腔，你無法吞嚥，眼前一片模糊。全身灼燙。凍僵身亡。

「這事，」卡必盧醫師邊說，邊看了芋螺一眼，「我愛莫能助。我沒有抗毒血清，也沒有可以治療的藥物。我什麼都不能做。」他拿條毯子裹住南希，坐在她旁邊一張帆布椅上，用他的小刀削芒果吃。拾貝人把芋螺丟進他烹煮香料熱茶的小鍋，點火煮沸，用鋼針把芋螺叉出來。他把芋螺拿在手中，輕撫微熱的螺塔，摸摸迴旋的螺殼。

他如此守候了十小時，她也如此僵直了十小時。太陽下山，蝙蝠出外獵食，旭日東昇，蝙蝠吃得飽飽地飛回洞穴，就在此時，南希忽然奇蹟般醒過來，而且看來神采奕奕。

「那種經驗，」她一邊大聲宣布，一邊當著目瞪口呆的醫師面前坐起來，「眞是前所未有，不可思議。」她的神情好像剛剛看完某部長達十二小時、頗具催眠效果的卡通影片。她宣稱先前大海變爲寒冰，白雪飛旋飄落，繞著她身邊飛舞，而大海、雪花、結凍的天空，全都噗噗搏動。「搏動！」她高喊。「噓……！」她對著醫師和嚇呆了的拾貝人大叫。「這會兒還在搏動！噗啪！噗啪！」

她驚呼她的瘧疾、她的譫妄皆已不藥而癒。她已恢復平衡。「嗯，」拾貝人說，「妳當然不可能完全復原。」說是這麼說，他卻不是非常確定。她聞起來不一樣，好像消融的雪水、稀軟的泥漿、春季日漸鬆軟的冰河。她整個早上在潟湖裡游泳，高聲笑鬧，戲水玩樂。她吃下一整罐花生醬，在海灘上練習高踢腿，燒了一桌好菜，清掃小屋，扯著嗓門有一句沒一句地哼唱尼爾．戴蒙的歌曲。醫師不可置信地搖搖頭，駕著小艇離去；拾貝人坐在門廊上，聆聽遠方的大海與椰樹的聲響。

那天晚天又發生另一樁奇事：她哀求再讓芋螺咬上一口。她保證她會直接飛回家中與小孩團聚、早上立刻打電話給她先生、懇請先生的諒解，但他必須先讓神奇的芋螺再咬她一次。她雙膝跪地。她笨拙地抓住他的短褲。「求求你。」她哀求。她聞起來如此不同。

他拒絕。筋疲力盡、頭昏腦脹之餘，他叫了部水上計程車把她送往拉穆市，打發了她。

奇事並未就此告一段落。這會兒他生活的軌道有如螺旋般急轉直下，墜入深黑、迴旋的殼口。南希康復一星期之後，卡必盧醫師的小艇再度噗噗地駛過沙洲而來。醫師後面跟了其他人；拾貝人聽到四、五艘獨桅帆船的船殼橫掃珊瑚礁，也聽到人們跳下帆船，嘩啦嘩啦地把船拉到岸上。他的小屋很快就擠滿了人。他們踩踏擱在臺階上風乾的蛾螺，踐踏堆放在浴室旁的石鱉，圖麥尼躲到拾貝人的小床下，鼻口搭上前爪。

卡必盧醫師大聲宣告，一位宣禮師前來拜訪拾貝人。宣禮師任職於拉穆市歷史最悠久、規模最龐大的清眞寺，他的兄弟和妻舅們也隨同來訪。大家跟拾貝人問好，拾貝人跟他們握手致意——那是一雙雙造船人、捕魚人的手。

醫師解釋說宣禮師的女兒生了重病；她才八歲，感染了惡性瘧疾，而且病情轉劇，惡化爲醫師無法辨識的病毒。她的膚色已經變得如芥末籽般褐黃，一天嘔吐數次，而且一直掉頭髮。過去三天，她始終神智不清，精神亢奮，甚至撕裂自己的皮膚，家人不得不把她手腕綁在床頭板上。醫師說，這幾位男士希望拾貝人能像醫治那個美國女人一樣醫治她。他們願意付錢。

拾貝人感覺他們向他逼近。這些濱海地區的穆斯林身穿窸窣作響的坎祖袍，足踏吱吱嘎嘎的夾腳鞋，身上飄散著工作場所的惡臭，諸如鱸魚開膛破肚的腥味、肥料的異味、船殼的油漆味，人人往前一探，等著聽他回應。

「這眞是荒謬，」他說。「她會死。南希的狀況純屬僥倖，那不是一種療法。」

「我們什麼都試了。」醫師說。

「你們的要求非但不可能，」拾貝人又說了一次。「更可說是荒謬。簡直是瘋狂。」

眾人靜默。最後他正前方的那人終於開口，聽來刺耳，餘音嫋嫋。一日五回，他聽到這個聲音透過揚聲器顫搖顫而出，飄過拉穆市家家戶戶的屋頂，召喚人們做禮拜。「孩子的媽，」宣禮師說道，「還有我、我的兄弟、我兄弟的妻小、島上的居民，我們全都幫這個孩子禱告。我們禱告了好幾個月。有時，我覺得我們似乎始終在幫她祈禱。想不到今天醫師居然告訴我們，有個患了同樣病症的美國女人被一個海螺治好了。療法如此簡單！美極了，你說是嗎？一個海螺即可達到種種實驗室藥方無法獲致的效果。我們推論阿拉肯定出了力，構思出一個如此精煉的療法。你瞧瞧，我們周遭充滿神蹟，我們絕對不可忽視。」

拾貝人再度拒絕。「如果她才八歲，個子肯定很小。她的身體承受不了芋螺的毒性。南希可能一命嗚呼——她應當一命嗚呼。你女兒可能送命。」

宣禮師往前一步，雙手托住拾貝人的臉頰。「這些事情，」他吟誦地說。「難道不是怪異而奇妙的巧合？那個美國女人病癒康復，而我女兒剛好承受同樣的病痛？你在這裡、我也在這裡，而那些在你門外細砂上爬來爬去的小東西剛好藏著療方？」

拾貝人暫且不語。最後終於開口：「請你想像一條蛇，一條身懷劇毒的海蛇。那種毒素會讓身體腫到爆裂、心臟停止跳動，也會讓人痛得尖叫。這會兒你卻要求讓這條海蛇咬你的女兒？」

「你這麼說真是令人遺憾，」宣禮師背後傳來一個聲音。「我們非常遺憾聽到。」宣禮師的雙手依然托著拾貝人的臉頰。沉默了許久之後，拾貝人被推到一旁，他聽到眾人——或許是叔伯們——走向門外的洗滌槽，水花四濺，嘩啦作響。

「你們在那裡找不到芋螺。」他大喊。熱淚湧上他失明的眼眶。一群他看不見的男人糟蹋了他的家，感覺眞是怪異。

宣禮師繼續說：「我女兒是我唯一的孩子。少了她，我們家會非常空虛，再也不成一個家。」他捲著舌頭說出每個字句，串聯每個音節，聲音之中傳達出驚人的信念。拾貝人意識到宣禮師堅信海螺的咬嚙救得了他的愛女。

聲音絮絮不休：「你聽到我的兄弟們在你的後院喀噠喀噠地翻撿你的螺貝。他們已經無計可施。他們的甥女命在旦夕。若有必要，他們願意搬抬巨石、扯斷珊瑚、拿起鐵鏟翻掘細沙，直到尋獲他們想要尋獲的東西。當他們得手，他們當然可能也被咬傷。他們說不定會全身腫脹，一命嗚呼。他們或許……嗯，怎麼說來著？……痛得尖叫。他們不知道如何捕獲這類生物，也不知道怎麼控制牠們。」

他的聲音、他雙手托住拾貝人臉頰的那種感覺，全都恍若催眠。

「你希望發生這種事情嗎?」宣禮師繼續說。他的聲音嗚嗚嗡嗡,如同吟唱,彷彿是一首喃喃的詩歌。「你希望我的兄弟們也被咬傷嗎?」

「我只想一個人靜一靜。」

「是喔,」宣禮師說。「一個人靜一靜。你想要深居簡出、隱居、出家,隨便怎樣都行,但你得先幫我女兒找到一個芋螺,讓牠咬咬我的女兒。然後你就可以一個人靜一靜。」

退潮時分,拾貝人在宣禮師兄弟們的簇擁下,帶著圖麥尼涉水踏入沙洲。他翻轉石頭,雙手探進沙中搜尋,希望找到一個芋螺。每次匆匆按入鬆軟的砂中,或是摸到珊瑚礁中沙蟹看守的小洞,強烈的恐懼瞬即有如電流般流竄而下,令他的手指輕輕顫抖。紅磚芋螺、朦朧芋螺、殺手芋螺,誰曉得他會找到什麼?伺機而動的吻部,懷藏劇毒、虎視眈眈的銳齒。他花了一輩子試圖避開,這會兒卻孜孜地找尋。

他悄悄跟圖麥尼說:「我們必須找到一個小芋螺,愈小愈好。」圖麥尼似乎聽懂了,她挨著他的膝蓋涉水前進,水一變深就噗啪打水,但那幾個傢伙圍著他,人人向他靠攏,溼答答的坎祖袍濺起海水,對他投以非比尋常的強烈關注。

到了中午,他終於達成使命,找到一個非常微小,他暗自希望連對一隻家貓都起不了作用的紅磚芋螺。他把芋螺扔進裝了海水的馬克杯。

他們開船把他載到拉穆市，護送他來到宣禮師那棟鋪了大理石地磚的濱海華屋。他們帶著他走到屋子最裡頭，爬上鑄鐵的樓梯，經過一處潺潺的噴泉，來到小女孩的房間。他看到她的一隻手依然被綁著，手腕縛綑在床頭板上。她的手瘦小濡濕，他輕摸她的手背，感覺肌膚下的指骨有如一根根細弱的傘骨。他把馬克杯裡的海水潑灑到她掌中，一一闔起她的五指，包住那個小小的芋螺。芋螺似乎在她細緻的掌紋之間噗噗搏動，好像鳴雀胸中微小暗紅的心臟。他可以清楚地想像芋螺的吻部悄悄滑過虹吸管般的螺殼、尖細的唇齒探測她的肌膚、毒素慢慢滲入她的體內。

「那個小女孩，」他在一片沉默發問，「她叫做什麼？」

奇事更進一步地發展：那個叫做希瑪的小女孩好了起來。百分之百痊癒。接連十小時，她全身發冷，緊張僵直。拾貝人整晚站在窗邊，聆聽拉穆市種種聲響：騾馬踢踢躂躂沿著街道而行，夜鳥在右側某處的相思樹林嚶嚶鳴唱，鐵鎚叮叮噹噹敲打，遠處的浪花噗噗啪啪沖刷矗立在岸邊的電纜塔。清眞寺傳來吟誦的禱詞，他聽在耳裡，不禁心想自己是否已被眾人遺忘，小女孩是否已在幾小時前悄悄辭世，卻沒有人想到知會他一聲。說不定憤怒的群眾現正朝他聚攏，打算把他拖到街上，對他處以石刑，難道他不該承受一顆顆石頭的擊打？

但廚子們開始嘰嘰嘎嘎，咯咯輕笑。在女兒身邊蹲了一整晚的宣禮師高舉雙手，掌心向上，一臉祈願、快步走過。「烙餅，」他滔滔地、激動地說。「她要吃烙餅。」宣禮師親自送上塗滿芒果果醬的冷烙餅。

到了隔天，眾人皆知發生在宣禮師家中的奇蹟。消息不脛而走，有如珊瑚配子般蔓延增長，速度驚人；消息傳到外地，成了肯亞沿岸居民茶餘飯後閒聊的話題，而且持續了好一陣子。《每日國際報》在報尾刊載了這則消息，KBC電臺播出一段一分鐘的報導，簡短引述卡必盧醫師所言：「不，我不敢百分之百確信那樣行得通。但經過廣泛研究之後，我有信心……」

不到幾天，拾貝人的小屋成了朝聖者的聖地。他無時無刻都聽到獨桅帆船的引擎嗡嗡作響，或是小舟的划槳砰砰敲打，訪客們越過沙洲，踏入潟湖，人人似乎身患非治不可的疾病。痲瘋病人上門，還有耳朵發炎的孩童，拾貝人從廚房走到浴室，走著走著就撞上某個人。他收集的螺貝、他那堆刷洗乾淨的帽貝，全被小車載走。他收藏的一整組佛林達氏拳螺也不見蹤影。

十三歲大，早已習慣一人一狗日常作息的圖麥尼調適不佳。她向來不是一隻具有攻擊性的狗犬，這會兒更是動輒驚慌失措，小蟲、火蟻、石蟹，幾乎任何東西都足以嚇壞她。她對著緩緩上升的明月吠叫，一直叫到失去嗓音。她幾乎時時刻刻躲在拾貝人的小床下，一聞到病懨懨的陌生訪客就嗚嗚哀鳴，連聽到她的餐碗擱在廚房地磚上，她也提不起勁。

更糟的是，人們跟著拾貝人踏入潟湖，踩踏岩石或珊瑚的矮枝。一個焦躁的女人不小心碰到火珊瑚，痛得昏了過去，其他人以爲她因狂喜而昏厥，紛紛投身珊瑚叢，結果全身傷痕累累，低聲啜泣。即使夜晚時分，他試圖帶著圖麥尼偷偷沿著小徑前進，信徒們也從海灘上起身，緊緊跟隨——一雙雙他看不到的腳嘩啦嘩啦地踩過他身邊，一雙雙他看不到的手偷偷摸摸地詳查他的拾集桶。

拾貝人知道遲早會出事。他做了惡夢，他夢見自己看見一具屍體在碎浪中浮沉，中了毒的屍身浮腫鼓脹。有時他覺得整個大海變成一缸窩藏著成群惡徒的毒水。玉筋魚、火珊瑚、海蛇、螃蟹、僧帽水母、梭魚、魟魚、鯊魚、海膽——誰知道接下來哪一個惡毒的利齒會找上你、咬你的肌膚？

他暫停剝刷，找些其他事情做。他原本應當郵寄一批螺貝給大學——他已獲准每兩星期郵寄一箱螺貝到國外——但他在箱裡裝滿擱在櫥櫃裡或是用報紙包起來的蟹守螺和鸚鵡螺，個個都是舊物種。

訪客始終絡繹不絕。他幫他們烹煮香料熱茶，試圖客氣地解釋他手邊沒有芋螺。他也試圖讓他們了解，如果被咬，傷勢可能非常嚴重，甚至喪命。一個ＢＢＣ的記者來訪，一個香氣宜人、任職於《國際先驅論壇報》的女士也上門；他懇求他們報導芋螺的危險性，但他們對奇蹟比較感興趣，不太在乎螺貝；他們問他是否曾經試圖把芋螺貼在雙眼上，當他說沒有，他們聽來失望。

過了幾個月，沒有發生任何奇蹟，訪客的數目終於逐漸減少，圖麥尼悄悄從他的小床下溜出來，但人們依然搭乘水上計程車而來，要嘛是好奇的觀光客，要嘛是急躁易怒、沒錢看醫生的老人家。拾貝人擔心他們尾隨，所以依然沒有出外拾集。後來在每個月兩次以船隻傳送的郵件當中，他收到了賈許的來信。

賈許是拾貝人的兒子，在密西根州的卡拉馬祖擔任營隊協調員。賈許頗有乃母之風，兩人都是自命清高的濫好人（三十年來，賈許的母親始終幫拾貝人準備冷凍餐點，儲放在他的冰庫裡，即使兩人已經離異二十六年。）十歲大的時候，他在他母親的後院栽種節瓜，然後逐一分送到彼得斯堡市的愛心廚房。他走到哪裡都隨手撿拾垃圾，自行攜帶購物袋上超市，每個月寄一封航空郵簡到拉穆市，信中半數點字充滿驚嘆號，但缺乏任何實質意義：嗨、爸爸！密西根一切好極了！我猜肯亞一定陽光普照！勞動節快樂！好愛你喔！

但這個月的信不一樣。

親愛的爸爸！信中說道，

……我加入和平志工團！我將在烏干達服務三年！喔、你猜怎麼著？我打算先過來跟你住！我在報上讀到你始終致力的奇蹟—連這裡的報紙都提了。「人道救援」雜誌也引介了你！我真以你為榮！再見囉！

過了六個早晨，賈許搭乘水上計程車，撲通撲通地走進小屋，一進門立刻質問爲什麼沒有趕緊協助那些聚集在屋後陰暗處的病人。「老天爺啊！」他一邊驚呼，一邊在手臂上塗抹防曬油。「這些人全都**受苦受難**！這些可憐的孤兒！」他蹲到三個吉庫尤族的小男孩面前。「他們滿臉都是小蒼蠅！」

跟他兒子同處一個屋簷下，聽著他兒子拉開一個個帆布袋的拉鍊，無意間在水槽上摸到他兒子的刮鬍刀，感覺眞奇怪。拾貝人聽著賈許輕聲責難（「你餵你的狗**吃蝦子**？」）、咕嚕咕嚕喝下木瓜汁、刷洗鍋具、擦拭櫃檯——這個在他家裡的小夥子是誰？他打哪裡來？

拾貝人始終懷疑自己一點都不了解兒子。賈許由他母親帶大，小時候偏好棒球，而非海灘，對烹飪的興趣也高過貝類。如今他年屆三十，他似乎如此精力勃勃、如此心地良善、如此……愚蠢。他像是一隻黃金獵犬，叼回物品，伸吐軟趴趴的舌頭，大口喘氣，一心只想取悅眾人。他用了兩天份的清水幫吉庫尤族的男孩們洗澡。他花了七十肯亞先令買了一個其實只值七先令的瓊麻籃子。他堅持訪客們帶著愛心包裹上路，包裹裡擱放芭蕉或是配茶的小點心，件件用報紙包起來，還繫上紗線。

「爸，別擔心，」有天傍晚他坐在桌邊大聲說。他已經待了一星期，每晚都邀請生了病的陌生人一起吃飯，今晚的客人是個半身癱瘓的女孩和女孩的母親。賈許把一團團咖哩馬鈴薯舀到她們盤中。「你負擔得起。」拾貝人什麼都沒說。他能說什麼？賈許是他的骨肉；這個三十歲的濫好人是他的一部分，由他自己螺旋交疊的DNA源生而出。

他只能忍受賈許到某個程度，況且他生怕有人跟隨，致使他不敢拾集，因此他帶著圖麥尼溜出家門，一人一狗在島上陰涼的小樹林、多沙的平地、炎熱的灌木林間散步。他非但沒有走向海邊，反倒遠離大海而行，感覺眞奇怪。他攀爬狹窄的小徑，行走於從不休止的蟬鳴聲中，他的襯衫被棘刺刮破，皮膚被蚊蟲咬傷，手杖卡在難以辨明的物品之間：那是柵欄的木柱，還是一棵樹？過不了多久，這些戶外步行變得愈來愈短促：他不時聽到灌木林間沙沙作響，可能是蛇，也可能是野狗——誰曉得有哪些可怕的野獸在島上的灌木林間奔走？——他朝著空中揮揮手杖，圖麥尼吠叫幾聲，一人一狗趕緊回家。

有天他走著走著，無意間發現一個芋螺在距離海邊半公里的小徑上奮力爬行。啊，織錦芋螺。沙洲中不難發現這種具有危險性的芋螺，但在距離海邊如此遙遠之處發現牠，簡直不可思議。一個小芋螺怎麼可能大老遠爬到這裡？牠何必這麼做？他從小徑上拾起芋螺，扔進高高的草叢裡。接下來幾天，他在小徑上愈來愈常發現芋螺：他的手一伸，不經意地摸到一截相思樹的樹枝，樹枝上居然有個遊蕩的芋螺；他拾起一隻在芒果林中閒逛的寄居蟹，蟹殼上居然有個不請自來的芋螺。有時一隻石蟹逕自爬進他的涼鞋，他縱身一跳，往後一退，滿心驚恐，以爲石蟹螫了他一下。他將松果誤認爲海榮光芋螺，將樹蝸牛誤認爲光譜芋螺，他漸漸懷疑自己先前的辨識是否有誤：說不定他在小徑上發現的螺貝根本不是芋螺，而是筆螺或是一顆小圓石。說不定那是一個村民丟下的空貝殼。說不定芋螺並未出奇地迅速繁衍；說不定一切都是他的想像。不明就裡眞是痛苦。

沙洲、他的家、驚慌失措的圖麥尼——事事起了變化。小屋之外，整個小島感覺凶險惡毒，令人無所適從。小屋之內，他兒子正把白米、衛生紙、維他命B膠囊等家當全數捐出。說不定他最好乖乖坐在椅子上，雙手交握，能不動就不動。或許這樣最妥當。

賈許待了三星期才提起這事。

「離開美國之前，我讀了一些關於芋螺的文章。」他說。時值拂曉，拾貝人坐在桌旁等賈許，準備幫他烤片吐司。拾貝人什麼都沒說。

「他們認爲芋螺的毒素說不定眞有醫療功效。」

「誰是他們？」

「科學家們。他們說他們正試圖分離毒素，爲中風患者注射，幫助他們抗癒癱瘓。」

拾貝人不知道該說什麼。他想說把芋螺的毒素注射到某個已經半身癱瘓的病人身上，聽起來似乎愚蠢得令人難以置信。

「爸，如果你所做的事情，到頭來竟然幫助了數以千計的病患，這樣不是很棒嗎？」

拾貝人不安地動了動，試圖露出微笑。

「我從未覺得如此生氣勃勃，」賈許繼續說。「助人眞是快樂。」

「我聞到吐司烤焦了，賈許。」

「世上有好多人，爸，好多我們**可以幫助的人**。你知道我們多麼幸運嗎？我們健健康康，而且有能力助人，你知道光是這樣就多麼令人訝異嗎？」

「兒子，吐司。」

「管它什麼吐司！老天爺啊！人們性命垂危地躺在你家門口的臺階上，而你只管吐司！」

他用力甩門，走了出去。拾貝人靜靜坐著，聞著吐司漸漸烤焦。

賈許開始閱讀關於螺貝的書籍。以前打少棒的時候，他身穿球衣坐在父親膝上，等著他母親開車載他去球場，趁此機會學會了點字。這會兒他把書籍雜誌從小屋的書架上搬下來，扛到屋外的椰樹下，那三個吉庫尤族的孤兒男童已在此處紮營，他大聲爲他們朗讀，結結巴巴地讀《印度太平洋軟體動物》、《美洲貝類》等期刊。「斑斑點點的榧螺，」他唸道，「是一種細細長長、螺殼深邃的貝類。牠的殼軸幾乎筆直。」他朗讀時，男童們盯著他，輕輕哼唱沒什麼意義、其樂融融的歌曲。

有天下午，拾貝人聽到他爲男童們描述芋螺。「深闔芋螺粗拙，比其他種類的芋螺稍重，螺塔呈尖錐狀，螺殼乳白，具有深褐色的條紋，相當稀有。」

令人訝異地，男童們聽了一星期的午後朗讀之後，居然逐漸產生了興趣。拾貝人經常聽到他們翻撿一堆堆潮水退去，留在海邊的螺貝碎片。「棗螺！」其中一個男童大喊。「卡夫納找到一個棗螺！」他們雙手直探石頭之間的細沙，扯著嗓門大喊大叫，用襯衫包住尋獲的蛤貝，一堆堆地搬回小屋，以自創的名稱一一識別。「藍美人！姆巴巴雞螺！」

有天傍晚，三個男童坐在桌邊跟他們一起吃飯，他聽著他們在座椅間跳上跳下，動來動去，手中的刀叉碰撞桌緣，喀拉喀拉，彷彿擊鼓。「你們這幾個小傢伙最近開始採集貝類？」拾貝人說。

「卡夫納吞了一個蝴蝶玉螺！」其中一個男童大聲說。

拾貝人往前一傾：「你們知道有些貝類相當危險，海裡住著危險的壞東西？」

「壞貝殼！」一個男童嘶喊。

「壞貝殼殼殼殼！」其他男童跟進。

然後他們乖乖坐定，靜靜進餐。拾貝人坐在桌旁，至感訝異。

隔天早上，他又試了一次。賈許在門前的臺階上劈砍椰子。「如果那幾個小男孩厭倦了海灘，走上沙洲，那該怎麼辦？如果他們跌入火珊瑚叢，或是踏到海膽呢？」

「你是說我沒有好好關照他們？」賈許說。

「我的意思是，他們說不定指望被咬上一口。這些男孩之所以來到此地，原因在於他們認爲我找得到幫人治病的神奇螺貝。他們來此等著被芋螺咬上一口。」

「你什麼都不知道，」賈許說，「你完全不明白這些男孩爲何來此。」

「但你明白嗎？你以爲你讀了夠多關於貝類的文章，足可教導他們如何尋找芋螺。你**想要**他們找到芋螺。你希望他們找到一個大芋螺，被芋螺咬上一口，不管他們有何病痛，自此不藥而癒。我甚至看不出他們有任何病痛。」

「爸，」賈許發牢騷似地說，「那些男孩弱智。我可不認爲哪個海螺治得好他們。」

於是，感覺自己垂垂老矣、什麼都不明白的拾貝人，決定親自帶領男孩們出外拾集。他帶著他們踏入潟湖，涉水而行，這裡的海水平靜溫暖，水深幾乎及胸，他跟在他們身邊拾集，盡力讓他們看看哪些貝類具有危險性。「壞貝殼殼殼殼！」當拾貝人把一隻暴躁的藍蟹扔過沙洲、丟進海水較深之處，男孩們高聲喝采。圖麥尼也大聲吠叫，她跟著男孩們一同外出，身處這片她深愛的大海中，似乎恢復了往日的神采。

結果被芋螺咬到的並不是其中一個小男孩，而是賈許。他衝過海灘，呼喚他父親，臉上毫無血色。

「賈許？賈許？是你嗎？」拾貝人高喊。「我剛剛讓男孩們看看這個燈籠法螺。優雅極了，你們說是不是？」

賈許握著那個咬了他的芋螺——那個他剛從潮濕的砂中挖出來，覺得非常漂亮的螺貝——手指已經開始僵硬，手背愈來愈紅，皮膚也已開始鼓脹。

拾貝人拖著賈許衝過海灘，把他拉到椰樹樹蔭下。他用毯子裹住賈許，叫男孩們進屋拿取無線電。賈許的脈搏已經又急又弱，並且呼吸短促。不到一小時，他已無氣息，心臟隨之停止跳動，撒手西歸。

拾貝人愣愣地跪在沙地上，圖麥尼趴在樹蔭下看著他，男孩們蹲在圖麥尼的後方，雙手擱在膝上，驚恐萬分。

醫師的小艇遲了二十分鐘，他上氣不接下氣地進門，警察們乘坐裝配著大型馬達的小獨木舟隨後而至，他們把拾貝人帶進他的廚房，訊問他種種問題，諸如他破碎的婚姻、賈許、那三個小男孩。

透過窗戶，他聽到更多汽艇來來去去。一陣濕暖的微風飄過窗臺，他眞想告訴這些人——這些在他廚房裡半是強勢、半是懶散的聲音——快下雨了。再過五分鐘就會下雨，他想說，但他們請他說明賈許跟男孩們的關係。他們再度問起他太太為什麼跟他離婚。（他們究竟問了幾次？三次？五次？）他找不出話語回應。他感覺一團厚厚的雲層被推到他和世界之間：他的手指、他的感官、大海——一切全都悄悄溜去。我的狗，他想說，我的狗搞不清出了什麼事。我需要我的狗。

「我是個盲人，」他終於雙手一攤，告訴警察們。「我什麼都沒有。」

然後下起了雨，暴雨湍急，重重敲打茅草搭蓋的屋頂，躲藏在地板下某處的蛙群更加喧囂，急急顫顫，衝著暴雨呱呱嘶喊。

當雨勢稍緩，他聽到雨水從屋頂滴落、冰箱底下一隻蟋蟀開始引吭高歌。廚房裡多了個人。這人的聲音聽來熟悉。原來是宣禮師。他說：「這會兒沒有人會叨擾你，就像我先前的承諾。」

「我兒子——」拾貝人開口。

「像你這樣失明，」宣禮師邊說，邊從廚房桌上拿起一個鈷螺，把牠滾過木頭桌面，「其實跟螺貝沒什麼不同，是吧？就像躲在保護殼裡的軟體動物？就像軟體動物可以縮回殼裡，安全地躲藏起來？生病的人當然會上門，他們當然會過來尋求療方。這會兒你可以安靜過日子。這會兒沒有人會上門尋求奇蹟。」

「那幾個男孩——」

「他們會被帶走。他們需要人照顧。說不定被送到奈洛比，或是馬林地[9]的孤兒院。」

一個月之後，兩位吉姆坐在他的小屋裡，在晚間的香料熱茶裡加些波本威士忌。他已經回答他們的問題，跟他們說了關於南希、希瑪、賈許的事。兩位吉姆說他們已經取得南希的授權，即將獨家刊載她的故事。拾貝人可以想像他們打算如何下筆——午夜的歡愛、澄藍的潟湖、一帖危險的非洲螺貝良藥、一個眼盲的藥師和他的獵狼。他堆滿螺貝的小屋、他可悲的遭遇，全將袒露在世間，人人皆可窺伺。

薄暮時分，他隨同他們乘船前往拉穆市。計程車把他們載到碼頭，他們爬上山坡，來到市鎮。他聽到小鳥在路邊的灌木叢、果實垂過路面的芒果樹間嚶嚶鳴叫，空氣帶著甜香，聞起來像是包心菜和鳳梨。兩位吉姆走得很辛苦。

拉穆市的街道人群熙攘，小販們擺設攤位，在浮木的炭火上炙烤芭蕉或咖哩羊肉，鳳梨成串

9 Malindi，肯亞東南海岸的城市。

販售，孩童們揹著小木箱走來走去，叫賣箱裡的油炸甜甜圈或是塗了薑汁的烙餅。兩位吉姆和拾貝人買了烤肉串，走到巷子裡，倚著一扇雕飾的木門坐下，過不了多久，一個路過的少年問他們要不要哈一管印度大麻，兩位吉姆說好，拾貝人聞到甜膩的煙香，聽到菸筒裡的水噗噗作響。

「還行吧？」少年問。

「好極了。」兩位吉姆咳了咳，已經口齒不清。

拾貝人可以聽到男人們在寺廟裡祈禱，念誦的聲響沿著狹窄的街道迴盪。他聽在耳裡，感覺有點怪異，好像他的頭顱已與他的軀體分離。

「那是『泰拉威』禱告，」少年說。「今晚阿拉將決定明年的運勢。」

「哈一口吧，」一位吉姆邊說，邊把菸筒推到拾貝人面前。「哈幾口吧。」另一位吉姆格格輕笑地說。

拾貝人接過菸筒，吸了一口。

早已過了半夜。一位捕蟹的漁夫開著裝了馬達的木船載著他們朝列島北方前進，繞過岸邊的芒果林園，駛往家中。拾貝人坐在船首一個細格鐵絲製成的捕蟹籠上，感覺微風輕拂臉頰。木船慢了下來。「下船了。」漁夫說，拾貝人依言照辦，兩位吉姆跟著他，一行人噗噗啪啪地下船，踏入水深及胸的海中。

捕蟹船啓動引擎，緩緩駛離，兩位吉姆喃喃讚頌磷光，一邊行走於海中，一邊讚嘆追隨於彼此身後的瑩瑩彩光。拾貝人脫下涼鞋，赤足涉水，走下尖銳的珊瑚礁脊，踏入潟湖深處。潮間帶的砂溝感覺密實，偶爾踏到綿密柔滑，有如氈毯的藻床。那種飄飄然的感覺依然存在，甚至因爲哈了大麻更加強烈，他不費吹灰之力就可以假裝他的雙腿已與他的軀體分離。他似乎忽然破水而出，漂浮於汪洋之間，再潛回水中，浮游於碧綠的淺灘和珊瑚林立的海溝之間。沙洲之上，蟹貝出外探險，海葵搖頭晃腦，一群群微小的魚兒急驚風似地游掠而過，時而稍止，時而四散……他感覺一切全都在他身下逐一呈現。一隻飛角魚，一隻砲彈魚，一隻畢卡索小丑魚，一隻漂游的海綿生物——牠們全都過著自己的日子，日日夜夜，一如往昔。他的感官、他的知覺似乎超乎神奇；除了滔滔的碎浪、斑駁的潟湖，他還聽到鷗鳥啾啾鳴唱、昆蟲在皀莢樹間振翅飛舞、厚實的枝葉在酪梨樹上晃動飄搖、蝙蝠鳴叫、乾枯的椰樹樹皮啪啪崩裂、灌木叢尖細的芒刺落入熾熱的沙中、法螺的空殼傳來平靜的浪濤聲；他聞到螺卵在漆黑的囊袋中腐爛發臭，他也知道他若一路走到小島的另一端，他會在接近地平線之處發現一截海豚的屍身，屍身缺了魚鰭，在潑濺的浪花中翻滾，魚肉已被石蟹一塊一塊地叨走。

「喂，」兩位吉姆說，兩人的聲音似乎來自遠方，交互混雜。「被芋螺咬上一口是什麼感覺？」

剛才感知的種種景象，拾貝人心想，著實怪異。一隻死海豚？超越神奇自然的聽力？他們果眞涉水走向他的小屋嗎？他們究竟快要到家了嗎？

「我可以讓兩位瞧瞧，」他說，話一出口，自己都感到訝異。「我可以找到幾個非常微小的芋螺。你們幾乎感覺不到自己被咬上一口。你們可以據實報導。」

他動手搜尋芋螺。他涉水而行，轉了一圈，慢慢失去方向感。他朝向沙洲移動，小心翼翼地踩踏於岩石之間；他是一隻濱海的水鳥、一隻獵食的白鶴，他的尖喙隨時準備出擊，刺穿螺貝或是任性的小魚。

他以爲沙洲在他的前方，其實卻在他後方：他很快就感覺海浪濺起白沫、碎浪橫掃他的背脊、螺貝的碎片在他腳下盤旋；他意識到藻礁就在前方不遠處，礁層陡峭，波濤洶湧。峨螺、骨螺、榧螺；種種螺貝漂過他的腳邊。這裡，沒錯，這個螺貝感覺像是芋螺，找來全不費工夫。他把牠翻轉過來，將螺尖穩穩地擱在掌心，海浪猛然襲來，掃過他的下顎，好像打了他一拳。他用力吐出鹹鹹的海水。另一波海浪再度襲來，他被海水一衝，小腿狠狠地撞上岩石。

他心想：阿拉今晚譜下明年的世局。他試圖想像阿拉朝著羊皮紙微微彎腰、憑空猜想、默默苦思、設想種種可能。「吉姆，」他大喊，他以爲自己聽到這兩個人高馬大的傢伙噗噗啪啪朝著他走來。但他們沒有。「吉姆！」他又叫了一次。無人回應。他們肯定已經回到小屋，盤坐在桌旁，捲起衣袖。他們肯定等著他帶回這個他找到的芋螺。他將把芋螺緊貼上他們的臂彎，讓毒素襲入血液。然後他們就會明瞭。然後採訪就大功告成。

他半游半爬地回到沙洲，奮力爬上珊瑚岩，滑了一跤，跌到岩底。他的太陽眼鏡從臉上鬆落，搖搖擺擺地掉下來。他用他的腳後跟搜尋，最後終於放棄。過一會兒再找吧。

小屋肯定就在附近。他踏入潟湖，雙手輕輕打水，襯衫和頭髮全都濕透。他的涼鞋在哪裡？剛才還在他的手上。沒關係，算了。

水面變得更加霧濛濛。南希曾提到一股沉緩、響亮的搏動。她說即使醒來之後，她依然清楚聽見。拾貝人想像那是鯨魚的心跳聲，鯨魚重達三千磅，撲通撲通，聲勢浩大，每次心跳都輸送幾加侖鮮血。他耳中咚咚作響，說不定正是這股搏動。

這會兒他朝著小屋移動，他知道的。他感覺自己踏上了潟湖密實的沙脊。他聽到浪濤撲打海灘、椰樹沙沙作響，他從沙洲帶回一個小東西，打算用牠讓兩個來自紐約的記者陷入癱瘓，甚至讓他們送命。他們跟他無怨無仇，這會兒他卻計畫如何置他們於死地。這就是他想要的嗎？這就是阿拉爲他六十多歲的一生所安排的下場嗎？

他的胸膛搏搏跳動。圖麥尼在哪裡？他腦海中清楚地浮現兩位吉姆的模樣：他們汗水粼粼地俯臥在睡袋裡，鼻息中帶著威士忌和大麻黏膩的甜香，小小的茅蟻咬嚙他們的臉頰。這兩個男人只是做他們該做的事。

他拿起芋螺，用力一扔，盡可能扔得老遠，擲回潟湖之中。他不會毒害他們。做出這麼一個決定，感覺眞好。他只願手邊有更多芋螺可讓他丟回海中，更多毒素可讓他一併消除。他的肩膀似乎僵硬得不像話。

然後他心中一驚，清楚感知：他被咬了。驚恐有如潮水，漫過他心中。他已完全迷失：他迷失在這個潟湖之中，他迷失在他內心的陰鬱之中，他迷失在這種繁複難解，漸漸重創他神經系統的毒素之中。鷗鳥已在附近落地，叫喚彼此，他已經中了芋螺的毒。

他頭頂上的夜空繁星累累，星光閃爍，難以計數。他的一生已經走到盡頭，有如迴旋的螺紋，緩緩沒入最陰暗的螺層深處，自此不見天日。當他終究中了螺毒、悄悄溺入潮水之中，他記得什麼？他的妻子、他的父親、賈許？他的童年是否會如底片般開展，頭先出現一個極光下的小男孩，奮力爬進他父親的貝爾四七型直升機？在他的內心深處，他一生最鮮活、最關鍵的時刻又是什麼光景？在海中恍惚離世？中了毒？消失無蹤、失去形影？恍然一見寒帶的家鄉？失明了五十年？站在直升機的起落支架，朝著鹿群擊發子彈，轟轟隆隆地射殺馴鹿？他找到信念了嗎？他有何遺憾？哀傷與空虛有如一個鼓脹的氣球，進駐於他的肝膽之中。他從未見過兒子的容貌，從未了解兒子的內心，賈許之於他，是否就像那一封封言詞華麗，他卻從未回覆的航空郵簡？

不，他沒時間了。螺毒已經擴散到他的胸腔。他的腦海中浮現一個記憶：藍彩。他想起早上一位吉姆讚美珊瑚礁魚湛藍的魚身。「你看看那種**藍色**！」他說。拾貝人想起小時候在白馬市見過冰原的藍彩。即使相隔五十年，即使他記憶中的種種影像一一淡去，即使他在夢中早已看不清世界的模樣和自己的長相，他依然記得當他望向冰隙深處，那一抹神奇的鈷藍。他記得自己踢踢白雪蓋過冰隙，一朵朵微小閃亮的雪花消失在寒冰的深淵之中。

然後他的軀體背棄了他。他感覺自己融入地平線上濛濛升起的白雲，隱入劃過夜空的點點繁星，處處如此鮮明，但他感受到的那種孤寂，多麼淒冷、多麼可怕。

宣禮師的女兒希瑪早上發現了他。自從康復之後，她每星期過來幫他在櫥櫃備足白米和風乾的牛肉，還幫他帶來衛生紙、麵包、他的郵件、盒裝的乳品。九歲大的她從拉穆市划船過來，她用力划槳，拉穆島消失在視線之外，四下望去不見其他船隻，只見芒果園，有時她拆下裹身長衫的別針，讓陽光傾灑在她的雙肩、頸背和髮間。

她發現他被潮水沖到岸邊，仰躺在一片白沙上。他的小屋約在一公里之外。圖麥尼蜷伏在他的胸邊，毛髮濕透，輕聲嗚叫。

他赤足；他的右手嚴重青腫，指甲烏黑。她扶起他，他帶著濃濃的海水味，好像是千百隻他從殼內鉗出、燒水滾煮的海螺。她把他抬到她的小船上，載著他划回他的小屋。圖麥尼沿著岸邊跑跑跳跳，跟隨小船前進，偶爾停下來等待小船跟上，然後汪汪吠叫，再度拔腿飛奔。

當他們聽到女孩和狗喀噠喀噠來到門邊，兩位吉姆從睡袋裡一躍而起，兩人一頭亂髮，雙眼通紅，竭力相助。他們把拾貝人抬進屋裡，在女孩的協助下，立刻用無線電聯絡卡必盧醫師。他們拿條毛巾擦拭拾貝人的臉，聽著他的心跳愈來愈淺、愈來愈慢。他兩度停止呼吸，其中一位人高馬大的吉姆兩度進行嘴對嘴人工呼吸，將空氣注入拾貝人的肺葉。

他麻痺了好久。時辰鐘點，不分晝夜，究竟過了幾小時、幾星期、幾個月？他渾然不知。他夢見玻璃；夢中小小的玻璃技師吹製小小的螺貝唇齒，唇齒極爲細小，有如針雪、有如魚兒最細小的骨頭、有如雪花的梭柱。他夢見大海蒙上一層厚厚的玻璃，他在上面溜冰，低頭盯視千變萬化、危機四伏、廣大遼闊、有如小型王國的珊瑚礁。珊瑚蟲鬆軟晃動的觸手，一隻魚身殘破、漂浮在海中的小丑魚，全都顯得黯淡、孤寂、頹敗。刺骨寒風竄入他衣領，狹長、參差的雲朵慌慌張張地掠過天際。唯有他倖存於世間，他沒有任何人可以相遇、沒有任何景物可以觀看、沒有任何土地可以立足。

有時他醒來，察覺香料熱茶倒進自己嘴裡。他覺得他的軀體凍僵了熱茶，一塊塊碎冰嘰嘰嘎嘎地擦過他的肝膽。

最終是希瑪爲他帶來暖意。她每天頂著白花花的太陽，泛過青綠的海水，划著小船從她爸爸的華宅來到拾貝人的小屋。她攙扶他下床，驅走他臉上的茅蟻，餵他吃下吐司。她陪著他到戶外走動，跟他一起坐在陽光下。他不停打冷顫。她問起他的一生、他尋獲的螺貝、那個救了她一命的芋螺。最後她終於牽著他的手腕，陪同他踏入潟湖，海風一吹過潮濕的肌膚，他就渾身發抖。

拾貝人涉水而行，用他的腳趾頭踩尋螺貝。他被咬傷已是一年前的事。

圖麥尼安坐在岩石上，朝著地平線的方向嗅聞，地平線那一端，一列鷗鳥在蓬鬆的白雲下飛翔，望若細繩。希瑪跟他們一起待在沙洲上——她近來幾乎天天陪同——鬆開裹身長衫，露出雙肩，她的頭髮通常往後紮起，髮絲垂落在頸背，映射著點點豔陽。跟一個眼睛看不見，即使看得見也不在乎的人相處，感覺真自在。

希瑪看著一群體型微小，狀若茅戟的魚兒貼著水面一閃而過。魚群從水面下看著她，十萬隻圓圓的小眼睛直直盯視，然後懶懶地轉身。魚群的陰影緩緩滑過海底凹凸不平的細沙和一叢叢有如蕨草的珊瑚。啊，那些是海針魚，她心想，那是花傘軟珊瑚。我知道牠們的名稱，也知道牠們相互依存。

拾貝人移動幾公尺，停下來，彎下身子。他先前不經意摸到一個海螺，貝殼條條細溝，螺塔尖長，他覺得應該是織紋螺。他把手擱在貝殼上，兩指輕輕放在螺塔上。過了好一會兒，海螺終於猶豫地從殼中伸出肉足，繼續奮力攀爬一處沙脊。拾貝人用手指追尋牠的行跡，跟蹤了一下子，然後站起來，「眞漂亮。」他喃喃說。小小的海螺在他腳邊繼續攀爬，摸索前進，拖拉著牠的殼穴，緊貼著細細的海沙，爬向黯淡幽冥，遠方在四周迴旋飛舞，只有牠知曉去向。

獵人之妻

那是獵人頭一次跨出蒙大拿州州界。他醒來，腦海中依然縈繞著幾小時前的影像。飛機升過一層層泛著玫瑰彩光的蓬鬆雲朵，屋舍和馬匹深藏於白雪皚皚的山谷中，好像一個個小黑點。俯瞰大地，田野有如畫軸般在他眼前開展，望似十月的景緻：褐黃漆黑的山丘布滿一道道積雪，湖面結冰的湖泊一閃而過，銀閃閃的大河蜿蜒流過峽谷谷底，有如一條長長的髮辮。機翼之上，天空已經轉爲澄藍，那種藍彩是如此純淨，若是看得夠久，他知道自己肯定會感動得熱淚盈眶。

這會兒天色漸暗。飛機盤旋芝加哥上空，朝向機場滑翔飛行。緩緩降落之際，宛如星河的燈影和占地遼闊的鄰里，變得愈來愈明晰——街燈、車燈、櫛比鱗次的高樓、溜冰場、一輛在號誌燈前轉彎的卡車、倉庫屋頂的殘雪、遠方山丘閃爍的天線，一一呈現眼前。跑道兩側的藍燈終於匯聚爲一道長長的光芒，他們降落了。

他走進機場，行經一排排螢幕。他感覺自己遺失了什麼，若干秀麗的視野、若干美好的夢境，似乎已然消逝。他飛來芝加哥看看他那個二十年不見的太太，她將在此地的州立大學展現她的奇技，顯然連大學學府也對她的能力感興趣。

航廈之外，夜空凝重陰沉，大風勁揚。快下雪了。一個學校派來接機的女士跟他碰面，帶他走向她的吉普車。他始終凝視窗外。

他們乘車行進了四十五分鐘，起先駛經市中心高聳、燈火通明的大樓，然後是郊區光禿禿的橡樹、鏟移堆在路旁的積雪、加油站、發電塔臺和電話線。女士說，你常常參加你太太的表演嗎？

不，他說，從來沒有。

她把車停在一棟豪宅的車道上，豪宅摩登華美，屋角的陽臺方方正正，高懸在兩個梯形的車庫上方，屋子的正面裝設了三角形的大窗，梁柱線條優美，平滑閃亮，吊燈造型圓弧，岩板砌成的屋頂有若陡坡。

大門口的桌上擺了大約三十張名牌。他太太尚未到場。大家似乎尚未抵達。他找到他的名牌，別在毛衣上。一個身穿燕尾服的女孩悄悄出現，一語不發地拿著他的大衣再度消失。

玄關鋪了斑紋點點、光滑雅緻的大理石，盡頭是一座巨大的樓梯，樓梯底座寬廣，頂端尖細。一名女子緩緩下樓。走到距離樓梯底四、五階時，她對那名開車載他過來的女士說：嗨，安妮，接著對他說：您肯定是杜馬斯先生。他握握她伸出的手，她的手蒼白瘦弱，輕若無骨，好像一隻脫了毛的小鳥。她先生正在打領結，校長夫人說，然後一臉遺憾地對自己笑笑，好像她不太稱許領結這類物品。玄關另一頭是個鋪了地毯、窗戶高聳、面積寬廣的客廳，獵人走到一列窗邊，把窗簾推到一旁，凝視窗外。

在暗淡的燈光中，他可以看到一座環繞屋子而建的原木露臺，多層的大型露臺採用斜角設計，沒有任何一處的寬度相等，周圍一排低矮的欄杆。露臺遠處有座小小的水塘，水塘籠罩在暈藍的光影中，四周環繞著樹籬，中央有座專供小鳥洗浴的大理石水池。水塘遠處矗立著一株株光禿禿的橡樹和楓樹，還有一株有如白骨般的梧桐木。一架直升機穿梭飛過，綠色的燈光閃閃爍爍。

下雪了，他說。

是嗎？女主人問，語氣中帶著關切，說不定是裝出來的。他始終無法分辨何爲眞誠、何爲虛假。開車載他過來的女士已經走到吧檯邊，手裡捧著一杯飲料，低頭盯著地毯。

他放手讓窗簾垂落。校長走下樓梯，其他賓客一陣騷動，一位一身灰色燈芯絨，別著「布魯斯．梅柏爾」名牌的男子走向他。杜馬斯先生，他說，你太太還沒到場？

你認識她？獵人問。喔、不，梅柏爾搖搖頭說。不，我不認識。他攤開雙腿，晃動臀部，好像競走之前伸展筋骨。但我聽說過她。

獵人看著一個非常清瘦的高個子從大門走進來，他下巴凹陷，雙眼深邃，看起來像個白骨精，宛若來自另一個世界的訪客，而那個世界的一切全都比較清瘦。校長走向瘦子，伸手擁抱，一會兒才放開。

那是歐布萊恩主席，梅柏爾說。對於關注這類事情的人們而言，他算是相當知名。他們一家的遭遇眞可怕。梅柏爾用吸管刺戳飲料裡的冰塊。

獵人點點頭，不確定該說什麼。他頭一次心想，說不定他不該來。

你讀過你太太的書嗎？梅柏爾問。

獵人搖搖頭。

在她的詩作中，她先生是個獵人。

我幫獵人當嚮導。他望向窗外，凝視樹籬蒙上一層薄薄的白雪。

你可曾覺得不安？

什麼不安？

宰殺動物。我的意思是，爲了生計而宰殺動物。

獵人看著雪花輕觸窗面，消融無蹤。人們就是這樣看待狩獵嗎？宰殺動物？他把手指貼向玻璃窗。不，他說，我不覺得不安。

一九七二年冬季，獵人跟他太太在蒙大拿州的大瀑城相遇。那年冬天來得又急又快——你甚至可以眼見它的到來。北方下起隆雪，白雪有如雙層布幕般覆蓋大地，一片銀白，延展至遙遠的天際，而後直撲南方，彷彿吞噬了一切。大雪激起陣陣狂風，大風有如野狼般奔騰，好像洪水橫掃龜裂的水壩。牛群咆哮嘶吼，沿著柵欄飛奔。樹木傾倒；一座穀倉的屋頂滾滾翻騰，掃過公路。河水改變了流向。狂風吹得鶇鳥直撲峽谷，鳥兒厲聲尖叫，被釘死在尖銳的樹枝上，甚是醜怪。

她是魔術師的助理，芳齡十六，嬌美動人，是個孤兒。一個身穿閃亮紅洋裝的長腿女郎，一場巡迴各地，將在中央基督徒教會演出的魔術表演，其實稱不上新奇。獵人抱著一袋袋雜貨走過，大風忽然吹得他半途停步，迫使他走進教會後面的巷子裡。他從來沒有遭逢這種風勢；他整個人似乎受制於大風。他的臉被吹得貼向一扇低矮的玻璃窗，透過窗面，他可以看到表演。魔術師矮小，穿了一件骯髒的藍斗篷，他的上方掛著橫布條，軟趴趴的布條上寫著：**神奇的韋斯普奇**。但獵人眼中只有那個女孩：她年輕、優雅、面帶微笑。大風好像是個摔角選手似地制住他，迫使他貼著窗戶。

魔術師喝令女孩躺進一個木盒，拿起扣帶把木盒扣好。木盒漆上紅藍雙色的閃電，甚是俗麗。她的脖子和頭顱從一側冒出，腳踝和雙腳從另一側挺出。她看來神采飛揚。一個人受困於木盒之中，居然還能笑得如此燦爛，眞是前所未見。魔術師拿起一把電鋸，轟轟隆隆地鋸穿木盒中央，把她砍成兩截。然後他推動木盒，她的雙腳朝一方移動，她的軀體朝另一方移動。她的脖子往後一垂，微笑漸漸淡去，雙眼只見眼白。燈光變暗。一個孩童放聲尖叫。動一下腳趾，魔術師一邊喝令、一邊揮舞他的魔杖，她依言照辦；她那脫離了軀體的腳趾在閃閃發亮的高跟鞋裡動了動。觀眾興奮地尖叫。

獵人看著她紅潤細緻的臉頰、垂散的秀髮、伸得長長的脖子。她的雙眼捕捉了聚光燈的燈光。她正看著他嗎？她是否看到他的臉緊貼著窗戶、大風橫掃他的脖子、洋蔥和一袋麵粉等雜貨滾到地上、散落在他腳邊？她的嘴角微微抽動；那是微笑，還是飛快地打個招呼？

在他眼中，世間萬物之美，全都比不上她嬌美的容顏。雪花飄進他的衣領，繞著他的靴子飛舞。風勢稍緩，但依然下著大雪，儘管如此，獵人還是定定地站在窗邊。過了好一會兒，魔術師把切成兩截的木盒重新拼合，鬆開扣帶，揮揮魔杖，她的身首再度相連，又是一個完整的女孩。她爬出木盒，穿著那件銀閃閃、開高衩的洋裝屈膝行禮。她微微一笑，好像果眞死而復生。

然後暴風雪吹倒法院前方的一棵松樹，電光一閃一閃，街燈隨即逐一熄滅，全鎮陷入黑暗。她還來不及移動、接待人員還來不及拿著手電筒護送觀眾出場，他已經悄悄溜進教堂，摸黑走向舞臺，呼喊著她。

他三十歲，比她大一倍。她對他微微一笑。在緊急出口告示燈一閃一閃的紅色光影中，她從舞臺上彎下身子，搖了搖頭。雪停了，她說。他開著他的卡車，緊緊尾隨魔術師的廂型車，冒著大風雪開到巴特參加圖書館主辦的募款餐會，觀賞她下一場表演。隔天晚上，他跟隨她前往密蘇里。每場表演之後，他始終趕到臺前。跟我出去吃晚餐吧，他經常哀求。拜託妳跟我說妳叫什麼。他以耐力追捕他的獵物。她在蒙大拿州的波茲曼終於應允。她的名字很普通：瑪莉·羅伯特。他們在旅館餐廳享用了大黃派。

我知道妳怎麼辦得到，他說。從木盒裡冒出的雙腳是假的，妳弓起身子，雙腳緊貼在胸前，用繩子操控假腳。

她大笑。這就是你的工作嗎？她問。跟著一個女孩走過四個城鎮，跟她說她的魔術是假的？

不，他說。我打獵。

你打獵。嗯，不打獵的時候，你都做些什麼？

我夢想著打獵。她又大笑。這不好笑，他說。

你說的沒錯，她面帶微笑地說。這不好笑，我對魔術也抱著同樣心態，我夢到魔術，我無時無刻夢想著魔術，即使是醒著的時候。

他凝視他的餐盤，滿心歡喜。他思索著他可以說些什麼。他們低頭進食。但我有更宏大的夢想，她稍後說。她已經拿著湯匙，仔仔細細地吃了兩塊大黃派。她的聲音輕微而嚴肅。我心裡有股魔力。我不會一輩子讓東尼·韋斯普奇拿著鋸子把我鋸成兩截。

我相信妳絕對不會，獵人說。

我就知道你會相信我，她說。

但隔年冬天，韋斯普奇同樣帶著她來到大瀑城，同樣拿著鋸子把躺在三夾板木盒裡的她鋸成兩截。下一年的冬天，依舊如此。兩場表演之後，獵人都把她帶到比特魯特小餐館，看著她吃下兩塊派餅。她吞嚥派餅，喉結一上一下；她舔食派餅，湯匙乾乾淨淨地從她嘴裡滑出；她的頭髮垂散，遮住了她的耳朵。他好喜歡這麼看著她。

然後她年滿十八。享用了派餅之後，她坐上他的卡車，讓他把她載到他的木屋，木屋距離大瀑城四十英里，他們沿著密蘇里河前進，往東開進史密斯河的山谷。她只帶了她的膠布小錢包。他小心翼翼地開過積雪尚未鏟除的小徑，車子在深深的積雪中搖搖擺擺，忽而打滑，忽而轉向，但她似乎面無懼色，她似乎不擔心他打算把她載到哪裡、卡車說不定會被大風吹積的雪堆掩沒，也不擔心她說不定凍死在這身雙排扣粗呢大衣和銀閃閃的洋裝裡。她的鼻息在她眼前化為一朵朵白雲。氣溫華氏零下二十度。再過不久，路面就會被白雪覆蓋，直到春天才可通行。

他的木屋只有一個房間，牆上掛著動物的毛皮和步槍，他拔下門栓，讓她看看水管電線之間的狹小槽室和儲存其間的冬季存糧：一百隻煙燻鱒魚，剝了皮、結了凍、懸掛在鐵鉤上的雉雞和一塊塊鹿肉。夠我們兩人吃，他說。她瞄了一眼他壁爐架上的書籍，一本關於鵝類習性的專刊，一套關於高地野禽的期刊，一本厚重的巨著，書名僅只一字：熊。妳累了嗎？他問。妳要不要出去走一走？他遞給她一件雪衣，幫她的靴子套上一雙皮革雪鞋，帶她出去探聽灰熊。

她穿上雪鞋，有點笨手笨腳，行進速度還不賴。他們冒著幾乎難以承受的酷寒，嘰嘰嘎嘎地走過被寒風吹得坑坑洞洞的雪堆。灰熊每年冬天都在這棵空心西洋杉裡休眠，西洋杉的樹頂已被暴風雪削斷，點點星光中，黝黑、高聳，形若三指的西洋杉望似一隻骨瘦如柴、從地底冒出的鬼手，也像是一個掙扎著從冥界爬出的幽靈訪客。

他們跪下。夜空繁星點點，星光有如刀尖，淒冷銀白。把耳朵貼在這裡，他輕聲說。承載他話語的鼻息化爲晶體，隨風飄逝，好像字字句句各有形體，但一費勁就斷了氣。他們面對面，耳朵緊貼啄木鳥在樹幹上啄出的小洞，靜靜聆聽。她過了一分鐘就聽見，耳中響起睡意朦朧的嘆息，好像熟睡之中深深吸口氣。她雙眼圓睜。過了整整一分鐘，她又聽見。

我們可以看看灰熊，他輕聲說，但我們必須非常安靜。灰熊冬眠之時淺眠。有時妳只要踩到洞穴外面的小樹枝，他們就會醒過來。

他動手在雪地上挖掘。她往後一退，嘴巴略張，雙眼圓睜。他彎下腰，把積雪扒過兩腿之間，推到後方。他挖了大約三英尺深，然後碰到一層平滑的寒冰，寒冰封住樹基的一個大洞，他小心翼翼地逐塊卸下，搬到一旁。洞口漆黑，好像他一拳打入某個幽暗的巨穴或是冥界。洞中飄來灰熊的氣味，聞起來像是濕淋淋的小狗、林中的野菇。獵人移開一些樹葉，樹葉底下是毛茸茸、黃褐色的腰腹。

灰熊仰躺，獵人輕聲說。這是小腹。前腿肯定在前方某處。獵人指指樹幹裡較高的一處。

她一手搭在他的肩上，跪在洞穴旁邊的雪地上。她雙眼圓睜，眨都不眨。她張口結舌。夜空之中，一顆星星自行脫離銀河，瞬時熔化，劃過天際。我要摸摸灰熊，她說。她的聲音隆隆作響，在一片林木之中、在一株株光禿禿的西洋杉下，聽起來有點礙耳。

噓，他輕聲說。他搖搖頭，表示不行。妳非得小聲說話不可。

一分鐘就好。

不行，他噓聲斥責。妳瘋了。他拉拉她的臂膀。她用牙齒扯下她另一隻手的連指手套，把手往下一伸。他又拉拉她，但一時站不穩，往後一跌，只抓到一只空垮的連指手套。在他驚恐的注視下，她轉身，伸出雙手，攤開手掌，覆上灰熊毛茸茸的胸前。然後她往前一湊，好像打算從中空的樹幹裡掬雪一飲，把嘴唇貼在灰熊的胸前。她整個頭顱湊進樹幹裡。她感覺灰熊柔軟、銀白的毛尖拂過她的臉頰。一根巨大的肋骨貼著她的鼻子輕輕起伏。她聽到雙肺注滿氣體，而後緩緩淨空。她聽到血液慢吞吞地流過血管。

你想知道灰熊夢見什麼嗎？她問。她的聲音迴盪在樹梢，穿過殘破的枝幹，流洩而下。獵人從外套裡掏出小刀。夏天，她的聲音依然迴盪。黑莓，鱒魚。挺著肚子，懶洋洋地踏過河中的小圓石。

稍後回到木屋，當他在爐邊生火，她對他說，我剛才好想一直爬進去，鑽進灰熊的臂彎。我好想抓住灰熊的耳朵，親吻灰熊的雙眼。

獵人看著生起的爐火，火焰砍伐劈鋸，每一塊燃木都是一座燃燒中的橋梁。三年以來，他始終期待這種時刻。他夢想著這個女孩在他的爐火旁，已經夢想了三年。但不知怎麼地，結果卻跟他的想像有些不同；他把此事視為打獵——他以為這就像是坐在柳樹旁，槍托架在背包上，靜靜等候幾小時，而後望見麋鹿巨大的鹿角隱隱出現在長空之下，聽見整群麋鹿在他後方大口吸氣、四處逃竄、衝下山坡。如果逮到機會，你就開槍射擊，追趕獵物，直到獵物再也跑不動，自此大功告成，種種不確知也都煙消雲散。但這會兒感覺卻不一樣，好像他再也無從選擇，再也控制不了任何一顆他打算擊發或是壓下的子彈。他覺得他依然是三年前的自己，駐足於中央基督徒教會門外，受制於大風或是另一股更強大的力量，被迫貼向一扇低矮的玻璃窗。

留下來陪我，他輕聲對著她、對著火光說。陪我過冬。

布魯斯・梅柏爾站在他旁邊，用吸管戳了戳飲料裡的冰塊。

我任職於運動界，布魯斯主動開口。我主持這裡的運動部門。

你剛才說過了。

是嗎？我不記得。我以前是田徑隊教練。跨欄。

跨欄，獵人重複。

沒錯。

獵人仔細打量他。布魯斯・梅柏爾在這裡做什麼？何種令人費解的好奇和恐懼，驅使他和這些賓客穿上深色的西裝和黑色的晚禮服，自大門魚貫而入？他看著削瘦、憔悴的歐布萊恩主席站在客廳角落，每隔幾分鐘就有兩、三位賓客專程走到他的面前，握握他的雙手。

你說不定曉得，獵人告訴梅柏爾，狼也是跨欄好手。有時，追蹤狼群的人們碰到瓶頸，追著追著，腳印就不見了，好像一整群狼就這麼跳進樹間，消失無蹤。人們最終還是找得到牠們的腳印，說不定三、四十英尺之外。大家曾以為這是魔法，飛天野狼等等，但狼群只是協同一致，縱身一躍。

布魯斯四下環顧。啊，他說，我真的不曉得。

她留下了。他們第一次做愛時，她嘶吼得好大聲，土狼們甚至爬上屋頂，朝著煙囪口嚎叫。她從他身上滾下來，大汗淋漓。土狼們整夜噗噗咯咯，好像孩童在院子裡嘰嘎笑鬧，而他做了惡夢。你昨晚做了三個夢，每次都夢見你是一匹狼，她輕聲說。你餓得發狂，在月光下奔跑。

他夢見自己是一匹狼嗎？他不記得。說不定他說夢話。

十二月間，氣溫從未超過華氏零下十五度。河水結冰——這倒是前所未見。耶誕夜當天，他一路開到蒙大拿州的首府海倫娜，幫她買一雙溜冰鞋。晨間時分，他們從頭到腳緊緊包上一層皮草，出外到河上溜冰。她攀住他的臀部，踏上寒冰，奮力溜過蜿蜒的河道和淺灘，滑向冰藍的晨光。頭頂上的赤楊和角楊葉葉落盡，雪地上只見河岸上垂柳光禿禿的尖端。河面遼闊銀白，在他們眼前無盡延伸，緩緩褪入黑暗之中。一隻貓頭鷹蹲踞在樹枝上，睜著大眼睛盯視他們。耶誕快樂，貓頭鷹！她朝著一片淒冷大喊。貓頭鷹張開巨大的雙翼，飛下樹枝，消失在林間。

在一個飽經風吹雨打的彎道上，他們突然看到一隻死鷺。鷺鳥半截鳥腳困在寒冰之中，想必曾經試圖自行破冰而出，先是猛啄困住雙爪的寒冰，然後啄擊自己細瘦、粗糙的雙腳，最後終於不支，直挺挺地死去。牠的雙翼往後彎折，鳥喙微張，好像臨終之前發出絕望的哀鳴，鳥腳有如雙生蘆葦般固著在寒冰之中。

她雙膝著地，跪到鷺鳥旁。鷺鳥雙眼凍僵，灰濁慘白。牠死了，獵人輕柔地說。我們走吧，妳也會凍僵。

不，她說。她悄悄脫下連指手套，手掌包住鷺鳥的鳥喙。種種影像幾乎馬上浮現在她的腦海，她似乎看見先前的一情一景。哇，她哀嘆。我可以**感覺**到她。她就這麼跪在鷺鳥前，一跪跪了好幾分鐘，獵人高高站在她身邊，感覺寒意竄上他雙腳，卻碰也不敢碰她一下。寒風之中，她的手發白，漸漸青紫。

最後她終於站起來。我們必須埋了牠，她說。他用他的溜冰鞋鑿出冰中的鷺鳥，把牠埋在大風吹積的雪堆裡。

當天晚上，她直挺挺地躺著，不肯入睡。那只是一隻鳥，他說。他不確定她為何心煩，卻也因此感到紛擾。鳥死了，我們什麼忙都幫不上。我們埋了牠，算是做了一件好事，但明天某隻動物會找到牠，把牠挖出來。

她朝他轉身。她雙眼圓睜；他赫然想起之前當她把雙手擱在灰熊胸前，雙眼也是這副模樣。當我觸摸鷺，她說，我看到她去了哪裡。

妳說什麼？

我看到她離世之時去了哪裡。她跟其他一百隻鷺鳥同在一個湖泊的湖岸，全都面朝同一個方向，在岩石之間涉水蹦跳。天快亮了，牠們看著太陽緩緩升上對岸林木的樹梢。我看得好清楚，好像我也在那裡。

他翻身仰躺，看著暗影移過天花板。冬天影響了妳的情緒，他說。隔天早上，他決定務必讓她每天出去走走。長久以來，他始終相信這一點：隆冬之時必須每天外出，不然思緒將愈來愈混亂。每年冬天，報上一天到晚刊載牧工的太太受困於大雪，在木屋裡悶得發狂，拿把菜刀或是尖錐草草殺了自己的先生。

隔天晚上，他開車載她朝北行駛，一路來到加拿大邊境的甜草鎮觀賞極光。漫天紫藍、金黃、淺綠自遠方升起，光影在群山上空徐徐波動，形若鷹頭、紗巾、鳥翼。他們坐在卡車的駕駛室，熱氣呼呼吹拂他們的膝蓋。極光後方，星河一片銀白，星光灼灼。

那邊是隻老鷹，她驚嘆。

極光的生成，他解釋，關鍵在於地球的磁場。風從太陽一路吹來，橫掃地球，吹動一個個帶電的粒子。那就是我們看到的極光。黃色和綠色是氧氣。最下面的紅色和紫色是氮氣。

不，她搖搖頭說。紅色是隻老鷹。你看到牠的喙嘴嗎？你看到牠的翅膀嗎？

冬神猛襲木屋。他每天帶她出去走走。他讓她看看河岸的洞窟裡懸掛著橘色的圓球，一千隻瓢蟲躲在裡面冬眠；一對休眠的青蛙掩埋在凍僵的泥地裡，血液結晶，直至春日。他撬開蜂巢，小心翼翼地挖出擠成一團的蜜蜂，蜜蜂慢慢地嗡嗡叫，被突如其來的寒意嚇了一跳，隻隻顫動取暖。當他把這一團蜜蜂擱到她手中，她昏了過去，眼珠上翻，眼皮抽動。她躺臥在地，眼前赫然呈現每一隻蜜蜂的美夢。工蜂展翅高飛，穿過銀閃閃的尖刺，飛向一叢野玫瑰，上百個整齊劃一的蜂房溢滿金黃色的花蜜，一隻隻工蜂陷入冬日玄妙的夢境，每一個夢境都如此生動、如此鮮活。

日子一天天過去，她愈來愈知曉自己的能力。她察覺一股陌生而敏銳的感應力在血液中噗噗作響，好像許久之前栽下的種子，這時開始發芽滋長。動物的體型愈大，她感受的震撼愈強。新逝的動物是一座視覺的寶庫，種種影像被一股慢慢消逝的精氣丟擲而出，好像一串長長的繩索一截一截地被剪斷。她脫掉她的連指手套，能摸什麼，就摸什麼：蝙蝠，蠑螈，一隻跌出巢外的紅雀幼鳥，身軀依然溫熱。十隻盤繞在岩石下冬眠的襪帶蛇，眼瞼緊閉，舌頭動也不動。每次摸到某隻凍僵的昆蟲、某隻蟄伏的兩棲動物，或是任何剛剛辭世的野獸，她眼珠立刻上翻，而牠所見的影像、牠眼中的天堂，瞬間流竄過她的全身。

他們的第一個冬天就這樣度過。當他望向木屋的窗外，他看到野狼的足跡漫過結冰的河面、貓頭鷹從樹上捕獵覓食、六英尺深的白雪宛如一條隨時可以拍撢的百衲被，她看到的卻是一個個築洞而居的尋夢者，斜長的暮光中，牠們舒適地依偎在樹根旁，美夢有如極光，迴旋飄渺，飛向天際。

他依然愛她。來年春天，當白雪一融化爲汙泥，他抱持這股微微刺痛的愛意，娶她爲妻。

當獵人之妻到場，布魯斯．梅柏爾張口結舌，倒抽了一口氣。她有如馬展的駿馬般走進大門，目光低垂，望似溫馴，但步伐穩健，自信滿滿；她足蹬尖細的高跟鞋，一步一步穩穩地踏過花

崗石。獵人已經二十年沒跟他太太見過面，她變了——她看起來優雅，少了以往的野性，但不知怎麼地，獵人看在眼中，卻覺得她不比往昔。她雙眼冒出魚尾紋，走動時似乎刻意迴避身邊任何物品，好像玄關的桌子或是櫥櫃的木門會忽然往前一撲，攫住她的衣領。她沒有佩戴任何首飾，也沒戴婚戒，僅是一身式樣簡單的雙排扣黑色套裝。

她在桌上找到她的名牌，別在衣領上。接待廳的每個人都看著她，然後把頭轉開。獵人意識到今晚的主賓是她，而非歐布萊恩主席。從某個層面而言，人人對她獻殷勤。沉默不語的酒保，身穿燕尾服、爲賓客保管大衣的女孩，炫目的冷飲——大家用這些方式討好她，或說校長用這一套向她示好。給她一塊大黃派，獵人心想，帶她看看沉睡中的灰熊。

他們坐在一張狹窄的桌旁進餐，桌子很長，兩側排設約莫十五張高背椅，桌頭和桌尾也各擺一張。獵人被安排在與他太太相隔幾張座椅處。她終於瞄了他一眼，眼神中帶著熟稔與暖意，然後又望向別處。在她眼中，他肯定顯得上了年紀——她肯定始終覺得他好老。她沒有再看他一眼。

餐服員身著筆挺的白制服，端上洋蔥湯、明蝦、白灼鮭魚。獵人周遭的賓客壓低嗓門，提及一個個他不認識的人。他始終注視著窗外和遠方飄蕩的雪花。

河川解凍，一塊塊圓盤般巨大的碎冰被沖向密蘇里河。河水奔流，寒冰消融，嘎吱嘎吱、淙

淙潺潺的聲響透過敞開的窗戶飄進木屋。獵人感覺那股熟悉的悸動，心靈似乎恢復生氣。他經常黎明即起，在粉紅色的漫天晨光中，帶著他的飛釣釣竿趕到河邊。鱒魚已經冒出黃褐冰冷的水面，吞食春天第一批小蟲。再過不久，木屋的電話就會鈴鈴響，獵客們即將來電，他的嚮導季節也將揭幕。

偶爾有個獵客想要獵獅，或是帶著一群狗獵鳥，但去年春天和夏天的焦點是鱒魚。他每天早上摸黑出門，帶著裝了咖啡的保溫杯開車上路，過去接一位律師、鰥夫或是偏好土生山鱒的官員。送釣客們下車之後，他經常趕回河邊，探尋下一個地點。他跪在河邊的柳樹旁，靜候鱒魚浮出河面，一直待到天黑，有時甚至待到深夜。他帶著一身魚腥味回家，興奮地把她叫醒，跟她描述山鱒飛躍高達十五英尺的急瀑、頑固的虹鱒困在水中的殘枝之下。

到了六月，她已感到寂寞無聊。她在林間遊蕩，但始終沒有走遠。夏天的森林林木繁茂，熱鬧滾滾，完全不像冬天那種有如墳場般的寂靜。夏天的森林中，你連前方二十公尺都看不清。萬物彷彿破繭而出——鼓翅飛舞、嗡嗡鳴叫、分殖繁衍、增胖發福，鮮有休閒的一刻。幼熊噗噗啪啪在河中戲水。小雞嘰嘰嘎嘎吵著吃蟲。她想念冬天：漫長的冬眠，單調的天空，大麋鹿的鹿角敲打大樹，聽起來好像骨頭相磨，萬物安寧沉靜。八月間，她到河邊看她先生帶著一個釣客拋投，釣線一圈圈地從他的飛釣釣竿拋擲而出，好像對著河水下了一個個咒語。他教她在河水裡清理鱒魚，這樣魚腥味才不會久久不散。她剖開魚肚，看著一圈圈魚腸在湍急的河水中散開，鱒魚眼中最後幾個歡欣鼓舞的影像，緩緩消失在她手腕之間，隨著河水漂逝。

九月間，狩獵大型野生動物的獵客們到來。獵客興趣不一，麋鹿、羚羊、駝鹿、母鹿，人人各有所求。他們想要看看灰熊，追蹤狼獾，甚至射殺沙丘鶴。他們希望有顆七英尺長、七英尺寬的野牛牛頭裝飾家中的客廳。每隔幾天他就帶著一身血腥味回家，跟她描述一個個愚蠢的獵客，比方說那個氣喘吁吁、席地而坐、身材走樣到沒辦法爬上坡頂射擊的德州佬，還有那個嗜血的紐約客，明明宣稱只想拍幾張黑熊的照片，結果居然從靴子裡掏出一把手槍，瘋狂地對著兩隻幼熊和牠們的母親開槍。每天晚上，她用力刷淨獵人連身獵裝的鮮血，看著點點血跡在河水中從鐵紅、鮮紅褪爲粉紅。

他一星期七天都不在家，即使回家也沒時間久留，只是回來絞灌香腸、切割烘肉、清理他的步槍、擦拭裝肉的背包、回電話。她對他的工作所知甚少，只曉得他鍾愛山谷，他非得遊走其間，也非得觀賞烏鴉、翠鳥、鷺鳥、土狼和山貓，其餘種種幾乎全是他非得追捕的獵物。世間沒有所謂的秩序，有次他對她說，他頭一轉，隱約朝著大瀑城和南方各個市鎮揮揮手，但這裡卻是秩序分明。在這裡啊，我可以看到大多人視若無睹的事物，若在那裡，我絕對無緣一睹。但她花不了太多工夫就可以想像五十年後的他：他會依然繫綁他的靴鞋，也會依然拾集他的步槍，世界是如此浩大，可供觀看的事物如此繁多，他卻甘於只觀看這個山谷，至死無憾。

她睡覺的時間愈來愈長，午覺一睡三小時，甚至更久。她漸漸習知，睡覺就像其他技藝，諸如被人鋸成兩截、重新拼合，或是從一隻知更鳥的屍身預見種種影像。她教會了自己，不管多熱、多吵，照樣呼呼大睡。小蟲揮舞翅膀猛撲紗窗，黃蜂急急衝下壁爐的煙囪，陽光狠狠地竄入南向的窗戶；她依然埋頭沉睡。每個秋夜，當他臂膀沾滿血跡、精疲力盡地回到家中，她早已沉睡了好幾小時。屋外秋風勁揚，角楊褪盡枝葉——秋天來得太早了，他心想。他躺下，牽起她動也不動的手。他們兩人的生活都受制於他們無法管控的力量——十一月的寒風，地球的公轉，緊緊箝制，無法脫逃。

那年冬天是他記憶中最可怕的寒冬：他們從感恩節之後就被大雪困在山谷中，卡車被埋入深及六英尺的積雪，電話十二月斷線，直到來年春天才恢復通話。一月初吹起欽諾克焚風，隨之而來的卻是可怕的酷寒。隔天早上，雪面結了一層三英寸的寒冰，南方的牧場上，牛群相互踩踏，掙扎逃生，結果血流過多，慘死在彼此蹄下。鹿群抬起小小的腳蹄拚命踏過白雪，卻被深深埋入雪中，窒息身亡。山丘上布滿一道道血跡。

晨間時分，他經常在雪地上發現土狼的足跡，足跡繞著一個小門打轉，門後就是那個水電管線之間的狹小槽室，他冬天所有存糧全都冷冰冰地懸掛其間，與土狼僅僅相隔一扇木門。他把烘烤糕餅的烤盤釘在門上，蓋住鉸鏈，藉此強化木門。晚間，狼爪抓搔烤盤，他兩度被噪音吵醒，衝到屋外高聲喊叫，驅趕土狼。

他四下環顧，處處可見死相醜怪的野生動物：一隻麋鹿屈膝跪下，緩緩沒入疾風吹積的雪堆中，一隻瘦弱的母鹿嘩啦啦地滑過寒冰，好像一副醉醺醺的骷髏。根據收音機的報導，南方牧場的牛群大批死亡，損失慘重。每天晚上，他夢見狼群，夢境之中，他跟隨狼群一起奔跑，縱身越過籬笆，狠狠咬噬熱氣騰騰、覆滿白雪的牛群屍身。

雪依舊下個不停。二月間，他三度被入侵的土狼吵醒，最後光是高聲叫喊已不足以嚇走土狼；他一把抓起他的弓箭和獵刀，奪門而出，赤腳衝向雪地，還沒出門雙腳就已感到麻木。這次土狼咬挖地基下結凍的泥土，從門下鑽了進來。他拔去僅存的門栓，門板應聲鬆落。

一隻土狼被某個東西哽到，勃然大怒，胡亂啃咬。其他土狼不停移動，氣喘吁吁。說不定一共有十隻。他手邊只有鋁製箭桿和箭頭粗鈍、獵殺麋鹿的弓箭。他蹲在漆黑的門口——也就是唯一的出口——拉緊弓弦，架上鋁箭。他可以聽到他太太在樓上悄悄走動。一隻土狼發出咳嗽般的聲響。他動手朝著黑暗拚命射箭。他聽到一隻土狼咬嚙槽室最裡頭的基石，也聽到其他野狼啃食獸肉。他清空箭袋，一口氣射光十二支箭。中箭的土狼放聲哀號。幾隻土狼撲向他，他拿起他的獵刀猛刺。他可以感覺狼齒深入他的臂骨、熾熱的鼻息拂上他的臉頰。他猛刺土狼的肋骨、尾巴和頭蓋骨。他的肌肉驚顫緊繃。狼群凶猛進襲。鮮血汩汩地從他的手腕和大腿漫開。

她在樓上。透過地板，她聽到受傷的土狼發出有如來自冥間的慘叫，他格鬥時咕噥咕噥地連聲咒罵。她聽在耳裡，不禁覺得一個由冥界直通凡間的出口在他們屋子底下開啓，現正源源發送陰間最駭人的暴戾。她在壁爐前跪下，感覺一個個土狼的靈魂飄過地板的縫隙，升上天空。

他全身沾滿鮮血，飢腸轆轆，大腿內側也被嚴重咬傷，但他辛苦了一整天，把卡車從積雪裡挖出來。如果他弄不到食物，他們會餓死。他專注於挖出卡車。他拖拉著石板和樹皮，硬是塞到輪胎底下，從車臺挖下有如小山高的白雪。太陽下山之後，他終於成功啓動引擎，勉強把車子開上覆滿寒冰的雪地。有那麼短短、美妙的一刻，他歪歪斜斜地駛過有如硬殼的寒冰，星光從車窗流洩而下，車胎自轉，引擎啓動，眼前似乎有條小路，在車前燈的燈光中逐漸延展。然後他一頭又撞入雪堆之中，必須再次慢慢地、辛苦地挖車。

一切徒勞無功。他把車子挖出來，開了幾英里又撞入雪堆。雪地上的冰層不夠厚，幾乎沒有一處可以支撐卡車的重量。接連二十小時，他加快轉速，試圖把車子開過疾風吹積、高達八英尺的雪堆。車子卻三度撞入雪堆，陷入雪中，積雪深及車窗。最後他終於把車子留在原地。他離家十英里，離鎮上三十英里。

他用截短的樹枝生了一把微弱、冒煙的營火，躺在火邊，試圖闔眼，但他睡不著。營火融化了白雪，融雪一滴滴流向他，但還沒流到他身旁就已結凍。夜空中的繁星在各自的星系中纏旋閃爍，感覺從未如此遙遠、如此淒冷。半睡半醒間，他看到狼群繞著他的營火大步慢跑，隱身於光影之外，淌著口水，隻隻削瘦。一隻烏鴉衝過煙霧飛到他跟前，一蹦一蹦地跳向他。他頭一次驚覺，如果沒辦法取暖，他說不定會一命嗚呼。他勉強跪起，轉過身子，朝向家中爬去。他可以感覺狼群圍繞在他四周，他聞到牠們的血腥味，聽到牠們尖銳的爪子刮過寒冰。

那天晚上，他徹夜行進，隔天亦是竟日跋涉。有時步行，但大多時候手肘和膝蓋並用，往前爬行，整個人幾乎緊張得精神分裂。有時他以爲自己是條狼，有時他以爲自己已經撒手西歸。當他終於抵達木屋，門廊上沒有半個腳印，沒有跡象顯示她曾經踏出大門。儲藏槽室的木門依然開啓，外牆和門框的碎片散置各處，好像某個受傷的惡魔咬穿木屋的地基掙脫而出，朝向黑夜飛奔。

她跪在地上，髮間結了冰，陷入某種體溫驟降的深眠狀態。他用盡最後一絲力氣生了一把火，在她嘴裡灌進一馬克杯的熱水。墜入夢鄉時，他彷彿從遠處看著自己，嗚咽啜泣，緊緊抱著他幾乎凍僵的妻子。

他們的櫥櫃裡只剩下麵粉、一罐冷凍蔓越莓和幾塊餅乾。他只有砍柴的時候才出門。當她可以開口說話，她的聲音輕微而遙遠。我夢到最神奇的景象，她喃喃自語。我看到土狼離世時前往何處。我知道蜘蛛去了哪裡，還有鵝……

白雪飄落，永不停歇。他不禁心想，世間是否完全被某個冰河時期籠罩。長夜漫漫；日光一瞬即逝。再過不久，地球就會變成一個被丟擲到太空的蠅量白球，迷失在宇宙之中。每次他一站起，雙眼就一陣昏花，視力慢慢地消褪爲一道道令人暈眩的光圈。

冰柱從木屋屋頂懸掛而下，一路垂吊到門廊，擋住大門。他必須拿著斧頭砍出一道出路，才有辦法外出。他手執提燈出外釣魚，一路鏟雪走向河邊，用手動式土鑽在結了冰的河面挖洞，全身哆嗦地站在小洞旁，輕輕搖動勾著生麵團的魚鉤。有時他帶回一條鱒魚，河邊和小屋相距不遠，但踏雪回到家中時，魚身卻已凍僵。其他時候他們吃松鼠、野兔，或是幾把野玫瑰果，有次甚至吃了一隻餓死的鹿——他把鹿骨敲碎、燒煮，磨成細粉吃下肚。境況最淒慘的三月間，他挖出香蒲，削了皮，把根莖蒸了吃。

她幾乎不吃東西，每天沉睡十八、二十小時。醒著的時候，她在筆記簿裡亂塗亂畫，然後頭又重重一沉，手裡緊抓著毛毯，墜入深沉的夢鄉。疲弱本身，她習知，其實蘊藏著一股力量，深植於最低凹的核心。她的肚子空空如也，軀體漸趨沉靜，無需顧慮生存的種種需求，因而感覺自己面臨重大的醒悟。她才十九歲，嫁給他之後已經瘦了二十磅。身無寸縷之時，她整副身軀似乎只是一根根肋骨和突出的骨盆。

他閱讀她草草寫下的夢境，讀起來卻像是一首首無意義的詩，提供不了任何線索，讓他領會她的思緒。**蝸牛**，她寫道：

雨天乘橇滑著葉草而下。

貓頭鷹：雙眼緊盯野兔，直撲而下，彷彿自月球而降。

馬：與他的兄弟乘馳越過原野……

最終，他怨恨自己帶她到這裡，讓她整個冬天離群索居、孤零零地待在木屋。今年冬天令她抓狂——他們兩人都被逼瘋。她的狀況全都歸咎於他。

四月，氣溫升到華氏零度以上，而後突破二十度。他把額外的電池綁在背包上，出門把卡車挖出來。挖掘工作耗費一整天。他在月光下慢慢駛上泥濘的小路，走回屋裡，問她想不想隔天早上去鎮上一趟。她居然說好，令他大感意外。他們燒水泡澡，穿上一套過去六個月穿不上身的衣物。她在皮帶扣環裡穿上粗繩，以防長褲鬆落。

他握著方向盤，開出山谷，駛入鄉間，他看著太陽升過樹梢，身旁有她相伴，心中盈滿歡喜。春天的腳步近了：山谷開始穿衣打扮。妳瞧瞧那裡，他想跟她說，那些鴨雁川流不息地穿過小徑。山谷自有生息。即使是歷經一個那樣的冬天。

她請他把她載到圖書館。他購買食糧——一打冷凍披薩、馬鈴薯、雞蛋、紅蘿蔔。當他看到香蕉，幾乎喜極而泣。他坐在停車場，一口氣灌下半加侖牛奶。當他到圖書館接她，她已經辦了圖書證，借了二十本書。他們順道經過比特魯特小餐館，享用漢堡和大黃派。她吃了三塊。他看著她大啖派餅，湯匙悄悄滑出她的口中。這樣好多了。這樣比較接近他的夢想。

嗯，瑪莉，他說。我想我們熬過來了。

我好喜歡派餅，她說。

線路一修好，電話就開始鈴鈴響。他帶著雇他當嚮導的釣客前往河邊。她坐在門廊閱讀、閱讀，不停閱讀。

沒多久，大瀑城的公共圖書館已無法滿足她對書本的渴求。她想要閱讀其他書籍，諸如巫術論述、魔術與魔法的初級讀本，這些書籍必須從新罕布夏州、紐奧良，甚至義大利郵購。獵人每星期開車去一趟鎮上，從郵局領回一包裹的書籍：《宇宙奧祕》、《先知辭典》、《巫術寶典》、《上古神祕學》。他隨便翻開其中一本，朗讀一段：把水端過來，把柔軟的飾帶繫在你的祭壇周圍，用新採的小樹枝的乳香焚燒……

她恢復健康，重拾體力，不再成天裹著皮草做白日夢。她比他早起，燒壺咖啡，一早就埋首閱讀。她的飲食正常，魚肉蔬菜不虞匱乏，身軀因而煥發朝氣：她的頭髮閃閃發亮，眼睛和臉頰炯炯有神。晚餐之後，他看到她坐在爐火邊閱讀，髮間繫著黑鳥的羽毛，一個鷺鳥的鳥喙垂掛在她胸乳之間。

十一月間，他星期天休假，兩人出去越野滑雪。他們看見一隻不巧凍死的公麋鹿，當他們朝著牠滑行，大烏鴉對著他們高聲尖叫。她跪到牠旁邊，掌心擱在牠覆滿皮毛的頭蓋骨上，頭往後一仰，眼珠上翻。啊，她低聲呻吟。我感覺到他。

妳感覺到什麼？他站在她後面問道。究竟是些什麼？

她站起，全身顫抖。我感覺他的生命飄出，她說。我看到他去了哪裡、他見到了什麼。

那是不可能的，他說。這就像妳說妳知道我夢見什麼。

我知道，她說。你夢見狼。

但那隻麋鹿最起碼已經死了一天。牠哪兒都去不了。牠會進了那些烏鴉的肚囊。

她怎麼跟他說？她怎能請他理解這種事情？有誰能夠理解？她閱讀的書籍從未告訴她答案。

她從未如此清楚地意識到夢境與實境、活著與死去，其實僅是一線之隔，那條線如此細微，有時甚至不存在。這種感覺在冬天尤其清晰。隆冬之時，在那個山谷中，生與死差異不大。冬眠中的蠑螈，心臟凍得硬梆梆，但她可以在掌心之中溫暖牠、喚醒牠。對蠑螈而言，生死之間根本沒有界線、沒有藩籬、沒有冥河，兩者之間只是一個境域，就像兩個湖泊之間的一片雪地；在那裡，湖泊的居民有時在行至另一端的途中跟彼此碰面；在那裡，生命僅以一種方式存在，不是活著，也不是死去；在那裡，死亡僅是可能，種種影像閃爍升向繁星，宛如輕煙。一隻手、掌心的溫熱、手指的輕觸，就已足夠。

那年二月，白天陽光閃爍，夜晚寒冷凝冰——銀閃閃的薄冰鋪蓋麥田、屋頂和路面，有如釉彩。他開車載她到圖書館，倒車離去，沿著密蘇里河駛向班頓堡之際，他車胎的鏈條嘎嘎作響。

正午時分，獵人自小結識的鏟雪車司機馬林．史波克在日河橋上不慎打滑，連人帶車滑到四十英尺之下的河中。人們還來不及把他從車裡拉出來，他已一命嗚呼。當時她在一條街之外的圖書館看書，聽到鏟雪車撞上河岸，好像上千片鋼梁落地。她穿著牛仔褲和運動衫拔腿飛奔，當她衝到橋邊，人們已經下水營救，來自海倫娜的電話公司人員、珠寶商、圍著圍裙的屠夫，人人倉促地跑到河邊，涉過湍急的河水，撬開車門。她橫衝直撞地沿著橋下白雪皚皚的斜坡而行，噗噗啪啪地走向他們。人們從車頭裡拉出馬林，搖搖撞撞地抬起他。熱氣從人們的肩膀和墜毀在雪堆中的引擎蓋騰騰升起。她一隻手擱在珠寶商的胳臂上，一隻腳貼著屠夫的大腿，伸手抓取馬林的腳踝。

她的手指一碰觸馬林的身體，眼珠立刻上翻，一個影像向她蹦來：馬林．史波克騎著腳踏車，後輪架著孩童座椅，一個戴著安全帽的小男孩——想必是馬林的兒子——繫上安全帶，穩當地坐在座椅上。父子倆軋軋騎過一條小巷，小巷兩側林木高聳，綠樹成蔭，點點光影隨著腳踏車上的兩人飄移。男孩伸出一隻小手抓馬林的頭髮。落葉在他們身後飛揚。兩人的身影閃過商店的玻璃櫥窗。這個影像如此沉靜，宛若一條柔滑的絲綢緞帶，緩緩地、不落痕跡地飄逝，然而力量卻如此龐大，她深感震懾，不禁打顫。騎著腳踏車的是她。小男孩的手指拉扯她的頭髮。

碰觸到她，或是碰觸到馬林的人們都瞧見她所瞧見、感覺她所感覺。他們試著不提，但過了一星期，馬林下葬之後，他們再也守不住話。起先他們只在夜間、家中的地下室談論，但大瀑城不是個大都市，這也不是一個可以被深鎖在地下室的話題。這事很快就流傳四方，眾人在超市裡，或是加油站的油表旁議論紛紛。眾人不見得認識馬林・史波克、馬林之子、獵人之妻，或任何一位在河邊伸出援手的男士，但大家很快以專家的口吻提及此事。你只要**碰碰她**，一位理髮師說，你也看得到。你作夢也沒想到會有這麼美麗的小巷，一位熟食店老闆讚嘆。你想像不到會有那麼高聳的樹木。你不僅只是騎車載著他的兒子四處走動，電影院的帶位員悄悄說，**你愛他**。

他到哪裡都聽得到這些話。在木屋裡，他生了一把火，懶懶地翻閱她的一疊書。他看不懂——其中一本甚至不是英文。

晚餐之後，她把餐盤端到水槽旁。

這會兒妳看得懂西班牙文？他問。

她在水槽裡的雙手動也不動。那是葡萄牙文，她說，我只看得懂一點點。

他翻轉手中的叉子。馬林・史波克喪命的時候，妳在場嗎？

我幫忙把他從車裡拉出來。我覺得我沒有派上什麼用場。

他望著她的後腦杓。他好想把叉子狠狠插入桌面。妳變了什麼戲法？妳對大家施展催眠術嗎？

她肩膀一緊，聲音之中帶著怒氣。你為什麼不能——她開口，但話還沒說完就噤聲不語。那不是戲法，她喃喃自語。我幫忙抬他。

當她開始接到電話，他掛了對方的電話。但他們不屈不撓，不肯放棄。悲傷的寡婦，父母雙亡的律師，大瀑城論壇報的記者，還有一位喋喋不休、大老遠開車到木屋的父親，苦苦哀求她一同前往殯儀館，而她終於答應。獵人堅持開車載送。妳一個人過去，獵人宣稱，這樣不妥。他把卡車停在停車場，引擎格格作響，收音機嗚嗚低鳴，他待在車裡等候。

我覺得活力十足，當他扶著她坐進駕駛室，她對他說。汗水浸溼她的衣衫。好像血液嘶嘶翻騰、流過我的全身。到家之後，她靜靜躺著，徹夜未眠，彷彿置身遠方。

人們不停請求她回電，每次他都親自開車載送。有時他花了一整天偵尋麋鹿行蹤，回家之後依然開車送她過去，自己坐在車裡等候，累得昏昏入睡。當他醒來，她已經坐在他身旁，握著他的手，頭髮微濕，眼神狂野。

你夢見你跟狼群在一起，大啖鮭魚，她說。鮭魚被沖到河岸的淺灘上，奄奄一息，性命垂危，而且就在木屋門外。

早已過了半夜，而且他凌晨四點就得起床。鮭魚以前會游到這裡，他說。我小時候河裡有好多鮭魚，手一伸到河水就摸得到一條。他開過黑漆漆的田野，朝家中駛去。他試著放緩語調。妳在那裡做什麼？說眞的，妳做了什麼？

我撫慰他們。我讓他們跟心愛的人說再見。我幫他們理解某些他們絕對無法理解的事情。

不，他說。我的意思是，那是什麼戲法？妳怎麼辦得到？

她把手掌往上一翻。只要碰碰我，他們就看得到我眼中的影像。下次跟我一起進去。進去一下，握握我的手，然後你就明瞭。

他什麼都沒說。擋風玻璃上方的繁星似乎固定在原點，膠著於天際。

家人親友們想要付費：大多等到她收下錢才讓她離開。她經常帶著五十、一百美金回到車上——有次甚至四百美金——紙鈔一張張折起，塞進她口袋。她把頭髮留長，添置驅邪法寶加強戲劇效果，比方說蝙蝠的翅膀、烏鴉的鳥喙、一小把跟雪茄菸草綁在一起的老鷹羽毛、一個裝滿蠟燭頭的硬紙箱。接下來她利用週末的時間上路，他還沒起床她就一頭鑽進卡車裡，儼然是個天不怕地不怕的駕駛。她看到被車撞死的小動物就停車，在牠旁邊跪下，可能是一隻血肉模糊的箭豬，也可能是一隻支離破碎的野鹿。她把掌心貼在上百隻小蟲的硬殼被燻得焦黑的護柵上。春夏秋冬，四季更迭。她半個冬天都不在家。兩人皆感孤寂。他們從不交談。離家較遠時，有時她眞想開車調頭，自此一去不回。

春天白雪一融，他就走到河邊，試圖讓自己沉浸於拋擲釣竿的韻律中，隨著圓石咕咚咕咚順流而下的聲響迷失自己。連飛釣都讓他感到孤寂。他的卡車、他的妻子、他自己的生活軌道——事事物物似乎全都超乎他的掌控。

狩獵季節登場，他卻心不在焉。他搞砸了不少機會，比方說逆著風向追蹤麋鹿，或是告訴一位獵客歇手，過了三十秒，一隻野雉卻從藏身處飛躍而出，慢慢地拍拍翅膀，神閒氣定地飛向天空。當一位獵客失了準頭，不愼射中一隻羚羊的頸部，獵人痛斥他怎能如此馬虎，趕忙跪到羚羊的軀體旁，緊緊抓起一把血紅的白雪。你知道你做了什麼好事？他大叫。你知不知道箭桿會撞上大樹，羚羊會不停奔跑，狼群會緊緊跟隨，追得羚羊不敢休息？獵客滿臉漲紅，氣喘吁吁。狼群？什麼狼群？獵客說。這裡已經二十年沒看到半隻狼。

當他發現她在靴子裡藏了六千美金和一些零錢，她人在巴特或是密蘇拉。他取消帶團的行程，生了兩天悶氣，自個兒在門廊踱步，亂翻她的東西，盤算怎麼跟她理論。當她看到他和那疊斜斜從他襯衫口袋冒出來的鈔票，她停步，暫且不再走向門口。她的包包斜背在肩上，她的頭髮往後梳紮。燈光流瀉過她肩膀，照進院子。

這樣不對，他說。

她走過他身邊，走入木屋。我在幫助大家。我在做我喜歡的事情。你難道看不出事後我多麼開心嗎？

妳占了他們便宜。他們傷心哀悼，妳卻拿他們的錢。

他們**想要**付我錢，她尖叫。我幫他們看到他們不顧一切想要看到的影像。

這是詐欺，一場騙局。

她走出門口，回到門廊。不，她說。她的聲音輕緩堅定。這是眞的，就像這座山谷、這條河流、你那條掛在槽室風乾的鱒魚，全部都是眞的。我很有天分、很有才華。

他輕蔑地哼了一聲。沒錯，妳很有天分，很會變戲法、很會詐光寡婦的積蓄。他反手一扔，把鈔票拋進院子。大風橫掃鈔票，吹得鈔票散落在雪地上。

她狠狠打了他一巴掌。你怎麼可以這樣？她哭喊。所有人當中，你應該最能理解。你、你、每天晚上都夢到狼的你！

隔天傍晚，他獨自外出。她循著他的足跡，走過雪地。他裹著毛毯坐在獵鹿的平臺上，一身

白色迷彩裝，臉上塗抹一道道黑漆，有如老虎的斑紋。她蹲伏在一百碼之外，全身濕冷，不停顫抖，在平臺後面的雪地上等了四個多小時。她以為他肯定打起瞌睡，這時，她忽然聽到一支獵箭從平臺上颼颼發射，射中一隻她甚至沒看見的母鹿。母鹿胸前中箭，四下張望，張狂驚愕，然後拔腿飛奔，衝過林間。她聽著鋁製的箭桿擊打樹枝，母鹿拚命鑽過樹叢。獵人暫坐片刻，然後爬下平臺，邁步追蹤。她等到他走出視線之外才跟過去。

她無需走遠。鮮血大量流濺，她甚至以為他肯定射傷了其他野鹿，而野鹿們肯定沿著同一條小徑飛奔，濺灑出同等的生息。母鹿氣喘吁吁地倒臥在兩棵大樹之間，細長的箭桿從肩胛斜斜冒出，鮮血一股一股地流經體側，血色如此鮮紅，幾近暗黑。獵人站到母鹿旁，俯身割斷她的喉嚨。

瑪莉從蹲伏處一躍而起，雙腳緊張地抖動，拔腿衝過雪地，彎下裹著雪衣的身軀，一手抓住母鹿依然溫熱的前腿，一手握住獵人的手腕，緊緊不放。他的刀依然插在母鹿的喉嚨裡，拔刀之時，濃濃的鮮血滲入雪中。母鹿眼中的影像已經流竄她的全身——五十隻野鹿涉水走過燦爛的小溪，小腹浸在溪水中，彎著脖子扯下低垂在溪面的赤楊枝葉，陽光流洩而下，環繞野鹿的身軀，一隻公鹿揚起帶角的頭顱，宛若君王，一滴銀閃閃的溪水高懸在牠鼻口，捕捉了燦爛的日光，然後緩緩流墜。

什麼？——獵人張口結舌。他丟下刀，雙膝一軟，使盡吃奶的力氣往後退。她不肯放手；一手握住他手腕，一手緊抓母鹿的前腿。他拖著他們走過雪地，母鹿的鮮血沿著足跡滴流。喔，他輕嘆。他可以感覺整個世界——細碎的白雪、光禿的樹幹——慢慢從眼前消逝。他嚐得到赤楊枝葉的味道。璀璨的溪水在他身下奔流；日光遍撒在他身上。公鹿抬頭，迎上他的雙眼。世間萬物沉浸於琥珀般的光影。

獵人最後再用力拉扯，終於掙脫。原先的影像飛逝而過。不，他喃喃自語。不。他揉揉剛才被她握住的手腕，搖了搖頭，好像想要甩掉被打了一拳的感覺。他拔腿飛奔。

瑪莉在血跡斑斑的雪地上躺了好久，母鹿的暖意沿著她的手臂竄升，直到林間終於變得淒冷，僅只她一人。她用他的刀幫母鹿放血剝皮、清除內臟，把殘骸切成四等分，扛在肩上抬回家中。她先生躺在床上。火爐冷冰冰。別靠近我，他說。別碰我。她生了火，在地上沉沉入睡。

接下來幾個月，她愈來愈常離家，待在外面的時間也愈來愈久。她造訪家宅、事故現場、殯儀館，足跡遍布蒙大拿州中部。最後她終於開著卡車朝南行進，自此不再回頭。他們的婚姻邁入第五個年頭。

二十年後，在比特魯特小餐館，他抬頭一望架在天花板上的電視，忽然看到她在電視上接受訪問。她住在曼哈頓，行遍世界，寫了兩本書。她在全國各地廣受歡迎。妳跟死者神交嗎？主持人問。不，我幫助人們。我跟生者交流。我帶給人們平靜。

嗯，主持人轉身對著攝影機說。我相信妳。

獵人在書店買了她的書，一個晚上一口氣讀完。她寫詩描繪這座山谷，把詩獻給狂野的土狼、壯美的野牛等野生動物。她前往蘇丹碰觸劍龍脊骨的化石，而後撰文述說她的挫折，因爲她竟然無法預卜出任何影像。電視公司出錢讓她飛到堪察加半島，請她抱一抱毛髮凌亂、龐大無比、從永凍地區空運而來的長毛象腿。這次她運氣較佳——她描述整群長毛象邁著巨大的象腿、舉步維艱、嘩啦嘩啦地踏過浪花、象鼻一擺一擺、扯下海草送到嘴裡。幾首詩文甚至隱隱透露出他的身影——他一臉陰鬱、滿身鮮血、徘徊於頁張之外，好像即將來襲的暴風雨，也像躲藏在地窖裡的殺人犯。

獵人五十八歲了。二十年是一段漫長的時光。山谷失去往日榮景，變化雖然遲緩，但仍可察覺：道路開入山谷，灰熊遷離，尋覓更高曠的鄉野。每一片容易到達的森林都被伐木工人砍得林木稀疏。每年春天，伐木林道的徑流把河水染成有如巧克力般深褐。他已經放棄在這片鄉野中尋找狼群，即使狼群依然來到他的夢中，任由他跟隨在後，頂著月光一同奔馳，越過冰天雪地的平原。他再也沒有跟其他任何女子爲伴。在他的木屋裡，他窩在桌旁，把她的書擱到一邊，拿起鉛筆，寫了一封信給她。

一星期之後，聯邦快遞的卡車一路開上木屋。信封裡的壓紋信紙寫著她的回覆。她的字跡匆促，言簡意賅。**我後天會在芝加哥**，信裡說，**隨函覆上一張機票。歡迎前來。謝謝來信**。

享用雪酪之後，校長用湯匙敲敲玻璃杯，請賓客們走入接待廳。吧檯已被拆卸，原處擺了三具穩立在地毯上的棺材。棺材是桃花心木所製，擦得油亮。中間那一座比左右兩座大一點。棺材蓋沾了少許雪花——三具棺材剛才肯定擱在戶外——雪花消融，雪水滴落到地毯上，留下一圈汙黑的水漬。棺材周圍的地上擺了靠枕，壁爐架上點了十二支蠟燭，晚宴廳傳來工作人員清理碗盤的聲響。獵人靠在門口，看著賓客們神情不安地魚貫入內，有些人捧著咖啡杯，有些人大口喝下高腳杯裡的琴酒或伏特加。大家終於在地上坐定。

獵人之妻隨後入內，她一身黑色套裝，相當優雅。她跪下，示意歐布萊恩在她旁邊坐下。他神情緊繃，看不出想些什麼。獵人再次覺得他不是這個世界的居民，而是來自另一個比較清瘦的世界。

歐布萊恩主席，獵人之妻說。我知道你很難接受。死亡會讓人覺得一切都已終結，好像一把尖刀劃過你心頭。但死亡的本質絕對不是終結，也不是某個我們一躍而下的漆黑懸崖。我希望讓你看看死亡只是一團白霧，我們可以探頭進去瞧瞧，然後把頭探出來，我們可以學習死亡、面對死亡，不一定非得懼怕死亡。失去任何一個生命，對我們全體都是損傷。即使如此，死亡依然值得慶祝。死亡只是過渡，如同其他諸多事。

她走到眾人圍坐的中央，鬆開棺材蓋。從他坐著的地方，獵人看不到棺材內部。他太太的雙手顫動，有如小鳥鼓翼。想一想，她說，用心想一想某件你希望解決的事情、某樁你但願可以收回的往事——說不定是你跟女兒們相處的某一時刻、某種失去的情感、某個迫切的心願。

獵人閉上雙眼。他察覺自己想著他太太、他們之間的鴻溝、他拖著她和一隻流血的母鹿越過雪地。現在請你想一想快樂的時刻，他太太說道，那些你和你太太、你和你兩個女兒、你們全家共度的歡樂時光。她的聲音有如催眠。透過緊閉的眼瞼，燭光顯得更加橘紅，漫過周遭。他知道她正伸手摸取棺材裡的某物，或是某人。在他心中某處，他感覺她似乎把手伸向接待廳這一頭。

他太太繼續說道，美和失去其實是一體兩面，兩者如何爲世間排定秩序。他聽著聽著，某種感覺似乎漸漸成形——一股奇怪的暖意、一個飄渺的形體，隱隱之中帶著不安，好像一根羽毛掃過他的頸背。他兩旁的人們握住他的手，手指緊緊纏繞他的手指。他心想，他是不是被她催眠，但一切都不打緊。他無從抗拒，無從掙脫。她已進駐他內心；她已把手伸過廳室，動手翻弄。

她的聲音緩緩消逝，他感覺自己扶搖而上，宛如朝向天花板升起。空氣漫入他的胸肺，而後輕飄飄地漫出；與他相握的雙手傳來一股股暖意。在他腦海中，他看到大海從霧中浮現。海面廣闊平靜，閃閃爍爍，有如擦得亮晶晶的金屬片。他可以感覺沙丘草貼著他的小腿飄動、海風吹過他肩頭。大海璀璨，光采奪目。蜜蜂繞著他來回穿梭，飛過沙丘。遙遠的一端，一隻水鳥俯衝而下，捕食海蟹。他知道幾百碼之外有兩個小女孩在海灘上堆沙堡；他可以聽到她們引吭高歌，歌聲輕快柔和。她們的母親陪著她們，斜倚在一張海灘傘下，一隻腿彎起，一隻腿伸直。當她啜飲冰茶，他嚐到冰茶的滋味，甜甜的，微微帶著薄荷的辛辣。他體內每一個細胞似乎都在呼吸。他變成那兩個小女孩、那隻俯衝的水鳥、那群來回穿梭的蜜蜂；他是女孩們的母親和父親；他可以感覺自己往外漂浮、滿心歡喜、緩緩消融、融入世間、好像遠古時代頭一個涉水潛入澄藍大海的細胞……

當他張開雙眼，他看到亞麻窗簾、身穿華服的女士們雙膝跪地。很多人臉頰上顯然閃著淚光——歐布萊恩、校長、布魯斯·梅柏爾，個個熱淚盈眶。他太太低著頭。獵人輕輕放開左右賓客的手，走入廚房，走過一個個浮著肥皀泡沫的水槽和一疊疊餐盤。他自己開門，從側門走出去，發覺自己踏上一個環繞著屋子而建的原木露臺，露臺上已經積了兩英寸的白雪。

他覺得自己被引向水塘、小鳥的浴池、樹籬。他走近水塘，站在邊緣。雪花緩緩飄落，雲底映著城市的燈光，煥發暈黃的光影。屋裡的燈全都熄滅，只見壁爐臺上十二支蠟燭的燭光，燭光隔著玻璃窗微微顫慄、眨眨閃閃，彷彿一個受困的微小星河。

不久，他太太走到露臺上，踏過雪地，來到水塘邊。他準備了好多話想說；他想述說他最終的信念、他愛的是自己心目中的她，他想謝謝她邀請他來，讓他理解她爲什麼離開山谷，即使僅只今晚。他想告訴她，雖然狼群已離去，或許永遠不再回返，但牠們依然來到他夢中。牠們在他的夢中奔馳，意氣飛揚，無拘無束，光是這樣已經足夠。她會了解。她早在他了解之前就已了然於心。

但他不敢開口。他看得出來，開口說話有如截斷某種不堪一擊的感情連結，也像踢開一朵結籽的蒲公英，讓那纖細、飄渺的絨球在風中四散紛飛。他們反倒站在一起，朵朵雪花從雲中飄落，融入水中，他們的倒影在水面輕輕顫動，好像兩人同被困在一個玻璃圍起的平行世界之中，最後他終於伸手，牽起她的手。

祝你好運

朵洛西亞．聖胡安，芳齡十四，身穿褐色的開襟毛衣，爸爸是個工友，走路低著頭，腳上一雙廉價球鞋，從來不擦口紅，午餐小口小口吃著沙拉，拿著大頭釘把地圖釘在她臥室牆上，一緊張就憋氣。多年以來，她身為工友之女，早已學會如何融入周遭、保持低調、絕不引人注目。那個女孩是誰？無名小卒，不足掛齒。

一個人的機會有限，朵洛西亞的爸爸喜歡把這話掛在嘴邊。這會兒天色已晚，他們父女在俄亥俄州楊斯敦鎮的家裡，他坐在女兒的床上，再度說起這話，然後補上一句：這對我們而言是個大好機會。他攤開手掌，合起手掌，雙手在空中揮了揮。朵洛西亞不曉得他所謂的「我們」是誰。

造船，他說。一個人的機會有限，他說。我們要搬家了。搬到海邊。一個叫做哈波斯維爾的地方。學期一結束我們就搬過去。

造船？朵洛西亞問。

妳媽媽百分之百贊同，他說。最起碼我覺得她這麼想。誰不會百分之百贊同？

朵洛西亞看著他隨手用力把門帶上，心想她媽媽從未百分百贊同任何事情，她爸爸也從未擁有、租用，或是提起任何種類的船隻。

她抓起她的世界圖鑑，端詳書中那個沒有刻度，應是代表大西洋的藍色區域。她的目光沿著參差不齊的海岸線移動。哈波斯維爾宛若微小的綠手指，指向一片澄藍。她試圖想像大海的模樣，腦海中浮現出粉藍的海水、胭幫貼著胭幫的魚群。她想像自己搖身一變，變成緬因州的朵洛西亞：光著腳丫子，戴著椰殼項鍊，新房子，新城鎮，新生活。嶄新的朵洛西亞。嶄新的桃樂絲。她憋氣，數到二十。

朵洛西亞誰都沒說，也無人問起。他們在學期最後一天的下午離開，好像潛逃出城。瓦格尼卡車噗噗啪啪開過潮濕的柏油路，行經俄亥俄州、賓州、紐約州、麻州，駛向新罕布夏州。她爸爸目光呆滯地開車，握著方向盤的指關節發白。她媽媽一臉嚴肅地坐在乘客座，目不轉睛地盯著雨刷，雙唇緊抿，好像一對被雨淋得溼答答的蚯蚓，瘦小的身軀緊繃，彷彿有一百條鐵箍圈綁，骨瘦如柴的雙手握得死緊，好像握拳擊碎岩石。一顆青椒擱在她膝上，她一邊切青椒，一邊把乾巴巴、煞費苦心用保鮮膜包起來的玉米餅遞到後座。

卡車疾行，松柏掠過車窗，彷彿朝向柏油路面彎身。行行復行行，他們終於在黎明時抵達緬因州。朝陽染上鮭魚般的顏彩，躲在層層雲朵後方窺探。

一想到愈來愈接近大海，朵洛西亞不由主地顫抖，在座椅上動來動去，坐立難安。一個有如籠中鳥的十四歲少女，心中蘊積的那股衝勁，簡直就像堆疊在餐盤上的彈珠，難以管控。最後公路終於彎曲轉向，卡斯科灣銀閃閃地出現在他們眼前。太陽隔著海灣拋來一串長長的亮片。她低頭貼著車窗的窗框，感覺海中肯定有群幼鯨。她盯著晶瑩閃爍的海面，小心翼翼地搜尋鯨鰭和鯨尾。

她瞄了瞄媽媽的後腦杓，試圖看看媽媽是否也已注意、也已察覺到、也因爲一望無際的銀色大海而感動。當年她媽媽藏身一袋袋洋蔥底下，在一節火車車廂躲了四天，偷渡到了俄亥俄州，而後在一個原為沼澤地的小城碰見她的先生，城中人行道龜裂，火車鳴笛聲四起，冬天滿地泥濘的雨雪；她媽媽營造了一個家，始終未曾離開。如今看到無邊無際的汪洋，她媽媽肯定滿心歡騰。但朵洛希亞看不出任何歡騰的跡象。

哈波斯維爾。朵洛西亞站在租屋的門口，跨過這個門檻即是歡樂天堂。松樹沙沙作響，黑莓樹叢盤繞蔓生，遠方的大海有如一片迷濛的背景。

廚房好小，櫥櫃的把手懸掛著貝殼串飾，她爸爸站在一串串貝殼之間，攤開手掌，合起手掌，好像以為自己會看到造船手冊、舷窗、擦得發亮的黃銅，也好像想不通自己為什麼置身這個櫥櫃上懸掛著貝殼的廚房。她媽媽站在客廳，好像一根固定在地的螺釘，低頭盯著從車上搬下來的紙箱、紙袋和皮箱。她的頭髮盤成一個大大的髮髻。

朵洛西亞伸長手臂，踮起腳尖。她脫下她褐色的開襟毛衣。鷗鳥尖聲大叫，盤旋飛舞，掃過樹梢，層層鳥羽有如朦朧的簾幕，悄悄滑過天際。

她媽媽說：把毛衣穿上，朵洛西亞。妳曬不到太陽。

她媽媽似乎以為這裡的陽光跟其他地方的陽光完全不一樣。朵洛西亞沿著一條多沙的小徑前進，穿越黃褐的草地，走向海邊。小徑盡頭是岩石，顏色近似鐵鏽，狀若鋸齒，年代久遠，很久之前就已從地面隆起。岩石兩側沒入飄渺的薄霧中，放眼望去只見大海、被風吹彎的松樹、晨霧。她看著一朵朵青綠的浪花拍打閃亮平滑的岩壁，激起一道道緩緩消逝的白沫。白浪襲來，緩緩消逝。白浪襲來，緩緩消逝。

她轉身，瞥見松林間那棟白色的小屋。蒲公英結實纍纍，庭院滿地細沙，油漆斑駁剝落，地基潮濕，似乎有點下陷。她爸爸站在門口，一邊講話，一邊朝著她媽媽、卡車、租屋指指點點。八成在吵架。她看到她爸爸攤開手掌，合起手掌，也看到她媽媽爬上卡車，啪地關上車門，坐上乘客座，直直盯著前方。她爸爸退回屋裡。

朵洛西亞再度轉身，伸手掩護雙眼，看著晨霧散開。在她左手邊，青綠的浪濤閃閃發亮，河水滔滔流入大海。在她右手邊，蓊鬱的林木沿著岸邊延展。前方五百英碼左右，她看到一個多石的岬角。

她走過去；球鞋踩上陡峭的岩石，鞋頭被壓得彎翹，偶爾不得不踏入海中，海水繞著她膝蓋打轉，帶著鹹味的寒意刺痛她的大腿。泥沙踩在腳下，感覺滑滑的。一片薄霧緩緩降下，她看不清岬角。若是岩石陡峭，她就涉水繞過。海水升過她的腰部，拍擊她的小腹。最後又向高處攀升，她站穩，開始往上爬，指甲沾了泥沙，身上也已覆上一層風乾的海鹽。她邁開雙腿，奮力攀爬，全身濕淋淋地站到岩石突出處。薄霧之中，岬角若隱若現。

她伸手遮護雙眼，再次注視大海。那裡有群海豚嗎？鯊魚？帆船？她看不到任何蹤跡。她什麼都看不到。大海僅是岩石、海草、海水嗎?泥沙?浩瀚的虛無,閃爍的光影,斑駁的地平線,皆非她所料想。浪濤從迷濛的薄霧中滾滾而來,一時之間,她驚恐萬分,幾乎可以想像自己是世間唯一的活物。她轉身,準備往回走。

然後她看到那個釣者。他從她的左側緩緩涉水而過,好像憑空冒出來,或來自虛無。說不定來自大海。

她看著他,感覺自己有幸目睹。世間萬物逐一消逝,僅存眼前這個影像、這個沉默而神奇的釣者。釣竿似乎自他手臂延伸而出,好一個完美的附屬品。他的肩膀輕輕擺動,胸膛光裸褐黃,雙腿細長,小腿深深浸在海水之中。喔,這就是緬因州,她心想,日子就該這麼過。如此一個釣者。如此一派優雅。

他手執釣竿往後一退,拋投釣線,釣線在空中畫了一個又一個圓圈,先是遠遠落在後方,然後遠遠飛往前方。當釣線緩緩開展、終與海面平行,他把釣竿往回一抽,釣線驟然朝反方向飛去,越過岩石,幾乎觸及樹梢,幾乎就要繞住某根低矮的樹枝,但釣線還來不及勾上樹枝,釣者就又往前一拋,遠遠擲向海面,然後再次回抽。一拋一抽,釣線愈拉愈長,愈來愈逼近樹梢。最後當釣線看似被他甩入樹叢,釣者用力地、筆直地拋出釣線,釣線飛過浪花的尖梢,落入海中。然後他把釣竿的粗端夾在腋下,用兩隻手餵線。他再度拋投,釣線一圈圈地前後晃動,有如碎浪,催人入睡,最後終於颼地飛越海面,拂過翻騰的巨浪。他再度餵線。

她站在岩石上,感覺腳下的岩層密實相疊。憋氣,數到二十。然後她走下立足之處,噗噗啪啪地踏入海中，球鞋再度踩踏藤壺和滑溜的海草。她走了一百碼，抬頭挺胸，朝著釣者前進。

結果釣者是個男孩，約莫十六歲，小腿有如牛皮般粗韌，一串白色的小貝殼貼著喉結，黃褐的髮絲垂落在額頭，他透過髮絲看著她，雙眼宛若青綠的藥丸。

他說：這樣的早晨穿了毛衣，還眞奇怪。

什麼？

妳穿毛衣不會熱？

他再度拋投。她目視釣線，看著他把一圈圈漂浮在腳踝邊的釣線繞上捲線器，釣線懸空飛舞，忽而往前，忽而往後，最後終於颼颼沒入海中。他再度餵線，開口說道：潮水轉向，快要漲潮了。

朵洛西亞點點頭，不確定這話有何意義。

她問，那是哪一種釣魚桿？我從沒看過那樣的桿子。

桿子？餌釣才用桿子。這是飛釣的釣竿。

飛釣？你不用魚餌？

魚餌，他說，不……我從不用魚餌。用了魚餌就變得太簡單。

什麼變得太簡單？

少年釣者抽回釣線，再度抛投。釣魚。讓釣魚變得太容易。鱸魚或是石斑當然會受到一大塊烏賊的誘惑。鯖魚當然也會咬食蚯蚓。有什麼稀奇？那是一個毫無章法的遊戲，毫無美感可言。美感。朵洛西亞細細思量。她想不通美感跟釣魚有何關聯。但瞧瞧他抛投！瞧瞧瀰漫在樹梢的薄霧赫然散去！

少年繼續說，餌釣的釣者把鯡魚丟到水裡，稍微晃一晃，硬是拉出一條鱸魚。那不是釣魚。那簡直是罪過。

喔。朵洛西亞拚命試圖理解餌釣爲什麼毫無美感。

他抽回釣線，扯一扯前導線，讓朵洛西亞看看毛鉤。潔白的羽毛被繩線好端端地繫在鋼鉤上，隱隱可見一個微小的木雕頭顱，頭顱彩繪，還有一雙圓滾滾的眼睛。

那是誘餌嗎？

毛鉤。鹿尾毛毛鉤。那截白色的羽毛是染了色的鹿尾。

朵洛西亞輕輕把毛鉤握在手中。細細的繩線完美地繫在頸部。這一雙眼睛？你自己著色的嗎？

當然。全都是我自己做的。他把手伸進口袋，掏出一個紙袋，把袋裡的東西全都倒在她的掌心。朵洛西亞看到另外三個毛鉤。黃色、藍色、褐色。妳能想像在魚兒眼中，這些毛鉤在水裡看起來是什麼樣子嗎？細細長長，好像一隻小魚，也像是點心佳餚。完美。神奇。繫綁在尖銳鐵鉤上的漂亮東西。

他再度拋投，沿著岸邊啪噠啪噠踏水而行。

朵洛西亞跟著前進。海水漫過她的脛骨，高漲起來。

等等，她說。你的魚鉤、你的毛鉤。

妳可以留著，他說。我會再多做幾個。

她婉拒。但一直盯著它們，無法移開視線。

他拋投。沒關係，他說。就當是我送妳的禮物。

她搖搖頭，但把它們放進口袋。碎浪拍打她雙膝。她端詳大海，望尋生命之跡。魚鰭彎曲搖擺？海洋生物翻騰躍動？她只看到朝陽在海面灑下有如金幣的光點、薄霧持續散去。當她抬頭一看，少年釣者幾乎已經繞過岬角。她噗噗啪啪地跟上去，看著他拋投。海浪滔滔，嘩啦作響。

喂，她說，那邊有魚，是吧？不然你幹嘛釣魚？

男孩微微一笑。沒錯。那邊是大海。

我說不出爲什麼，但我以爲海裡會有更多東西。更多生物。好多、好多魚。我之前住的地方什麼都沒有，我原本希望這裡說不定有些什麼，我以爲海裡肯定有些生物，但海洋似乎又大又空。

男孩轉身看著她。他鬆手讓釣線垂下，彎下腰，把手伸進腳邊的水裡，翻掘海泥，抓起一把細沙。

妳看看，他說。

在灰黑的泥沙中，朵洛西亞起先什麼都沒看到。滴水的泥塊。貝殼的碎片。小小的水滴。然後她注意到非常輕微的顫動，還有一些透明的斑點緩緩蠕動，好像跳蚤似地跳來跳去。男孩的手搖一搖。一個微小的蛤貝出現在他的掌中，半開的蛤殼露出蛤腳，好像一截遭到咬嚙的舌頭。還有一個頑固的海螺，海螺倒栽蔥，角狀的螺殼直指地面。還有一隻通體透明的小螃蟹。某種海鰻也在他掌中蠕動。

朵洛西亞伸出手指戳一戳海泥。男孩又笑笑，在海中洗洗手。

他一邊拋投，一邊說：妳沒來過這裡。

沒錯。她遙望大海，暗想她的腳下肯定躲藏著種種海洋生物。她得學習好多事情。她看看男孩，詢問他的姓名。

太陽下山之後，朵洛西亞站在她陰暗的小房間裡，四下環顧。她把一幅地圖釘在牆上，在睡袋上坐下，細細端詳地圖上的緬因州。陸地的區塊各有邊界、首府和州名。她的目光卻始終回到那片不斷延伸、沒入地圖邊緣的深藍。

一隻飛蛾撞上她的窗戶。屋外的樹林之中，小蟲喀嚓喀嚓，尖銳刺耳。朵洛西亞覺得她可以聽到大海的聲響。她從口袋裡掏出那個鹿尾毛毛鉤，把玩賞析。

她爸爸站在門口，輕敲門框，打聲招呼，跟她一起坐在地板上。他看起來沒睡好，精神萎靡。他弓起身子，雙肩下垂。

嗨，爸。

這裡還好吧？

新環境，爸，需要一些時間才會習慣。

她不跟我說話。

她幾乎不跟任何人說話。她就是這樣。

她爸爸意氣消沉，神情沮喪。他下巴一揚，朝著朵洛西亞手中的幾個毛鉤指指點點。那些是什麼？

魚餌。釣魚用的毛鉤。

喔。他甚至懶得掩飾自己心不在焉。

我想試試飛釣，爸，明天可以嗎？

她爸爸攤開手掌，合起手掌，眼睛睜著，但視而不見。沒問題，朵洛西亞，妳可以去釣魚。釣魚。當然可以。

他隨手帶上房門。朵洛西亞憋氣，數到二十。她聽到她爸爸在隔壁房間慢慢吸氣，好像每次呼吸都得鼓足勇氣，才敢再吸口氣。

她套上她的褐色開襟毛衣，悄悄打開窗戶，爬出去。她站在潮濕的院子裡，做個深呼吸。松樹上方，星光點點，繁星迴旋。

岬角附近的小樹林裡升起了營火。微風清朗，草上沾滿露珠。一列列雲朵頂著星光，緩緩飄過天際。她的球鞋濕透，林間的護根物沾黏在她的開襟毛衣上。她蹲伏在營火外圍的松葉上，看著漆黑的人影閃閃晃動。人影歪歪斜斜，映入松林之中。他們坐在樹樁上。他們大笑。她聽到酒瓶叮噹噹地相碰撞。

她在他們之間看到男孩，他坐在一截圓圓的樹樁上，淺淺的笑容在營火中泛著澄橘的顏彩，頸間的項鍊森白。他大笑，舉起酒瓶，瓶口微微後傾。她憋氣憋了好久，幾乎長達一分鐘，然後站起來，轉身走開，卻踩到一根小樹枝，樹枝啪地斷裂。

笑聲漸漸歇止。她動也不動。

嗨，男孩說。桃樂絲？

朵洛西亞從暗處轉身，踏入營火的光影中，低著頭走過去，坐到男孩旁邊。

各位，這是桃樂絲。

一張張被營火照亮的臉孔看看她，然後望向別處。談話聲再起。

我就知道妳會過來，男孩說。

是嗎？

當然。

你怎麼知道？

我就是知道。我感覺得到。我跟妳說過，我們幾乎每天晚上都在這裡生把營火。我跟我自己說，等著瞧吧，那個女孩會過來，桃樂絲會過來。而妳果然來了。

你今天釣到什麼魚？我是說我見到你之後？

釣了幾隻。我放走了。

我爸爸在鋼鐵廠工作。他設計船殼。

是嗎？

嗯，是的。他會設計船殼。

他牽起她的手，她的掌心汗水涔涔，但她依然緊緊握住，他們十指交握，她可以感覺他手勁很強、指尖粗糙。他們手牽手坐著，她儘量挺直身子。他們沒說話。營火熊熊，煙霧直升樹梢，繁星點點，閃閃爍爍。身為造船工程師之女，感覺眞好。

稍後，他試著吻她。他笨拙地靠過來，鼻息熱呼呼地拂過她的下巴。她緊緊閉上雙眼，想著她那瘦小、藏身洋蔥之下、躲在火車車廂裡的媽媽。她從男孩身邊抽身，站起來，低著頭穿過枝葉低垂的松林，趕忙回家。她從她臥室的窗戶爬進去，脫下潮濕的球鞋，掛好她褐色的開襟毛衣，聽大海的聲響，回想那雙有如綠色藥丸的眼睛，心中滾滾翻騰。

隔天早晨，朵洛西亞拉著她媽媽的手腕，強拉著媽媽走到海邊。她要讓媽媽親眼看看霧中的大海，她要讓媽媽親眼瞧瞧這個地方並非空空蕩蕩。薄霧有如鳥羽般掃過樹梢。四處蒙上縷縷白霧；藍天忽隱忽現，閃爍著純淨的藍彩。大海褪去白霧，漸漸現形。她媽媽戴著一頂帽子，頭髮緊緊塞在寬邊帽子裡。鷗鳥盤旋天際，鼓噪喧鬧，飛越輕輕晃動的波滔。鸕鶿俯衝而下，捕獵早餐。

她們站在岩石上。朵洛西亞端詳她媽媽的臉龐，搜尋種種跡象，試圖看看她媽媽是否改變心意、是否有所醒悟。她憋氣，數到二十。她媽媽緊靠著她，身子僵硬。

撒謊，她媽媽說。妳爸爸根本不懂船。他一輩子都是工友。他跟每個人撒謊，甚至對自己都不說實話。他今天或是明天就會被炒魷魚。

不，媽媽，爸爸很聰明，他會找到出路。他會邊做邊學。他非得邊做邊學不可。他看到一個機會，而且緊緊把握。我們會成功。妳看看大海，妳看看這裡多漂亮。

生命可能有百萬種結局，朵洛西亞。她媽媽講起英文好像口吐沙石。但絕對不會是妳夢想的那一個。妳想做什麼夢都行，但結果絕對不會一樣、絕對不如妳的想像。唯一不會成眞的是妳的白日夢，其他事情……

她閉嘴，聳聳肩。

朵洛西亞低頭看著潮濕的球鞋。膠皮已經逐漸解體。她跌跌撞撞地爬下陡峭的岩石，邊爬邊抓住野草保持平衡。她把手深深埋進海水的泥沙之中，高高舉起一把泥沙。

妳看看，媽，妳看這些活生生的小動物。一把泥沙裡就有這麼多生物。

她媽媽瞇起眼睛，瞪著女兒。女兒抓著一把海泥舉向天空，好像奉上某種祭品。

而後一艘綠色的獨木舟劃破白霧悄悄而來。船上只坐了一個釣者，他用力划槳，釣竿橫跨在船艉。一串白色項鍊貼在他的喉結。

男孩划著划著停了下來。他的槳滴著水。他端詳岩石上的兩個人影：母親瘦弱憔悴，一手按住帽子，好像想將自己固定在岩石上，女兒站在海中，水深及腰，高舉一掌大海。

他舉手，微微一笑，高聲呼叫朵洛西亞。

巴斯的一家五金行販售釣魚器材，器材擱在店裡最裡頭，一個魁梧、蓄鬍、膝蓋粗壯的大個子坐在高腳椅上拉綁前導線，她爸爸抬頭看看牆上那一架釣竿，大拇指推推眼鏡。

大個子說，兩位有何貴幹？

我女兒想買一支釣竿。

大個子把手伸進櫥櫃，拿出一組全功能漁具，一邊遞給朵洛西亞，一邊開口說，這組最適用，妳需要什麼配件，這組全部都有，還包括杯軸，應有盡有。

朵洛西亞把整組漁具拿遠一點，端詳捲線器、兩截式釣竿、鍍銅導環、塑膠包裝紙。標籤上有隻卡通鱸魚扭動魚身、跳出卡通池塘、吞食三頭鉤的假餌。她爸爸伸手摸摸她的頭，問她覺得漁具看起來如何、她喜不喜歡。

漁具粗鈍，看起來笨拙，沒有一圈圈飄舞的釣線，一點都不優雅，她實在不怎麼喜歡。她想像一團團魚肉盤據在她的魚鉤上、她的捲線器鐵鏽斑斑、男孩譏笑她。

爸，我要飛釣釣竿。這組漁具是餌釣。

大個子放聲一吼。她爸爸揉了揉下巴。

大個子用一個黑色的收銀機幫朵洛西亞結帳，粗大的手指算算零錢。

我從來沒見過女孩子飛釣，大個子說，真的，我聽都沒聽過。他的口氣相當溫和，雙眼盯著朵洛西亞，手指好像圓滾滾的粉紅雪茄。

我試過飛釣，他繼續說。我還在學習。我想我們都還在學習。你學了又學，然後你兩腿一伸，上了西天，而你還學不到一半。

他聳聳小山似的寬肩，把零錢遞給她爸爸。

妳剛搬來這裡，他說，眼睛只看著朵洛西亞。

我們剛搬來哈波斯維爾，她說。我爸爸在巴斯鋼鐵廠上班，他設計造船，今天是他頭一天上班。

大個子點點頭，低頭瞄了她爸爸一眼。她爸爸攤開手掌，合起手掌。

我們以前住在俄亥俄州，他喃喃說。我負責設計貨輪的船殼，我覺得我們搬過來也無妨，總得試一試。一個人的機會有限，沒錯，我就是這麼想。

大個子又聳聳肩。他露出微笑，對朵洛西亞說，說不定我們哪天可以一起去釣魚。我們可以試試波珀姆海灘。那裡的魚咬餌咬得很凶。潮水退到最低點時，條紋鱸一群群在淺灘裡游來游去。妳不妨拿妳那支小釣竿，過去瞧瞧。

大個子微微一笑，坐回他的高腳椅上。朵洛西亞跟她爸爸走出店裡，開車駛經鋼鐵廠、造船廠、巨大的鋼鐵倉庫、高聳的鐵絲網，起重機搖搖晃晃，一艘深綠的拖船停泊在乾船塢，鐵鏽灑了一地。從米勒街的街頭，朵洛西亞可以看到肯納貝克河聲勢浩大、滔滔滾滾地流入大西洋。

傍晚時分，朵洛西亞坐在她的睡袋上，組裝她的釣竿。拼接上下兩截，旋緊塑膠捲線器，釣線穿過導環，打結銜接前導線。

她爸爸站在門口。

朵洛西亞，妳喜歡那支釣竿？

釣竿好漂亮，爸，謝謝你。

妳早上要去釣魚？

是的。

妳媽媽說了什麼嗎？

朵洛西亞搖搖頭。她以為他會再說幾句，但他沒有。

他離開之後，她憋氣，拿起她的新釣竿，從窗戶爬出去。她穿過漆黑的松林，在沒有月光的夜晚摸黑前進。她走近營火，聽到吉他的樂聲和歌聲，看到男孩坐在樹樁上。她蹲在松樹下，靜靜觀看，心裡想著她爸爸常說的一句話：一個人的機會有限。她一隻手插進口袋，探觸口袋裡的三個毛鉤，摸摸毛鉤的尖端和羽毛。她閉上雙眼。她的雙手顫抖。一個毛鉤刺痛她的指尖。

她站起來，稍作猶豫，轉身，朝向她左側前進，走向大海。她吃力地攀爬岩石，暗影幢幢，錯落交疊，她站在大海邊際，吸吮指尖的一滴鮮血。她渾身發抖，屏住氣息，抵抗顫慄。

她憋氣站立，動也不動，靜靜聆聽。哈波斯維爾的寂靜宛如潮水般在她的耳內攀升，種種輕微的聲響盈滿耳中，宛如七彩的碎浪：貓頭鷹嗚嗚低鳴，營火邊笑聲隱隱，松樹吱吱嘎嘎，知了時而唧唧鳴叫，時而歇息無聲。多刺的黑莓樹叢間傳來嚙鼠窸窣的腳步聲。小圓石相互碰撞，樹葉飄來飄去。就連雲朵也昂然前進。夜空之下，大海喃喃輕語，在霧中蜿蜒流轉。這的確是個豐盈的世界，朵洛西亞心想，豐盈得令人難以領受。她深呼吸，嚐嚐大海的鹹味，思索腐化再生的生命循環。她拿起釣竿，笨拙地餵線，用力往後一揮。釣線啪地卡住某個東西。她轉身。

男孩站在那裡。他的指尖輕撫她雙肩、她開襟毛衣的衣袖。他的目光迎上她的目光。

她媽媽站在朵洛西亞的房裡，房裡一片漆黑。她雙手插在臀部，好像打算壓碎自己的骨盆。她一雙黑鞋穩穩踏地，彷彿生了根。朵洛西亞跨過窗框，一腳在窗內，一腳在窗外，手上的釣竿半截插入房裡，被露珠浸濕的球鞋沾滿了松針。

我以爲我叫妳不要跟那個男孩見面。

什麼男孩？

那個叫妳桃樂絲的男孩。

獨木舟裡的男孩？

妳知道我在說哪個男孩。

妳不知道。妳不認識他。我也不認識他。

她媽媽瞪視她，渾身發抖，脖子上青筋畢露。朵洛西亞屏住氣息，盡量憋氣，直到感覺不適。

我沒有跟他在一起，媽媽。我出去釣魚，或者說嘗試釣魚。我的釣線纏得亂七八糟。我沒有跟他在一起。

漁夫。漁女。

我出去釣魚。

從那時開始，朵洛西亞天黑之後就被關在家裡。她媽媽親自打理，拿著長長的鐵釘釘住朵洛西亞的窗戶，用力把窗戶釘死。朵洛西亞的房門入夜就被鎖起。她只能盯著自己她的地圖。

夏天的時光靜靜流逝。租屋窄小狹隘，吱嘎作響。她爸爸天一亮就出門，很晚才回家。一家人一語不發地吃晚餐。她媽媽擺張臭臉，五官擠在一起，好像被戳了一下的海葵。餐具鏗鏗鏘鏘，一個大餐盤擱在桌上。豆子煮得沒味道，玉米餅揉得過頭，乾巴巴，硬梆梆。請把青椒端給我，媽媽。屋子吱嘎作響。松樹喃喃低語。我今天出去釣魚，爸爸。我撿到一個龍蝦的鉗子，跟我的腳一樣大。眞的。

爸爸一出門，朵洛西亞也跟著出去，而且整天待在外面。釣魚。她告訴自己她出去釣魚，而不是出去找那個男孩。她步行跋涉，一路走到南哈波斯維爾，腳踝沾滿泥沙，沿著大海的邊緣行走，拿著棍子戳戳海葵，探悉海洋生物的小把戲。別捏海參。扇貝的螺殼相當脆弱。石蟹躲藏在浮木底下。查看一下長春花叢裡有沒有寄居蟹。海蝸牛通常窩藏在骨螺裡。誤踩鱟魚肯定遭殃。藤壺提供絕佳的摩擦阻力。在你上方一百英尺的鸕鶿可以聽見你剝開一個貝殼，而且會轉向、俯衝著地、哀求分享。朵洛西亞漸漸習知，大海生氣盎然。她一再探悉，一再學習。

但她多半只是釣魚。她學習怎麼綁鉤打結，不慎被一個帶刺的毛鉤勾到頭髮；她蹲在浮木上測探風速，或是解開一團糾纏的前導線。她的釣線纏到荊棘，有次甚至勾到一個漂浮的洗衣精空瓶。她學習如何手執釣竿行走，小心翼翼地帶著釣竿穿過樹叢，踏過岩石。她甚至不知道她需要一條子線。她釣竿的軟木把手被海鹽和汗水沾汙。她黃褐的肩膀變得跟舊銅錢一樣古銅。她腳下的球鞋被她踩得稀巴爛。她抬著頭，光著腳行走於大海的邊緣。好一個嶄新的朵洛西亞。好一個海邊的桃樂絲。

她什麼都沒釣到。她試了綿延的波珀姆海灘，也試了退潮時、潮水退到最低點的河口。她從崎嶇不平的岬角拋投，也在一個木頭船塢試試身手。她涉水走到水深及頸的海中，動手拋投。毫無所獲。她看著船上的人們拉上二十、三十條美麗的鱸魚，魚身布滿鐵灰色的條紋，透明的魚嘴一張一合。她自己的毛鉤卻什麼都釣不到，釣鉤上只有海草或是漂浮的廢物。更別提糾結成團的前導線、繞住她腳踝的釣線，還有不曉得來自何處的風浪干擾了釣線，糟蹋了她的拋投。

始終沒有那個男孩的蹤影。

她看到魚兒出水、鱘魚跳躍。她目睹大海的暴戾：一群鮭魚氣勢洶洶地破浪而來，彎彎曲曲地劃穿一群驚慌失措的鯡魚，還把被咬成半截、不停顫抖的香魚撞到沙灘上。她看到一條一命嗚呼的鱈魚在淺灘上變得灰白鼓脹。她看到鰹鳥把被潮水沖得花白的鰩魚啄得解體。她看到一隻魚鷹從碎浪中拽出一條沙鮻。

有天中午，她徒步行至他們生起營火處。天空灰暗，雲朵低垂，拂過樹梢。雨水慢慢地、啪啪地落下，帶著暖意。火坑烏黑，潮濕平坦。啤酒空瓶滾到樹椿旁，棄置在殘枝上。她走到岬角，脫下毛衣，涉水入海。浪花拍打著她的頸項。她的頭髮漂浮在身旁。她想著那個男孩、他熾熱的鼻息、他粗糙的指尖、他那雙暗夜之中轉為漆黑的綠眼。

她一整天沒跟任何人說話。每繞過一個彎道，她總是祈求那個男孩會出現在眼前、隱身霧中、甩動釣竿、為了魚、為了她而拋投。但眼前只有岩石和海草，有時可見拖曳捕魚的小船，緩緩駛向下游。

七月的一個晚上，空氣凝滯，比朵洛西亞記憶中的任何一個夜晚更悶熱、更潮濕。大雨整天要下不下，悶得讓人受不了。大海平靜無波，一片青灰。海平面緩緩沒入一抹淡灰之中，天空低垂到讓人以為浮在租屋之上，隨時可能壓垮屋頂。夜晚的腳步近了，但暑氣依然逼人。

朵洛西亞坐在她的臥房裡，汗水直流。她覺得天空似乎威脅著要埋了她。

她爸爸站在門口，腋下一圈汗漬。他以前拖地的時候腋下也是一圈汗漬。她那設計造船的老爸。

嗨，朵洛西亞。

爸，好熱。

我們只能耐著性子熬過去。

我們不能叫她打開窗戶嗎？今晚就好。我絕對睡不著。我流汗流得睡袋都濕了。

我不知道，朵洛西亞。

拜託，爸，眞的好熱。

說不定我們可以把門開著。

窗戶，爸。媽睡了，她絕對不會知道。今天晚上就好。

她爸爸嘆口氣，看起來垂頭喪氣。他走開，帶了一把螺絲起子回來，悄悄撬開鐵釘，鬆開窗戶。

男孩不在那裡。

朵洛西亞站在營火的火光之外，大汗淋漓。松葉沾黏在她的膝上，蚊子大軍盤旋飛舞，灼灼閃爍，俯衝進襲。她一掌拍下，隨手一抹，沾了一身蚊屍。營火的煙霧緩緩上升，飄向凝滯的夜空。她屏住氣息，憋氣憋到兩眼昏花，胸肺刺痛。她再一次走向一張張朦朦朧朧的臉龐、一個個圍坐在橘色營火旁的身影。他的臉龐不在其中。他的身影無處可尋。

她繞了一圈，走向岬角。那些小小的祕密洞穴、那個她曾看到一隻白色龍蝦的小水塘——她已熟知岬角各個角落，而她覺得多虧了她，她才得以一探奧祕。她知道她會看到他在岬角飛釣、嘲弄她在這個炎熱的夏夜還穿著開襟毛衣。他會在那裡。他會帶她瞧瞧大海的一情一景。他會掀起這個罩住她的樊籠。

岬角也不見她的人影。

她回到營火旁，逕自走向營火。這個十四歲的少女情緒激奮，意志堅強。哈波斯維爾的男孩們全都看著她。她感覺他們熾熱的目光。煙霧滾滾，飄入她的眼中。她說出男孩的名字。

他走了，有人說。他們看著她，然後移開目光，人人盯著營火。

他回去波士頓。上星期的事。他們全家都回去了。

他是夏季的過客。

朵洛西亞走開。她視若不見地行走；松枝刮擦她的臉頰。她絆倒，跌進潮溼的青草之中，膝上沾了草漬，刮痕累累，滿是污泥。她走上一條碎石小徑。她低著頭，心中滾滾翻騰。她走過車道和一棟房屋，屋子的窗戶閃著電視機的藍光。小狗吠叫。她聽到貓頭鷹低鳴。她轉彎，沿著鋪平的道路往前走，經過一個鋸木廠，她多多少少意識到自己迷路了。她感覺內心深處一片淒冷，天空似乎低得不能再低。

她走走跑跑。她光著雙腳，擺脫不了心中的淒冷，說不出大海在哪一方。她走了一英里，說不定兩、三英里。碎石路面變成平整的柏油路。她坐了一會兒，渾身顫抖。一小時、兩小時匆匆而過，天空轉變爲一片粉彩。一部卡車轟轟隆隆沿著道路行駛，車子的擋泥板歪歪斜斜，一盞車前燈燒壞了。開過她身邊時，卡車減速，玻璃車窗中的男人身子一傾，推開乘客座的車門。她上車，請他開到鋼鐵廠。

他把她載到閘門口，讓她在高高的鐵絲網前下車。她雙腿被刮得紅通通，沾滿泥巴，她的頭髮糾結，團團散落。戴著鴨舌帽的男人們拿著便當盒，匆匆走過她身旁；一部賓士轎車隆隆駛過，車窗裝了變色玻璃，車輪嘎吱嘎吱地輾過碎石。她跟著男人們穿過閘門。前方有個牌子，上面寫著**辦公室**。一個戴著識別證的胖子坐在小亭裡，他背後是棟面積龐大、鋪了波紋鐵皮的倉房，一架起重機晃來晃去，一排排涵管堆放在一艘駁船上。

她敲敲胖子的窗戶；他放下夾著白紙的筆記板，抬頭一看。

我爸爸叫做聖地亞哥．聖胡安，她說。他忘了他的便當盒，我想幫他送過去。

胖子把眼鏡推高，仔細打量她一雙刮痕累累的褐黃腳丫、她顫抖的手指，然後低頭看看筆記板，從頭到尾翻閱一次，匆匆瀏覽一張張工時卡。

妳說他叫做什麼？

聖胡安。

胖子再度仔細打量她，最後終於再低頭看看筆記板。聖胡安，喔，C—4船塢。就在後頭。

她循著箭頭走到C—4船塢，船塢是一大片水泥地，一部巨型起重機懸吊在半空，兩側堆放著貨車車廂，層層相疊，數目可觀。西裝革履、打著領帶、戴著工地安全帽的男士們從她身旁走過，人人的胳肢窩夾著捲起的工程圖。一部怪手嗶嗶嗶地駛過；司機不悅地瞪她一眼。

她在船塢邊緣的藍色大垃圾箱旁找到她爸爸。混濁的河水流經垃圾箱，保麗龍杯隨波浮沉，鷗鳥繞著垃圾箱高聲尖叫，潔白與淺灰的鳥羽有如一陣風般飛過。她爸爸穿著褐黃、骯髒的連身工作服，手裡握著一支掃帚，有氣無力地朝著鷗鳥揮舞，鷗鳥嘎嘎叫，俯衝而下，直襲他的腦袋。

他轉身，看到了她。他們四目相視。他移開目光。

朵洛西亞。

爸，這段時間、這幾個月，你從頭到尾都說你在造船。她再也說不出話。她冷得發抖，站在他身旁。他靠向他的掃帚。他們看著河水滔滔流向大海。父女倆人就這麼站著。朵洛西亞打著寒顫，她爸爸摟住她，她依然顫抖。

一艘驅逐艦從海上拖進船塢。拖船的引擎轟轟隆隆，噗噗震動，龐大的灰色艦艇靜靜跟隨，激起滔滔巨浪，朵洛西亞看著漆在船側的號碼，威力足可擊沉船艦的大砲看起來竟是如此乾淨、如此祥和。驅逐艦的船殼跟公寓大樓一樣巨大；她心想，她怎麼可能相信她爸爸學得會繁浩如此的事物。世間究竟有誰學得會？

朵洛西亞還是好冷。她擺脫不了寒意，生了病。她整天躺在睡袋裡，釣竿斜斜地倚在臥室的牆上。她無法看它一眼。她耳中的大海聲響令她反胃。世間萬物似乎跟她作對，全都害她生病。她感覺冰霜悄悄從雙腿之間竄升，一路漫向她的頸肩。她屏住氣息，能憋多久，就憋多久，直到兩眼冒出金星，直到心中那個無法管控的旋鈕終於自行鬆開，她得以大口呼氣、大口吸氣、目光稍微清晰。

她蜷伏在睡袋裡，渾身顫抖，夢見冬天呼嘯而至。大海結凍，一片灰白，海平面吞噬了陽光，太陽甚至沒機會露臉。長夜漫漫，有如無止無盡的寒冬。星光點點，有如尖銳刺目的鉤尖。冰雪在她的腳下嘎吱作響。夢境之中，她蹲在哈波斯維爾的岬角，看著海風吹過波峰。四下望去，不見男孩的蹤跡。周遭空無一人，沒有鳥，也沒有魚。魚兒奔逃，游離河川，一群群地飛快躍入綿延伸展的大海。河川與汪洋空空蕩蕩。岩石一片光禿，沒有帽貝、沒有藤壺，也沒有野草。釣線糾結，纏繞她的腳踝，密密的繩索宛如一圈圈蛛網，令人心驚。她變成了一條在網中掙扎的魚。她變成了她爸爸。他的世界亂糟糟，宛若一團糾結的釣線。

當她醒來，她媽媽在她身旁，幫她端來熱水。她媽媽扮演起慈母的角色，變得稍微和藹。女兒既已回到她身旁，她也就半信半疑，多少相信先生想得出法子設計船殼。朵洛西亞看著身旁的媽媽，凝視媽媽脖子上一條條細長緊綳的青筋。朵洛西亞的脖子上也有同樣的青筋。她半睡半醒，聆聽媽媽在屋裡走來走去，聽到媽媽在水槽裡洗褲子。

八月初。黎明時分，有人敲門。聲聲又重又急，感覺頗不尋常，朵洛西亞趕緊從睡袋裡跳出來。她媽媽還沒走出廚房，她已經站到門口，心情激奮，有如熱油般劈劈啪啪。她瞇起眼睛望向晨光。門口出現一個巨大的身影。原來是五金行的大個子。他的大手裡握著一根細長的釣竿。

他聲若洪鐘，音量大到小小的租屋似乎難以承受。早安、早安，他中氣十足地說，我想妳今天早上說不定打算出去釣魚，如果妳有空的話。

他只看著朵洛西亞。朵洛西亞穿著睡衣站在門口，聞到大個子飄散出的氣味。他聞起來像是大海和松林。她媽媽一邊從廚房裡窺視，一邊在毛巾上擦手。

他們沿著波珀姆海灘漫步，大個子一跨就是一大步，不一會兒就走了好遠，她半走半跑，緊隨在後。日光澄淨蔚藍，放眼望去，海天一色。他們並肩涉水走入海中。朵洛西亞感覺大海拉拽她的雙腿。大個子叼根菸，釣魚之時，香菸在他的唇間上下顫動。他偶爾看著她拋投，朝著她糾結的釣線微笑，她若成功地拋出釣線，他就開口稱許。

大個子不是一個優雅的釣者。他的釣線劃不出完美的曲線；他也懶得像那個男孩一樣假拋投。他只是把釣竿往後一甩，往前一拋，讓釣線颼颼飛過前方的波峰。然後大手一伸，重新餵線，再度拋投。

釣魚的關鍵在於時間，他跟朵洛西亞說。重點在於妳可以讓妳的釣線沉在水裡多久。如果釣線沒有沉在水裡，妳就釣不到魚。

他們一直釣到中午，什麼都沒釣到，兩人在一截浮木上坐下。大個子帶了葡萄乾，他們吃著裝在塑膠袋裡的葡萄乾，邊吃邊聊。她問他問題，他有問必答，她感覺正午的陽光觸動了內心深處。

下午，大個子開始釣到條紋鱸，鱸魚一條接著一上鉤，他的釣線往前飛躍，每次竿尖都彎成一道陡峻的拋物線。他奮力搏鬥，拉上一條鱸魚，用石頭敲打魚頭，把牠打昏，放入塑膠購物袋，留在海灘上。

傍晚時分，朵洛西亞站在他旁邊，看著他把鱸魚開膛剖腹。他乾淨俐落地剖開魚肚，一圈圈魚腸搖搖顫顫地沒入浪花之中。這個釣者在海灘上清理一條魚，她心想，這樣也是緬因州。而她也意識到，不管新舊，她還是朵洛西亞。她永遠都是朵洛西亞。這個世界依然留存著許多良機。

大個子帶著他的魚離開時，他看著朵洛西亞，微微一笑，跟她說她是個不錯的釣者，祝她好運。*Buena suerte*，他用西班牙文說，聽來有點滑稽，因爲他的腔調像個來自緬因州的大鬼佬，但依然無損他一番心意。

朵洛西亞靜靜拋投，海平面漸漸與夕陽融爲一體。她的手臂累得灼痛，但這會兒她的揮竿完美至極，她拋投釣線，依循大個子的示範讓毛鉤浮在水面，她也學著解析海相，觀測魚類如何躲入凹穴，隱身藏匿。她留意游經水面的釣餌魚、或是說不定以釣餌魚爲食的鷗鳥。她的手臂漸感沉重，雙腿麻木。她覺得她的雙腿已與大海相連，而不是她身體的一部分。

夕陽西下，落日燄燄，熔爐般的光影爲雲朵上色，絢麗燦爛。夕陽斜斜映射，一方方光影漫入凹穴，朵洛西亞在穴中綁好毛鉤，在那不可思議的片刻，她看著她的毛鉤輕快掠過澄藍的海面，就在這時，一條七星鱸咬住了毛鉤。

鱸魚身強力壯，她跟牠搏鬥，釣竿彎得不能再彎，絕非她所能想像。她逆水而行，慢慢把魚拖回海灘，藉此壓抑心中的慌張。鱸魚猛烈晃動，力抗她的誘捕。朵洛西亞緊抓不放，感覺牠的活力流竄釣線。好一場光榮的爭戰。好一場爲了求生的搏鬥。她也放手一搏。

當她終於把魚拉上岸，她拖著氣喘吁吁、撲撲跳動的鱸魚走上海灘，居高臨下地看著牠，細心解下牠嘴裡的魚鉤。這條渾身條紋、通體透明的大魚靜臥於幾近漆黑之中，她捏著魚下巴，把牠舉高，凝視牠呆滯的大眼睛。

她把鱸魚抱在懷裡，涉水走入海中。海水漫到她的肩膀。她深深吸口氣，把氣憋在肺葉裡。她托著鱸魚，輕撫牠的肌肉、牠緊密的魚身。她輕撫自己的肌肉：痠痛、粗糙、結實。她彎身潛入海中，數到二十，放手讓魚兒浮游。

長久以來，
這是個葛莉賽達的故事

一九七九年，葛莉賽達．卓朗是波伊西高中的資深排球選手，她個子很高，大腿粗壯，手臂修長，發球極為高超，學校靠著她的發球拿下愛達荷州排球總冠軍，即使運動衫的口號宣稱那是團隊功勞。她有雙灰色的眼睛，橘紅的頭髮，發育迅速，相當早熟。據傳她在那個鐵鏽斑斑、收放舊銅管和破小鼓的樂器室同時應付兩個男孩；大家還說她跨騎在物理老師身上、自習時間拿著冰塊搞些放蕩的把戲。這些都是謠言；不管是否屬實，其實都不打緊。我們全都聽過。當眞又何妨。

葛莉賽達的爸爸早就不在；她媽媽在波伊西日用織品供應社上兩段班。她妹妹蘿絲瑪莉矮矮胖胖，不是打排球的料，於是被指派幫球隊管理器材。她坐在一張折疊椅上翻計分板，記錄各項數據，偶爾利用教練勒令隊員短跑時幫乾扁的排球灌氣。

一切肇始於八月的一個午後，葛莉賽達剛練完球，她站在磚砌體育館附近的人行道上，一隻修長的手臂夾著社會科學的教科書，聆聽校車減速煞車、微風沙沙吹過學校門前稀稀落落的白楊樹林。她那一頭捲髮、坐上駕駛座只比儀表板稍高的妹妹，開著鏽跡斑斑、她們姐妹跟媽媽共用的豐田老爺車，慢慢停在路邊。她們駛向愛達荷遊樂場，參加泛西園遊會，葛莉賽達坐在前座，粗壯的膝蓋擠壓著置物箱，方方的大臉探出窗外吹風。蘿絲瑪莉慢慢開，碰到停車號誌就熄火，不太會踩離合器。姐妹之間沒有交談。

我們看到她們站在遊樂場的停車場，姐妹兩人貪婪地嗅聞園遊會的種種氣味。油炸甜甜圈飄散著肉桂和焦糖的甜香，帳篷被風吹得噗啪作響，旋轉木馬叮噹噹地播放一首首歌曲，歡愉的樂聲沿著帳篷的繩索蹦跳，隨著遊客踐踏的沙土飛揚。被風吹得捲起的傳單釘在電線桿上，瓦斯發電機嗡嗡低鳴，希臘三明治餐車，檸檬汁餐車，椒鹽蝴蝶脆餅和爆米花，香烤馬鈴薯，美國國旗，摩天輪轟轟隆隆，乘坐的遊客們斷斷續續的尖叫聲——一切全都在她們眼前閃閃晃動，有如海市蜃樓，顯得不太眞實。

葛莉賽達大步走到繩索圍起的入口，一個侏儒似地售票員站在板凳上收票，蘿絲瑪麗拖著沉重的步伐跟在後面。帳篷尖頂的遠方，波伊西的山麓高高隆起，褐黃而暗黑，直入蒼白的天空。葛莉賽達從口袋裡翻出兩張皺巴巴的一元紙鈔，幫兩人買票入場。

日後在超市等著結帳，或是坐在長椅上看排球比賽時，我們始終如此講述葛莉賽達的故事：當時，姐妹一前一後在遊樂場晃蕩，葛莉賽達在前，蘿絲瑪莉在後。她們花了二十五分錢買了棉花糖，遊樂設施的操作員對著她們大喊：來，朝小丑嘴裡噴水！小妞，射破氣球吧！她們舔著棉花糖，臉龐半埋在粉紅蓬鬆的糖粉雲朵裡，緩緩走過眾人的騷擾。她們花了幾個銅板玩套圈圈，丟擲圓環套住可樂瓶。蘿絲瑪莉用釣魚竿從水槽裡釣到一隻塑膠玩具鴨，還贏得一隻小小的熊貓，熊貓有點髒兮兮，眼睛是塑膠鈕扣縫製，而且用針線繡出一張苦臉。

日光漸漸西斜，煥發出橘紅的光彩。兩姐妹遊蕩於各個小亭和摩天輪之間，棉花糖在嘴裡漸漸溶解，依稀覺得反胃。最後在發紫的暮光中，她們走到吞吃金屬者的帳篷。帳篷在遊樂場最偏遠的角落，入口已經擠了一群觀眾，其中以男性居多，人人穿了牛仔褲和靴子。葛莉賽達停下來，屁股東撞西撞，幫自己在觀眾之中擠出一席之地，輕易地望過一顆顆戴著鴨舌帽和棒球帽的頭顱。帳篷最裡頭有張打牌的小桌，桌子架設在活動平臺上，被聚光燈照得黃燦燦。她聞著帳篷的膠布味，看著小蟲在聚光燈的光影中懶懶飛舞，聽著她周遭的男人們討論吞吃金屬多麼奇怪、多麼匪夷所思。

蘿絲瑪莉看不到。她一下子踮起左腳，一下子踮起右腳，雙腳輪流交替。她說時候不早，她們該走了。觀眾漸漸圍聚在她們的後方。葛莉賽達撕下一團棉花糖放進嘴裡，用舌頭壓一壓，讓糖粉溶入口中。她端詳妹妹，玩具熊貓被妹妹抓在手裡，晃來晃去。我可以把妳抬起來，她主動提議。蘿絲瑪莉臉一紅，搖搖頭。那人吞吃金屬，葛莉賽達輕聲說。我從來沒有見過這種人，我甚至從來不知道他們是哪一種人。肯定是作假，蘿絲瑪莉說。不可能是眞的。這種事情絕對不可能是眞的。葛莉賽達聳聳肩。

兩姐妹互相對望。我要看一看，葛莉賽達堅持。我看不到，蘿絲瑪莉嚶嚶抱怨。這下換成葛莉賽達搖搖頭。那就不要看，她說。蘿絲瑪莉臉色一沉，神情嚴肅，好像受到傷害。她拖著沉重的步伐朝著車子走去，熊貓貼在她的胸口，好像一個憂傷孩童。葛莉賽達看著舞臺。

吞吃金屬者很快登場，帳篷裡的男人們靜了下來，四下只聽見觀眾竊竊私語，小蟲在聚光燈的黃光中慢慢地繞著圈子飛舞，遠處旋轉木馬叮噹作響。吞吃金屬者一身西裝，長相端正，個頭不高，衣冠筆挺，彬彬有禮。葛莉賽達目瞪口呆。多麼英挺的男人！多麼閃耀的眼鏡！多麼明亮的皮鞋！多麼整齊的儀容！你看他穿了細條紋的西裝，戴了袖扣，來到愛達荷州波伊西表演吞吃金屬。她從來沒有見過像他這樣的男人。

他逕自坐到墊高的桌旁，行動穩當流暢，優雅自若，讓葛莉賽達眞想衝到臺上，投身在他懷中、緊摟他、看盡他、貼著他身子狂舞。他與眾不同，令人瘋狂；他獨樹一格，令人癡迷。她肯定看出他深藏不露、我們無法立刻察覺的一面。

他從西裝背心口袋裡掏出一把刮鬍刀，用刀子裁開一張白紙，然後吞下刀子。他始終凝視著她，眼睛眨都不眨。他的喉結劇烈顫動。他吞下六把刮鬍刀，深深一鞠躬，消失在帳篷之後。觀眾客氣地拍拍手，幾乎不曉得怎麼回事。葛莉賽達熱血沸騰。

天黑之後，當蘿絲瑪莉頂著一頭蓬鬆的亂髮，氣沖沖地回到那個帳篷，吞吃金屬者早已表演完畢，葛莉賽達也早已不見蹤影，兩人窩在首府街星河餐館的一盤油煎香腸前，她灰色的雙眼始終盯著吞吃金屬者，吞吃金屬者依然凝視著她。到了午夜，她已經徹底拋下波伊西，跟著吞吃金屬者開著貨運卡車越過州界，駛向奧瑞岡州，她橫臥在卡車的前座，頭枕在他的大腿上，他細瘦的手指埋入她髮間，伸長短小的雙腿踩踏油門。

晨間時分，卓朗太太逼蘿絲瑪莉把她的說詞告訴一個交警。警察打著呵欠，拇指扣著皮帶環。但你甚至沒作筆錄，卓朗太太結結巴巴地說。葛莉賽達十八歲了，他告訴她。他該記錄些什麼？依照法律，她是個成年女子。他強調成年女子，說得特別大聲、特別仔細。成年女子。他說給自己聽，讓自己心懷希望。他已經聽了上千次同樣的案例。她終究會回家。她們始終如此。

校園之中，葛莉賽達的種種傳言如火如荼地散布，甚至傳出校園，進駐超市蔬果區和排隊買影票的人群之中，揮之不去。她很快就會回來，我們告訴彼此，匆匆忙忙跟一個年紀比她大兩倍的馬戲團怪胎私奔？天啊，她肯定會後悔，但她本來就是個壞種，你無法想像她作出哪些事情。說不定這會兒已經大肚子。甚至更淒慘。

卓朗太太馬上變得惱怒鬱卒。我們看到她下班之後到薛弗爾超市買菜，她瘦了一圈，怒容滿面，風濕痛的手臂挽著一籃芹菜，脖子上圍了一條手巾。她想像自己走到哪裡都被不痛不癢的客套話包圍——哎喲，卓朗太太，這雨下得可眞大，不是嗎？——在此同時，她女兒的事情卻一發不可收拾，鎭上滿城風雨，謠言滿天飛，只不過沒讓她聽到。

不到一個月，她已拒絕離開家門。她丟了工作，朋友也不再上門。反正他們全都太愛講話，她跟蘿絲瑪莉這麼說。但誰得輟學接下她在波伊西織品的工作？誰太愛講話，媽？每個人。每個人都在你背後講閒話。你一轉身，他們馬上開講，要嘛說你的壞話，要嘛跟彼此說些他們根本搞不清楚的事情。

不消說，我們很快就不再提到葛莉賽達。她沒回來。一個矮矮胖胖，一天工作十四小時的妹妹，或是一個因爲女兒失蹤而性情暴戾的母親，這些都不足爲奇，也不怎麼有趣。新生入學，不愁沒有閒話的素材。葛莉賽達的故事沒有新的發展，很快就被打入冷宮。

很不幸地，卓朗太太始終堅信那些她差一點就聽得見的謠言。當我們走向山麓，閒閒地晃過卓朗家的平房，她對著我們大喊大叫。別再亂說瞎話，她從窗戶裡大吼。妳們這些散布謠言的長舌婦！她搬進葛莉賽達的臥室，睡在葛莉賽達的床上。她的膚色變得灰白蠟黃。她大門不出、二門不邁，甚至不肯出門拿信。灰塵積得如山高。庭院荒蕪，草木焦黃。排水溝塞滿落葉。屋子看起來好像快要陷入地底。

葛莉賽達一直寄信回家。蘿絲瑪莉每個月在一疊疊帳單中瞥見姐姐的來信，信封上貼滿郵票、蓋滿郵戳，幾乎遮住字跡微小的收件人地址。信函簡短，有些錯字：

親愛的媽媽、妹妹：我們所在的這個城市幫死人留了一姆地。他們把死人保存在一個個疊起來的架子裡，架子疊得很高，好像是裝設了抽屜的白色除櫃。架子之間有鋪了草的走道，讓人走來走去。滿漂亮的。我們的演出相當順利。拖動在小島的另一邊。我們跟妳們依樣，幾乎不曉得有這回事。

他們從未多作解釋，從未流露一絲愧疚或是稍感悔恨。蘿絲瑪莉在床上坐下，無聲唸誦郵票和郵戳的地名：摩洛凱島[10]、貝洛哈里桑塔[11]，京那巴魯[12]、大馬士革、蘇門答臘、佛羅倫斯。地名

10 Molokai，夏威夷群島的主要島嶼之一，也是夏威夷群島中最少開發的島嶼，有友好島之稱。
11 Belo Horizonte，巴西第四大城，依山而建，風景秀麗。
12 Kinabalu，馬來西亞沙巴省首府。

來自四面八方，每個信封蓋上西西里亞、馬薩特蘭[13]、奈洛比、斐濟、馬爾他[14]等抑揚頓挫、聽來悅耳的地名，激發她的想像，讓她遙想波伊西之外那片未知的廣闊原野與浩瀚汪洋。她經常坐在床上，一信在手，一坐坐了好幾個鐘頭，想像一雙雙遞送信件的手；她姐姐和波伊西之間，她自己和尼泊爾璀璨的粉紅雲朵、京都的千年庭園、裏海的漆黑浪濤之間，這封信究竟傳經哪些人之手？遠在波伊西織品、薛弗爾超市、北角街這棟龜裂下陷的平房之外，有個世界隱隱發光。那是一個全然不同的世界，而且有憑有據，確實存在。她姐姐人在那裡。

蘿絲瑪莉從來沒有把信拿給她媽媽看。她認定她媽媽最好覺得葛莉賽達一去不返、永不回頭。

蘿絲瑪莉的生活繞著信函、她媽媽、她的工作打轉，日子過得枯燥無趣、冗長沉悶、單調乏味。她在波伊西織品監督織染布料，成天戴著安全護鏡，看著紗線來回旋轉，聽著紡織機嘎吱呻吟。她胖了；她的鞋底被她磨破了。她帶著鉅細靡遺的購物單到薛弗爾超市買菜，用削得只剩一小截的鉛筆結算支票簿的收支，餵她日漸衰弱的媽媽喝湯。她懶得打掃屋子，或是購買化妝品。窗簾日漸灰黑；椅墊下冒出一張張奶油夾心蛋糕的包裝紙；汽水空瓶黏附在窗沿，螞蟻沿著金屬瓶口慢慢爬行。

最後她終於將處女之身獻給達克・威特斯，答應嫁給這個害羞、過胖、任職薛弗爾超市、身上永遠帶著牛絞肉味道的肉販。他搬進日漸下陷的平房，怯生生地協助家務，一罐啤酒在手，笨手笨腳地整理庭院，清掃歪向一側的排水溝，更換紗門和屋前走道上龜裂的磚石。他用淡得跟水一樣的啤酒把自己灌得半醉，這樣一來，他才受得了丈母娘講些蠢話、喃喃咒罵愛講閒話的人們、堅持睡在葛莉賽達的房裡，或是忘了沖馬桶。他老實誠懇，長得胖嘟嘟，蘿絲瑪麗在他身旁玩填字遊戲時，他早已呼呼大睡。他們偶爾好像格鬥似地彆彆扭扭做愛。她始終沒有受孕。

葛莉賽達依然不斷來信，每個月都有一封來自世界各處的信函，貼滿郵票的信封裡夾著胡亂書寫的字句，郵票上盡是一個個令人揪心的地名：加德滿都、奧克蘭、雷克雅維克。

葛莉賽達跟吞吃金屬者私奔十年之後，達克．威特斯發現他丈母娘死在浴室裡。自然善終。蘿絲瑪莉把她媽媽的骨灰撒在後院。那天下雨，骨灰凝結成塊，整個過程毫無戲劇性；卓朗太太的遺骸要嘛凝結在富貴草的葉子上，要嘛順著籬笆下的泥水流進鄰居的庭院。

那天傍晚，當他從超市下班回家，達克步履蹣跚地走進臥室，發現蘿絲瑪莉癱躺在床上，粗

13 Mazatlán，墨西哥濱海的渡假勝地。

14 Malta，地中海的小島。

壯的大腿直直一伸，淚珠在臉頰上閃閃發亮，一疊綑紮得整整齊齊的信封擱在她的膝上，一隻破爛的玩具熊貓坐在她的大腿上。達克在她身旁躺下，一隻手擱在她的頸間。蘿絲瑪莉瞇著淚汪汪的眼睛看著他。你應該曉得，她語無倫次地說，我姐姐始終寄信回家。我不想讓我媽媽知道。我曉得，達克輕聲說。她走遍世界，什麼地方都去過，而且全是跟著同一個男人去。達克把她拉過來，扶著她的頭靠在自己的肚子上，輕輕哄她。她跟達克述說整個故事——葛莉賽達的故事——他好聲好氣地聆聽，親吻滾落在她臉頰上的淚珠。我曉得，他輕聲說。每個人都曉得。

蘿絲瑪莉啜泣，把自己埋在他懷裡。他們緊緊擁抱，達克親吻她的頭頂，她的髮香充斥他鼻間。他們慢慢移動身子，動作溫和、輕緩、謹慎，甜蜜中帶著一絲狂野。他親吻她的全身。完事之後，蘿絲瑪莉躺在達克肥胖的臂彎中，輕聲說道：那些是我姐姐的故事，那些全都屬於她，現在我們有了我們自己的故事。對不對，達克？他什麼都沒說，說不定已經睡著了。

隔天早晨，達克睡到很晚才起床，當他走進廚房，蘿絲瑪莉正在焚燒那批她細心保存的信件，已經燒到最後一封。他們一起看著它燒得焦黑，在水槽中剝裂。達克拉著她的手腕，帶著她走到戶外閃爍的天空下。樹木和草地吸取了昨天的雨水，鬱鬱蔥蔥。他們爬坡，行經附近鄰里，走入一個不知名的峽谷，兩人穿著被自己體重壓得歪七扭八的Reebok運動鞋，氣喘吁吁、呼哧呼哧地穿過山艾樹叢，千辛萬苦地踏越野花、富貴草、胡椒草、向日葵、虛無飄渺、宛如蛛絲的植物孢子，最後終於走到一處山脊。他們停步，上氣不接下氣，遠眺山下的城市。市府的拱頂，藤架林立的街道，北角街附近一排排窄長的房屋，一一映入眼簾。遙遙望去，奧懷希山絢爛奪目。達克脫下他的法蘭絨襯衫，鋪在草地的野花上，蟋蟀喃喃低鳴，袍子輕輕飄揚，晴天當空，他們躺下，在俯瞰波伊西的山麓上做愛。

在那之後，他們總算龜速地熟悉了彼此，大致可說是知足常樂。達克粉刷了平房；蘿絲瑪莉在後院爲她媽媽立了石碑。他們把門窗擦得亮晶晶，運走成箱成袋的舊衣服、排球獎盃、高中筆記簿。他們試著節食減重；我們甚至看到他們手牽手，慢條斯理地在公園裡繞圈散步。葛莉賽達按月郵寄的信函直接被扔進廚房的垃圾桶，他們甚至看都不看郵戳。

多年之後，有一天，報上冒出那個刊登在《愛達荷政治家報》漫畫版的廣告：享譽全球、所到之處引發宗教般的狂熱、門票場場售罄的吞吃金屬者，將於一月在波伊西高中的體育館登臺。廣告占了報紙全版，極盡浮誇之能事，一個個大字有如水珠般漫開，擠成一團，看來滑稽，一個衣衫單薄的卡通女郎信誓旦旦地稱頌種種匪夷所思之事，諸如吞吃金屬者吃下的物品絕不重複、他兩星期在賓州巡迴公演時吃下一部福特六和卡車等等。

蘿絲瑪莉，達克邊吃玉米穀片和甜甜圈，邊跟她說，妳絕對想不到有這種事。

人人都要門票。人人都不願錯過。門票不到四小時就售罄，電話聲劈劈啪啪傳遍學校，人們大聲嚷嚷，要求更換一個比較大的場地。但蘿絲瑪莉不會出席。她聽都不想聽，想都不要想。一張票二十五美金，她喃喃抱怨。你在開玩笑吧。我們不能照常過我們的日子，達克？我們不能忘了這檔事嗎？一星期之後，葛莉賽達來信，信封上的郵戳是佛羅里達州的坦帕市。蘿絲瑪莉把信撕碎，扔進字紙簍。

吞吃金屬者即將在體育館登臺的那個下午，超市的管理階層宣布，當月月底，薛弗爾超市將停止營業。他們說超市已經賠錢賠了好多年。大家都到州街的亞伯森超市購物。他們將即刻裁員。

達克穿著沾了血的圍裙，步履蹣跚地走到卸貨臺，在裝牛奶的木箱上坐下。下雪了。一團團白雪在巷中融化。蔬果部的經理拍拍達克的背，抬起一箱啤酒。他們邊喝邊聊，約略討論哪裡可以找得到工作。他們在雪地裡撒泡尿。蔬果部經理的太太打電話給他，她今晚沒辦法去看吞吃金屬者表演。經理問達克想不想去。

我太太，達克喃喃說，她不會讓我去。她說那是浪費錢。達克，經理低聲嘟囔，我們剛被炒了魷魚！你覺得我們沒資格出去找樂子，自個兒放鬆一晚嗎？達克聳聳肩。老弟，蔬果部經理說，這個傢伙今天晚上表演吞吃**金屬**。我聽說他可能吃下一部雪上摩托車。

更何況，經理繼續說，葛莉賽達說不定也會登臺。

有人在高中體育館搭了舞臺，舞臺以褐紅的布幕圍起，四周擺上一張張折疊椅。門票雖然索價二十五美金，體育館依然座無虛席。開場時間已過了半小時，布幕終於吱吱嘎嘎地升起，吞吃金屬者緩緩現身，坐在一張桌子後頭。他個頭矮小，五十出頭，保養得宜，身穿黑西裝和白襯衫，打了黑色的領結。他坐在桌旁，一本正經，灰白的頭髮禿了一圈，頭頂粉嫩、光禿，好像半顆雞蛋。他的雙眼深邃灰黑，跟瘦小的臉蛋不成比例。他一派安適地坐著，手腕交疊擱在膝上。他後方那片藍色的布幕微微飄動，隨後靜靜垂掛。

我們等候，穿著雪靴的雙腳不停晃動。這副光景、這個不怎麼起眼、端坐空桌旁、置身體育館白花花燈光之中的男人，考驗著我們的耐性。我們竊竊私語，動來動去，汗流浹背。我們群聚一堂，人人身穿羽絨衣，熱騰騰的蒸氣凝聚在我們上方。

外面下雪，雪花飄落在學校停車場的小巴士和休旅車上，室內瀰漫著爛泥巴的氣味。人人蠢蠢欲動。一個小寶寶開始哭嚎。折疊椅的塑膠腳套刮過硬木板，聲音刺耳。雪靴踩踏地上的三分線，嘎吱作響。

我們研究節目單，一個個龍飛鳳舞的鮮紅大字闡述種種不可思議、神奇絕妙的事蹟；你瞧，吞吃金屬者吃下破銅爛鐵、一整部舷外馬達，而且演出的戲碼絕對不會重複。但大家看著那位坐在桌邊、個頭矮小的男士，實在很難相信他做得出任何事情。達克跟著蔬果部經理走進來，在靠近後面的地方找到座位，兩人胖嘟嘟的大腿溢出座椅外緣。

然後那片銀閃閃的藍色布幕微微擺動，一個女人從布幕後方現身，啊，那不就是葛莉賽達．卓朗嗎？她穿了一件閃閃發亮的高衩禮服，一眼望去只看到她圓潤的大腿，腳上那雙高跟鞋高得嚇人，鞋跟漸漸變細，跟底幾乎成了細小的圓點——穿了那種鞋子怎麼走路？甚至怎麼可能站立？——她修長的小腿斜斜交叉，鑲了亮片的洋裝隨即炫炫閃爍。幾位男士猛吹口哨。她行進時有如一隻長頸鹿，高高在上，但優雅大方，不會因爲自己的個頭而行動笨拙。她的頭髮緊緊紮成髮辮，雙眼骨碌碌，有如渦流，修長的手指推著小車，走過凹凸不平的舞臺，朝著矮小男子端坐的空桌前進。

與她相較，吞吃金屬者顯得矮小。她的胸乳塞在閃閃發亮的禮服裡，乳溝柔美深邃。她從小車裡取出一條白手帕，高舉在吞吃金屬者光禿禿、銀閃閃的頭頂上方，然後啪啪一甩，緩緩放下，把手帕繫在他的頸間。她從小車裡依次取出一把奶油刀、一支叉子、一個錫盤，她拿起刀叉相互碰撞，藉此證明刀叉確爲金屬製品，然後拿起刀叉碰撞錫盤，錫盤叮噹作響，足證也是金屬。她一一放下，擺在桌上。叉子，刀子，錫盤。

吞吃金屬者坐在爲他擺設的餐具前，一臉執拗，好像跟餐具過不去。葛莉賽達轉身，點點銀光躍躍一閃，她推著小車順著原路退下，修長、結實、古銅色的大腿在高叉禮服裡若隱若現。小車嘎嘎作響，停下來。她消失在銀閃閃的藍色布幕之後。吞吃金屬者獨自坐在桌旁，置身嗡嗡作響、刺眼花白的體育館燈泡下。

他會吃些什麼？葛莉賽達會不會推出某些可怕的金屬餐品、比方說一把電鋸，或是一張辦公桌椅？報上宣稱吞吃金屬者曾經吃下一部割草機，也曾吞下飛機的機翼。怎麼可能？她會把什麼東西放在他的餐盤上？一根鐵釘？一把刮鬍刀？區區一個圖釘？我們花了二十五美金，屁股貼著屁股坐在一起，可不是只爲了看一個瘦巴巴的男人吞下一個圖釘。蔬果部經理大聲宣布，如果他們十分鐘之內沒有再度商請達克的大姨子登臺，他就要求退費。

吞吃金屬者依然端坐，頸間繫著白手巾，一副自鳴得意的模樣。他把刀叉擱在瘦小的掌心，緊緊握住，舉到桌邊，尖端向上，底端向下，好像一個使性子的孩童等著吃晚餐。然後他一臉決然，帶著一股幾乎令人害怕的漫不經心，拿起小刀，把刀子緩緩塞進喉嚨，閉上嘴巴。他坐著，一派瀟灑，神情自若，瞪視眾人，有些觀眾完全錯過了這個精采的一刻，這會兒兄弟叔伯猛拉他們的衣袖，他們才抬頭觀望。吞吃金屬者嘴角微微一揚，露出難以察覺的微笑。他全身上下只有喉結動了動，忽上忽下，忽左忽右，好像一隻身強力壯、怒氣騰騰、腳踝被鐵鍊拴住的猴子。

吃下刀子之後，他接著吃下叉子。吞嚥叉子時，他把錫盤疊成四等分，咽喉繃得好緊，肩膀挺著好直，然後他把錫盤塞進嘴裡，伸出指頭往裡一戳，往下一壓，他的喉結一抖，劇烈抽動，過了大約半分鐘，抽動漸漸歇止，喉結恢復原先的平靜。矮小的吞吃金屬者解開始手巾，輕輕擦拭嘴角，從桌邊站起，謝幕鞠躬。他隨手一扔，把手巾拋向前排的觀眾。

掌聲慢慢響起，起先只有蔬果部經理和幾位後排的觀眾拍手，然後其他人跟進，掌聲隨之如雷，不到一會兒，所有人全都欣喜若狂，人人高聲喝采，靴鞋猛踏地板。太棒了！蔬果部經理大喊大叫。太棒了！

當喝采聲漸漸歇止，三個腰間繫著工具帶的彪形大漢衝了出來，抬起桌子，扛到臺下。掌聲消逝。體育館圓頂的聚光燈一個個熄滅，館內愈來愈安靜，唯有冷卻中的燈泡斷斷作響。入口處上方的緊急逃生號誌一閃一閃，投射出館內唯一的光影。

一個藍色的聚光燈終於亮起，一道光影從天花板射下，照亮舞臺中央，一個高大的身影出現其中，這人身穿鐵甲，戴上護目頭盔，盔頂斜斜插著一根蓬鬆的鴕鳥羽毛。另一個聚光燈亮起，光影澄黃，照向吞吃金屬者，吞吃金屬者端正地站在鐵甲人旁邊，好像一個衣冠楚楚的小佃農。他拿著一張板凳，低下身子，蹲在板凳上，面向觀眾。他從西裝口袋裡掏出一把圓頭鐵鎚，拿在手裡把玩，接著他卸下鐵甲人腿上的護套，將之對折，擱在舞臺地板上用鐵鎚敲平。然後他安坐在板凳上，神情自若地吞下鐵製護套，喉結一上一下，劇烈抽動。在藍色的光影下，我們看到缺了護套的鐵甲人露出一截修長、光裸的小腿。

吞吃金屬者不到一分鐘就吞下鐵製護套，迅速地把目標移向另一副。太棒了，蔬果部經理輕聲說。這怎麼可能？他搖搖達克的肩膀。觀眾愈來愈融入，一邊用力鼓掌，一邊觀看吞吃金屬者依次卸下大腿上一片片護甲，當我們意識到護套之下顯然是葛莉賽達那雙粗壯、古銅色的大腿，我們全體起立，猛踏地板，高聲喝采，人人笑顏逐開，盡情觀賞。吞吃金屬者繼續吞嚥，喉結劇烈抽動，一口一口地嚥下盔甲。

不到二十分鐘，吞吃金屬者幾乎大功告成。他站在板凳旁，慢慢地、溫柔地卸下另一隻鐵製的長手套。整套鐵甲只剩下頭盔和胸部的巨型護甲還沒被他吃下肚。葛莉賽達兩隻手臂往前一伸，手心向上，整場表演中，她就這麼伸手站定。我們重重跺腳，搭配臺上規律的吞嚥聲。

他硬生生地吞下最後一隻鐵手套之後，吞吃金屬者悄悄把板凳移到葛莉賽達後方，爬上板凳。眾人的靴鞋重重踏地。吞吃金屬者舉起雙手，抬高手臂，輕柔地拔下鴕鳥羽毛，讓羽毛緩緩飄落到兩人前方。然後他雙手一揮，十指一晃，迅速脫下她的頭盔。她橘紅的長髮如流水般洩下，我們欣喜若狂，放聲尖叫，高聲喝采，猛吹口哨。吞吃金屬者爬下板凳，拿著頭盔，抬起一腳，把頭盔踩在他那花俏的翼紋皮鞋下，用力踏平。他把頭盔對折，繼續踩踏，然後放進嘴裡大嚼。他花了兩分多鐘才吃乾淨，等到他吃完，所有人陷入瘋狂，如雷般的喝采聲接連響起，那座舊體育館的椽木被震得微微搖晃。蔬果部經理抱住達克，淚珠滾下他的臉頰。眞是了不得！他大喊。眞是了不得！

吞吃金屬者又爬上板凳，儘量伸長手臂，輕撫葛莉賽達的手臂，從她的二頭肌和肩膀，一路摸到她胸甲底下。他卸下胸甲，舉到她面前，兩人就這麼站定，時間近似停滯，慢得讓人受不了，最後他終於把胸甲舉到兩人上方，迎向微微抖動的藍色光影。我們注視葛莉賽達。你瞧瞧她那扁平的小腹、她那肚臍眼、她那胸乳、她那伸長的胳臂——這個女人簡直就是大師的名畫、矗立於光影中的大理石柱、金黃澄藍的紀念碑。在一陣陣熱烈的掌聲中，吞吃金屬者把最後一片鐵甲折疊敲平，直到他可以將之放進嘴裡。他大口吞下。腰間繫著工具帶的彪形大漢們登場，用紅色的和服裹住葛莉賽達，抬著她下臺。

表演落幕，喧囂漸止，也已再三謝幕，體育館的聚光燈再次大亮，投射出刺目的強光，腰間繫著工具帶的男人們已經動手拆卸舞臺。達克坐在原位，全身顫抖，大汗淋漓。他打起精神，穿上他那件蓬鬆的大外套，站起來，步履蹣跚地走到停車場，汽車大燈的燈光橫掃雪地，他拖著沉重的腳步走過剛落下的白雪，跨過泥濘的路緣。

停車場盡頭有部十八輪大卡車轟隆作響，卡車的雨刷慢慢地掃過擋風玻璃，駕駛室暈黃的燈光照過車頂，橫掃拖掛在後的載貨掛車。卡車從車頭到車尾都漆上俗麗的綠漆，吞吃金屬者的商標橫越車身，光彩奪目。達克還沒想清楚就走過他自己的車子，朝停車場的盡頭走去，輕敲駕駛座的車窗。

葛莉賽達本人現身相迎，她探出車門，一隻腳踩在側踏板上，半蹲半站，方便自己探頭一望，橘紅的髮絲勾勒出她的臉龐，她看起來像是抽高版的蘿絲瑪莉，她瞇著眼睛看他的模樣，也像極了蘿絲瑪莉想要搞清楚事情時的神態。我是達克．威特斯，達克說。妳所有的事情，我全都曉得。他結巴，他微笑，他問她是否願意到家裡喝杯茶、啤酒，或是任何飲料。我覺得妳應該見一見妳妹妹，他說。這樣說不定比較好。我今天丟了工作。他試著微笑，結果卻比較像是聳肩。葛莉賽達也對他微笑。好，她說。東西一運上卡車，我們就過去。

這就是爲什麼午夜之後，達克．威特斯開過波伊西北角街住宅區飄著白雪的寧靜街道，慢慢地、小心地駛向家中，一部華麗庸俗的十八輪大卡車跟隨在後，卡車距離他的後擋風板僅僅幾英寸，車頭掃過低垂的樹枝，打下樹枝的積雪。

蘿絲瑪莉一覺醒來，聽到街上傳來嗚嗚的煞車聲，接著是靴子踏上大門臺階、人們輕聲細語、冰箱門啪地打開。她起身。達克露面，昂首闊步地沿著玄關走來，邊走邊在氈毯上留下片片雪花。他流汗流得頭髮扁塌，臉頰一片通紅。他把戴了連指手套的雙手搭在她肩上。小蘿，他輕聲說，妳醒了嗎？妳絕對想不到。他衝過來。眞的妳絕對**想不到**！

他抓住她的手腕，拉她下床。她頭髮亂糟糟，只穿了一件緊身運動衫和綠色的運動褲。他拉著她走過玄關，踏過先前沿途留下的融雪，站到廚房門口。妳瞧瞧，那不就是妳姐姐嗎？葛莉賽達坐在餐桌旁，披著紅色的和服，氣宇軒昂，容光煥發，豔光四射，一個矮小、身穿斜紋毛料西裝的男人握著她的手，神情有點不自在。兩人面前的餐桌上各擺了一罐還沒開罐的啤酒。

蘿絲瑪莉發覺自己難以目視葛莉賽達——龜裂的流理臺，膠合板拼裝的櫥櫃，過期的甜甜圈，萎靡的孤挺花盆栽，一個早該收起，卻依然擱在窗沿的陶瓷聖誕老人，這樣一個廚房，怎能承納葛莉賽達有如陽光般灼麗的光彩？月光斜斜地從廚房流洩而入，映照出一個個四邊形的光影，水槽裡擱著一個淺碗，碗裡剩下吃了一半的玉米穀片，看來黏膩。

達克擠過她身邊，忙東忙西，跑來跑去，雀躍欣喜，圓滾滾的肚子在外套裡輕輕顫動。這是妳姐姐，他激動地說，還有她先生吉恩。妳應該看看他們今晚的**表演**，小蘿，他們的演出眞是精采。太棒、太棒了！妳絕對不敢相信！妳們應該聊聊，小蘿，妳和妳姐姐，我想啊，這應該是她二十年來第一次返家！她說她寫了信。他們願意過來家裡坐坐，眞是太好了，不是嗎？他們的卡車在外面。他們居然**住**在卡車裡！如果兩位不想喝啤酒，家裡有茶。

蘿絲瑪莉望向廚房窗外，看到我們當中許多人——說不定多達二十幾位——人人賣力走過草坪，檢視卡車的駕駛室，窺視客廳的門窗。一個個人影，一張張臉孔，她全都看在眼裡。葛莉賽達問蘿絲瑪莉是否收到她的信，蘿絲瑪莉勉強點點頭。葛莉賽達喃喃說了幾句，諸如水槽上方最近裝設了燈飾，看起來還眞不錯等等。蘿絲瑪莉看著泥濘的靴印在廚房的地上融為雪水。

達克在廚房裡溜達晃蕩，翻遍冰箱裡的東西。他請客人們嚐嚐夏天灌製的香腸、麵條沙拉，塞了一罐啤酒到蘿絲瑪莉的手裡，聲稱吞吃金屬者滿肚子都是鐵甲。他人在這裡，小蘿，他在我們家的廚房裡。很棒吧？

蘿絲瑪莉光著腳，僵站在門口。她姐姐、兩位男士、窺視的鄰居們、外面那部十八輪卡車——各個影像若隱若現，徘徊在她眼角。她眨了幾下眼睛。手裡的啤酒罐冰冰的。廚房地磚一個個白雪靴印，正化爲一灘灘汙水。

她穿過廚房，把啤酒擱在桌上，從水槽底下的架子扯下一張餐巾紙。她抹拭地上的靴印，看著餐巾紙吸去灰黑的汙水。達克和我，她說，我們已經結婚十五年。妳曉得吧？她的聲音並未顫抖，她感到相當慶幸。

她站起來，靠在桌旁，手裡握著皺巴巴、濕淋淋的餐巾紙。妳知道媽媽經常抱著妳的排球獎盃睡覺嗎？妳知道她過世之後，我們把她的骨灰撒在後院嗎？我上班，整天幫巨大的布料染色、把它們捲上線軸。媽媽以前就是這麼幹活；我們上學的時候，她就是這麼幹活。日復一日。這些妳知道嗎？

她牽起達克的手，緊緊握住。我曾經好想要離開，她說。我曾經好想擺脫波伊西。但是這一切——她指指廚房、那碗吃剩的玉米穀片、那盆孤挺花、那個陶瓷聖誕老人——最起碼這一切才是生活。這是一個可以稱爲家的地方。

葛莉賽達哭了，她輕聲啜泣，好像在講悄悄話。蘿絲瑪莉住嘴。他們四人圍著餐桌坐，廚房的日光燈散發出灰撲撲、慘兮兮的光芒，此時此刻怎麼容納得下她非說不可的千言萬語？她走向吞吃金屬者，抓住他手腕，帶著他走出門外，踏入雪地之中。喂，她朝著十八輪卡車、矗立在蒼白月光下的山麓、站在她家草坪上朝我們大喊。他在這裡！我要你們全都好好瞧一瞧。看看他！她扯著嗓門尖叫。你們以爲吞吃金屬難道會比我做的事情，比你們每一個人做的事情更困難嗎？你們以爲這個男人不可思議嗎？看看他！

但是啊——這也正是我們日後記得的景象——我們看的是她：她搖頭晃腦，髮絲不停顫動，有如火焰；她肩膀往後一縮，胸膛劇烈起伏；那副景象如此強而有力、如此怒氣騰騰。她光著腳，身穿運動衫和綠色運動褲，在雪地裡朝著我們大喊大叫，整個人有如一團熊熊大火，氣勢非凡。葛莉賽達露面，挽起呑吃金屬者的胳臂，帶他走向他們的卡車。達克把蘿絲瑪莉帶回屋裡，用力關上大門，屋裡的燈光漸漸熄滅，窗簾啪地拉上。我們看著大卡車辛苦發動，轟轟隆隆開過車道，我們一前一後，穿過雪地，各自走回家中。夜晚的聲響終於漸漸消散，直到四下沉靜，只有雪花從山麓緩緩飄落，貼附著我們自家的門窗。

街上一聲叫喊。心中一震，赫然活絡，卻又再度遲疑。葛莉賽達依然每月來信，蘿絲瑪莉和達克繼續過著他們的日子；達克在一家牛排館當廚師，負責燒烤；蘿絲瑪莉收養了已故同事的小獵犬。那段時期正值波伊西蓬勃發展，市區始終不乏新居民，他們在山麓興建豪宅，甚至不知道曾經有個名爲薛弗爾的超市。

春天時分，我們有時散步經過他們的平房，看到蘿絲瑪莉坐在門前的臺階做《愛達荷政治家報》的填字遊戲，達克在她旁邊的椅子上打盹，小獵犬蹲在兩人的腳間盯著我們。蘿絲瑪莉咬著鉛筆的末端，用心思索，我們跟身邊任何一個朋友講述那段故事。我們一邊登上山麓，一邊比手畫腳地講述，我們爬上陡峻的小徑，走到一個可以遠眺群山之處，由此望去，群山起伏，綿延無盡，陽光之下閃閃爍爍，峰巒交疊，一直延伸到銀閃閃的地平線。

七月四日大贏家

到了七月四日，一切皆已落幕。美國佬最後一次再到涅里斯河釣魚。他們坐上巴拉頓納斯酒店外的無軌電車，跟立陶宛人一起擠車。肥幫子長了鬍鬚的老太太，繫條細領帶的苦瓜臉男子，身穿迷你裙、戴了一串鼻環的女孩，人人臉色陰沉，鬱鬱寡歡，美國佬站在車裡，足蹬塑膠防水長靴，把手裡的竹製釣竿跨到車窗外，以免被折斷。電車轟轟隆隆駛經青綠的市場攤位和皮利斯街上搭了遮陽篷的商家，開過大教堂和海角一座教堂的鐘塔，嘎嘎地停在「綠橋站」，美國人推開重圍，跌跌撞撞地下車，沿著拱門下方平滑的斜坡，懶洋洋地往前走。河水緩緩流經鋪了水泥的河岸，他們沿著碎石小徑一字排開，把一小團麵包勾在釣鉤上，擲入河水之中。

正午時分，他們放下釣竿，坐在路邊的石頭上沉思，沉默不語。不一會兒，一位雙腿纖細的老師帶著她的學生們來到河邊，一如當週的每個中午，指著美國佬說他們是笨蛋。

但現在說這些還嫌早。我們姑且從頭說起。

就此而言，我們得把地點拉回美國。話說美國曼哈頓有個釣客俱樂部，俱樂部會所擺設真皮扶手椅，牆上架置馬林魚標本，架上陳列黃銅鐔罐，人人輕聲細語。美國佬是退休的實業家，全體皆為俱樂部的會員，他們在吧檯坐成一排，東挑西揀地吃著天婦羅拼盤，啜飲伏特加馬丁尼。他們的後方有群英國佬，這群專擅海釣的釣客一邊狂飲瑪格麗特，一邊嘲弄美國佬的釣魚技術不夠看。

事態愈演愈烈。不一會兒，英國佬已經繞著桌球桌踢踏起舞，大肆吹噓最近成功捕獲鯊魚，而且口出穢言，高聲叫喊各種反美言詞。美國佬繼續沾食天婦羅，但最後終於被惹火了。

龍舌蘭烈酒、重提馬歇爾計畫、粗言粗語地質問女王的性別和總統的性事癖好，雖是一般的挑釁，但結果總是引發對幹，不出所料，雙方果然下了戰帖，競賽於焉而生。英國佬大戰美國佬。舊世界對抗新世界。

競賽規則如下：誰先釣到世界各大洲體積最大的淡水魚，誰就可以宣告獲勝。每一大洲限時一個月。落敗的一方必須高舉「我們釣不到魚」的告示牌，光著身子在時代廣場遊街。競賽即刻開始。

隔天早晨，宿醉的美國佬一邊享用香腸和血腥瑪莉，一邊磋商。磋商的重點是到哪裡釣魚。海明威曾到西班牙垂釣，有人提議，但另一人辯稱海明威垂釣之地不是西班牙，而是德國，再說不管怎樣，海明威都沒有釣到魚。另外又有人宣稱，老羅斯福總統曾在威尼斯的運河釣到一條十五磅的藍鰓翻車魚，聽了這話之後，大家靜了下來，各自想像矮胖的老羅斯福總統和一條體積有如下水道孔蓋的翻車魚搏鬥，使勁把魚拉上一艘搖搖晃晃的貢多拉，眼鏡鏡片閃閃發光。一具電話終於送到他們面前，一個L.L.Bean型錄的小夥子建議他們試試芬蘭馴鹿鎮。兩星期，他興高采烈地說，在馴鹿鎮待兩星期，你們就會釣到想要的魚。

於是，他們先在赫爾辛基待了兩晚，喝著干邑白蘭地，花了大錢打電話回美國，跟旅館的女僕打情罵俏。他們列了一張清單，吩咐旅館的接待員提供下列物資：瑞典什錦果麥棒（十三箱），挪威伏特加（三十六瓶）。

然後他們搭北上的火車；下了火車後，換乘一部古舊，鋪著紫羅蘭絲絨的大型客車；下了客車之後，再搭上一艘濕漉漉的大型遊艇，沿著漆黑的河川上溯四十英里，開進芬蘭北部銀白的荒原。遊艇行駛於極度的蒼涼之中，四周水氣凝重，寂靜無聲，兩岸盡是望似無法穿越的樹叢。一對毛茸茸的大熊步行於河岸的冰磧堆石之上。美國佬靠著船頭杆桿而立，人人臉色發白。

船長倒船，停在一個腐朽的船塢旁。船塢後方有座淘金者的小屋，小屋早已無人居住，窗戶加裝鐵絲護網，煙囱歪歪斜斜地立在屋頂上。船長把美國佬的帆布背包和竿袋扔到岸上，開著遊艇噗噗啪啪離開。美國佬站在搖搖晃晃的船塢上，拍打蚊蠅小蟲。天空烏雲密布，雨雲從峽灣飄來，雨滴直落河面，感覺索然陰沉。

接連兩星期，他們始終濕淋淋。每天傍晚，他們渾身顫抖，抬起防水外套的袖子猛擦鼻涕，嘩啦嘩啦走向飽經風吹雨打的小屋，脫下塑膠防水長靴，扯下潮濕的刷毛保暖衣。十四天來，他們每晚以同樣的食品果腹：烤焦的生鮮鮭魚串燒、什錦果麥棒、一瓶又一瓶透明辛辣的挪威伏特加。小屋屋外，小雨下個不停，河水泛黃，不斷高漲，冰冷寒顫。

他們釣到數百條一英尺長的鮭魚——僅只而已。渾身濕透、頭痛欲裂、一臉陰沉的美國佬堅持到底，他們守在河邊，熬過漫長的黃昏和黎明，受到一群又一群蚊蟲圍攻，繼續垂釣。兩星期的期限已滿。他們最大的收穫是一條十三英寸長的鮭魚，他們拍了照片，立即把魚開膛剖腹。

過來接他們離開的船長帶來一位養殖馴鹿的農場主人，這人披著毛皮大衣，圍著格子花呢的圍巾，講了一口破碎的英文。他說如果他們希望釣到大魚，他們應該去一趟「比亞沃維耶國家公園」[15]，該地位於波蘭，是個野牛保育區。好大的鱒魚，他雙手比劃，跟美國佬比一比魚有多大。

回到赫爾辛基之後，美國佬一邊享用腰脊沙朗和多力多滋玉米片，一邊重新布署。侍者送上一個信封：信封裡有張拍立得照片，照片中的英國佬朝著成串的彩虹鱒魚眉開眼笑，每一條鱒魚最起碼長達二十四英寸，銀白的魚身在鎂光燈下閃閃發亮。照片的背景是艾菲爾鐵塔，高聳的鐵塔在六月的陽光下微微閃爍，怎麼看都錯不了。

還有十四天。

搭了兩班超賣的德航之後，無畏無懼的美國佬踏著重重的步伐走過波蘭海關。一個貌似蠻人

---

15 Bialowieza National Park，位居波蘭與白俄羅斯交界，占地一百五十平方公里，是歐洲最古老的森林之一，園區亦設有全世界最大的歐洲野牛保育區。

的計程車司機跟他們搭訕，把他們趕上一部日本製的大型計程車。啊，他點點頭，野牛保育區，比亞沃維耶國家公園，他靠向駕駛座，使使眼色。那個地方啊，他說，不太安全。不太穩當、不太穩當。

他又使使眼色，關掉計費表，然後猛踩油門，疾駛行經一條條塵土飛揚，宛若迷宮，令人眼花撩亂的小路。一座座潮濕的森林忽而出現在眼前，忽而消失在視線之外，細長的白樺和巨大的橡樹一閃而過，森林之間是一片片田野，或是一棟棟灰白的鄉間小屋。當車子忽然停到一株蔥鬱的角樹下，夜幕幾已低垂。司機推開車門，把他們的裝備扔到車外，大聲說他一星期之後再回來。等你們釣到大魚喔。他使使眼色，一副祕而不宣的模樣，然後開著他的大型計程車飛快輾過碎石小路，揚長而去。

美國佬步行上路。原野布滿泥炭苔，地勢平坦，水漫大地，青蔥翠綠；雲杉樹叢、腐爛的樹椿和泥濘的路面之間是一處處濕地。森林在他們眼前漂浮，好像一塊綠黑交雜的海綿；蚊蟲迴旋飛舞於苔菌密布的樹幹間，有如一個個灰黑的螺旋。

美國佬大嚼什錦果麥棒，奮力爬過一道道藩籬，起先是木頭柵欄，而後是鐵絲網。入夜後，他們抵達河邊，小蟲成群飛舞，有如朵朵烏雲，漆黑湍急的河水幾乎難以目視，他們在幾株窸窣作響的萊姆樹下紮營，夢見一條冠軍的鱒魚活蹦亂跳。

他們一覺醒來，看到一隻野牛探進帳篷的網窗，漆黑的鼻孔呼呼噴氣，鼻息間帶著迷迭香。一群渾身粗毛、頭上長角的野牛站在河岸歇息，隻隻流著綠色的口水，靜靜反芻。當美國佬拉開帳篷拉鍊、擠出篷外，他們發現一個穿著短褲，放牧野牛的牧者正在亂翻他們的帆布背包。

野牛牧者帶著一把自動步槍，無意收受賄款。她坐在白俄羅斯邊境哨站外的長椅上等候，嚼食沒收取得的什錦果麥棒，在此同時，頭戴安全帽的警察拆解美國佬的竿袋，檢視他們盛裝魚餌的小盒，翻弄他們的帆布背包。一個身材矮小，穿了充氣籃球鞋的小隊長以問案的口吻問了一連串有關籃球的問題：派屈克・尤恩有沒有老婆？美國裁判吹籃下三秒犯規時，是不是很小心？內置式的充氣籃球鞋在美國賣多少錢？美國佬張口結舌，不知如何作答。

當他似乎滿意，他點點頭，幫腳上一隻籃球鞋放氣、充氣。這些都不可以留下來，他說，手臂一揮，示意整套釣魚裝備。

但我們只是想要釣魚，美國佬堅稱。我們想釣鱒魚。

是喔，他點點頭，動手幫另一隻籃球鞋充氣。是喔。這裡有鱒魚，別布札河有群好大的鱒魚[16]。他對他的屬下說了幾句話，他們重複了一次：好大的鱒魚，然後他們雙手比劃，跟美國佬比一比魚有多大。

16 Biebzra River，別布札河是納雷夫河的支流，全長一百五十五公里，河流沿岸是波蘭最大的沼澤區。

但是，你們知道吧，美國人不可以在此釣魚。這樣不合法。沙皇曾經在此獵殺野豬。在那之前，波蘭國王們、立陶宛王子們，全都在此獵殺野豬。

我們沒有獵殺野豬，美國佬說。我們甚至還沒開始釣魚。我們在睡覺。我們以為我們在波蘭。

不管如何，小隊長邊說，邊脫下他的安全帽，你們必須跟我們打籃球，才可以拿回你們的東西。

入口站的後方有個泥土籃球場，鍊條球網，三夾木籃板，設備相當簡陋。白俄羅斯警察解下他們的皮帶，蹦蹦跳跳地做起一連串賽前暖身運動。當球賽開始，他們強側反切，投出彩虹弧度的三分球，把拆檔戰術發揮到極致。他們痛宰迷迷糊糊的美國佬，大勝四十分。球賽結束之後，白俄羅斯人把矮小的小隊長抬到肩膀上，對著他高聲歌唱。野牛牧者坐在長椅上，拆開另一條什錦果麥棒的包裝紙，心滿意足地歡呼。

一身臭汗的美國佬被送上一部擋風玻璃龜裂的迷你小巴。你們可以回去波蘭，小隊長說，他摸摸身上那件剛剛贏來的Gore-Tex套領毛衣，拉扯衣領的一條毛線。你們不妨到羅茲看看。那裡很漂亮。

開往羅茲的半路上，擋風玻璃塌落到司機身上，迷你小巴猛然衝進排水溝，往旁邊一滾，車側朝上。美國佬從車頂的活門爬出來，蹲在沙棘遍野的路邊等候。天空開始飄雨。美國佬三兩成群，渾身濕淋淋地坐在一起，鞋襪被泥水浸得濕透。

幾小時之後，他們坐上一艘飛速前進的平底船，哆嗦顫抖地擠在一個個塑膠貨箱之間，貨箱裝載肉雞，朝南運往斯洛伐克的一家屠宰場。他們看著波蘭南部在眼前延展。塌坍的公寓，變形的道路，生鏽的蓄水池，飽經風霜的尖塔，穀倉，一座覆滿鋸齒草的蘇聯卡車殘骸——雜亂無章、無人打理的景觀一一掠過，再再顯現波蘭的陰鬱。等到抵達克拉科，他們已經渾身濕透，飢腸轆轆。黝黑、身穿絨面慢跑運動服、在街角抽著雪茄的波蘭人，滿臉狐疑，朝著他們皺眉頭。

美國佬的信心大受打擊。只剩下十二天，他們卻丟光了裝備，鼻水流個不停，於是他們圍坐在克拉科的一家麥當勞，援引中學生空洞的論調，高聲暢談康華里將軍之降[17]、佛格谷戰役[18]、成箱成箱地把茶葉倒進波士頓港、為了美利堅共和國的福祉踏雪長征。我們絕對不能就此放棄，他們喃喃自語，拿起麥克雞塊沾食沒什麼味道的沾醬。

破曉時分，天空亮藍，美國佬在夢中與華盛頓將軍、約翰韋恩、伐木巨人班揚、洛基相遇，醒來之後充滿希望：時間似乎還夠，他們可以在十一天之內痛擊那些土裡土氣的英國佬。他們用萬

---

17 Charles Cornwallis，英國將領暨政治家，美國獨立戰爭時期擔任英軍司，戰敗後向華盛頓投降。

18 Valley Forge，美國賓州東南部一座軍事基地，一七七七年獨立戰爭時，華盛頓率領的大軍在此死守，與英軍對峙，傷亡慘重。

事達卡預借現金，購買塑膠防水長靴、竹木釣竿、日本製釣鉤和三軸堅實的尼龍釣線。運動器材店的波蘭人堅稱他們應該到一個叫做高山湖（Lake Popradske）的地方釣魚。那個地方距此只有一小時車程，非常適合釣魚。波蘭人喜不自勝地說，明尼蘇達州原產的北美狗魚，釣得你們發狂。他雙手比劃，比一比湖裡的北美狗魚多麼可觀。

到了中午，美國佬在喀爾巴阡山間走下巴士。鋸齒狀的山巔林木蔥鬱，野花遍野，好像為山巔鑲上孔雀綠和芥末黃的項圈。獵鷹高高盤旋在雲杉杉頂之上，微風送來石竹珍珠花的清香。美國佬相視一笑，走下一條宜人的步道，喜悅之情再度油然而生，步道特意蜿蜒，直通湖畔一座舒適的小木屋。

這裡——他們拍拍彼此的背部——果真是個釣魚的好地方：一處坐落於山間的高級旅館，壁爐上方懸掛著山貓標本，水晶花瓶裡插著龍膽花，面帶微笑、圍著白色圍裙的斯洛伐克接待小姐護送他們到鋪了地毯的客房。他們刮了鬍子，沖了澡，在遮陽篷遮頂的陽臺上乾杯。頭頂上方的多聲道喇叭間歇傳來輕柔的弦樂四重奏，一組超大的家庭影視系統重播事先預錄的超級盃足球賽。

暮光之中，美國佬端著琴湯尼走到沙灘上，租了形若超大天鵝的腳踏船。他們手執竹木釣竿，拖曳蚯蚓魚餌，他們啜飲雞尾酒，朝著腳踏槳輪繞行於他們之間的情侶們點頭，大夥全都出神入迷，沉醉於橙紅的薄暮中。

接連三天，他們踏踩他們的天鵝船，釣到了翻車魚。沒錯，巨大的翻車魚，但是翻車魚再怎麼巨大也不過就是餐盤大小，美國佬取下魚嘴裡的釣鉤，任憑魚兒沿著天鵝船的玻璃纖維船身撲撲跳動，直到牠們沒入水中，重獲自由。美國佬知道高山湖有北美狗魚，因爲接待小姐拿了照片給他們看，但北美狗魚可不乖乖就範。

六月二十七日，他們在一個拋投了五十幾次的淺灘釣到第一條北美狗魚。那是一條長約三十五英寸的大魚，魚腮淺綠，魚鰭褐紅。美國佬歡天喜地，拿著酒瓶的瓶托把魚打昏，心懷重現的活力，繼續垂釣。

還剩下一星期。美國佬興高采烈地把一條四十一英寸的北美狗魚拉上船，就在此時，一部聯邦快遞卡車悄悄越過山頭，駛入山谷。他們看著卡車停在旅館停車場，一個身穿紫色連身工作服的駕駛小跑步到沙灘，揮手叫他們過來，請他們簽收一個錄影帶。

當美國佬把帶子塞進旅館的影音播放機，英國佬赫然出現在超大的螢幕上，一臉鬍鬚、飽受蚊蟲叮咬的英國佬擠在一艘船的船尾，船隻鏽跡斑斑，望似浮筒船。螢幕上鏡頭拉近，聚焦於一個蹲伏在地的英國佬，他從漆黑的河水中拉上一條異常巨大的鮭魚，整隻手幾乎消失魚鰓之中。鮭魚大得嚇人；下巴巨碩，魚眼渾圓漆黑，魚肚鬆垂，魚尾粗大，美國佬看了幾乎作嘔。這隻魚啊，一個美國佬結結巴巴地說，簡直跟一年級的小學生一樣大。

鏡頭之外的幾個英國佬滔滔不絕地大肆炫耀。然後鏡頭拉近，固定在那條鼓脹的鮭魚，持續了片刻，令人難以承受。最後鏡頭終於拍攝全景，美國佬認出那個腐朽的船塢、那扇加裝鐵絲護網的窗戶、那道歪斜的煙囪，不禁大感驚駭。沒錯，馴鹿鎮的淘金者小屋赤裸裸地呈現在他們眼前，千眞萬確，無庸置疑。他們坐在原處，震驚而困惑，在此同時，多聲道的喇叭傳出得意洋洋、辱罵美國的叫囂，聲聲猛然向他們進襲。

這會兒沒有人提起波士頓茶黨。美國佬籠罩在挫敗的氛圍中，怎樣都忘不了那條巨型鮭魚。那幅影像是如此鮮明，周遭任何景物，諸如壁爐上方的山貓標本、窗外遠方的湖泊，全都相形遜色。他們頭一次開始盤算，說不定他們果眞非得光著身子在時代廣場遊街。他們蒼白的大腿肯定會起雞皮疙瘩，他們的鞋底肯定會沾上人行道上臭氣沖天的異物，擠眉弄眼、前來紐約拍攝新世界的歐洲觀光客肯定會格格傻笑。多麼可怕的恥辱！多麼殘酷的羞辱！全波蘭都沒有像那條鮭魚一樣巨大的北美狗魚。他們必須返回芬蘭，說不定搭火車入境挪威，千辛萬苦地走入荒野。想了幾乎令人無法承受。

無精打采、意氣消沉的美國佬回到克拉科，在公共電話上跟一個立陶宛人討價還價。赫爾辛基的天氣出了狀況，立陶宛人解釋，大雷雨，飛機飛不過去。他說他可以安排他們飛到立陶宛的首都維爾紐斯。再遠他就沒辦法。

於是他們飛到立陶宛。他們半夜入住旅館，從酒吧點了洋芋片，洋芋片擱放在精美瓷器中，送到他們的房間。天亮時，他們再度致電那個立陶宛人：今天沒有前往赫爾辛基的班機。櫃檯的女孩怯生生地說著英文，弄來一份口袋版立陶宛旅遊指南，在一張卡通地圖上爲他們指出涅里斯河。你們想釣魚，她說，這裡可以釣魚。維爾紐斯就可以釣魚。

於是他們搭乘無軌電車前往威吉斯公園（Vingis Park），行經各個公寓住宅區和其間的空地，空地雜草叢生，地面龜裂，到處都是糖果包裝紙、百事可樂空瓶等亮晶晶的垃圾，看來沮喪。公園之中，草地被雨淋得濕淋淋，空氣凝滯沉重，樹木死氣沉沉。一個頭上包著灰色圍巾的女人彎下身子，用力拔除人行道龜裂之處冒出的雜草。

河水緩緩流過市中心，河底滿是淤泥，塑膠袋四處漂流，河水骯髒汙濁，迴旋打轉，水流遲緩，看來沒什麼指望。美國佬把一小團麵包勾在釣鉤上，拋到黃褐的河水中，鰷魚接二連三上鉤，條條滑不溜秋，發育不全。美國佬一臉陰沉，把這些魚身暗綠、魚鰭滾了紅邊的小魚拋回河中。

整個早晨，他們溯流而上，直入維爾紐斯市中心，在市區各處垂釣。公寓樓房之間、行越磚石廣場的路人之下、飽經風霜的大教堂之旁、隆隆駛經石橋的車潮之下，處處看得到他們垂釣的身影。

每個小時，教堂鐘鈴準時響起，刺耳、低沉、哀傷、喧鬧的鐘聲響徹市區。當鐘聲敲了十二響，美國佬抽著萬寶路香菸，坐在河岸光滑的鵝卵石上。一群女學童踏著輕快的腳步，嘰嘰喳喳地朝他們走來。小女孩們排成兩列，穿著鞍部鞋和及膝的白色長襪，運動衫上印著獅子王、米老鼠，或是兔寶寶等圖案，人人手執作文練習簿，行進之時，簿子啪啪拍打她們的裙褶。她們的老師緊隨其後，老師雙腿纖細，行動敏捷，足蹬涼鞋，身穿深棕色長褲和鑲了黃銅鈕扣的藍色輕便外套，烏黑的捲髮垂散在身後，長相相當甜美。

她們正在指認景物。老師手臂一揮，指向石橋，手腕從鑲了黃銅扣飾的衣袖裡冒了出來。女學童們興高采烈，用小女孩特有的高八度音，尖聲高喊BRIDGE。老師的手臂揮向河流，RIVER；路上行車，AUTOBUS、CAR、MOTORBIKE。老師指指公寓樓側，貼滿牆面的萬寶路香菸廣告，AMERICAN CANCER，NO THANK YOU。

當全班急急走過膝上擱著竹木釣竿，腳上穿著防水長靴，滿頭大汗，對著小女孩們微笑的美國佬，老師瘦巴巴的手指朝他們一指，女學童們歡欣鼓舞地高喊：FOOLS。然後格格輕笑，昂首闊步地順流而行。

傍晚時分，美國佬爬上過小的床鋪，夢見一艘艘英國捕鯨船，夢境陰森駭人。隔天依然沒有飛往赫爾辛基的班機（淹大水，立陶宛人嘁嘁喳喳地說），美國佬意氣消沉地回到涅里斯河畔，拖著沉重的腳步在綠橋站下了電車。

正午時分，英語班女學童們再度跟著老師昂首闊步地順流而行，老師逐一指指周遭景物，女孩們扯著嗓門尖聲大喊：RIVER、TREES、TRAFFIC、SIDEWALK、FOOLS。美國佬稍感歉疚，涉水踏入混濁的河水之中，讓出一條路讓學童們通行。

不可能有班機飛往赫爾辛基；他們已經放棄試圖飛往挪威。他們將在涅里斯河完成這場釣魚競賽。每個小時，教堂鐘聲響徹市區，聲聲哀傷，宛如喪鐘。美國佬繼續釣魚，他們已不抱太大希望，說不定只是期待奇蹟，搜尋一些讓自己開心的小確幸，只因他們是美國人，只因他們自小受到教誨，學會了這麼想。比方說洋芋片擱放在精美瓷器裡送到他們房間，旅館櫃檯小姐眞心誠意、滿懷希望地問他們有沒有釣到魚，皆令他們開懷。立陶宛人每天早上致電，百般迂迴地解釋飛往挪威的班機爲何取消，也讓他們得到一些樂趣。教堂蓋得可以讓夕陽映照屋頂，璀璨澄橘，完美至極，他們可以順著河流走到一處公園，公園一個個穿著迷你裙的女孩躺在草地上，戴著巨大的耳機曬太陽，皆讓他們微微一笑。就連正午時分，幼小的女學童一前一後地跟在漂亮的英文老師後面，指著他們大喊笨蛋，也讓他們露出笑意。

最後終於剩下一天。七月四日，晨光朦朧，教堂鐘聲大作，叮叮噹噹地飄過屋頂。美國佬一前一後走下無軌電車，繼續垂釣。到了中午，他們依然毫無所獲。河水黃褐混濁，他們一再拋投，希望不大。

小學童們沿著河岸踏步而來，一邊用她們的作文簿打節拍，一邊扯著嗓門大喊RIVER、CHURCH、FOOLS、WALL、STONES，人人哇啦哇啦，興高采烈地跟著她們的老師漫步。她帶著她們爬上寸草不生的斜坡，走向大街，一同昂首走上綠橋，大家在橋上停步，倚著護欄，繼續操著尖銳的嗓音指認景物：SIDEWALK、STATUES、FLOWERS、BILLBOARD、AMERICAN CANCER、NO THANK YOU。

美國佬唉聲嘆氣地站起來，涉水踏入河中，把一團團軟趴趴的麵包拋進河水之中。女孩們尖聲喊叫，混濁的河水流經市區，美國佬抱著最後一絲希望舉起釣竿，就在此時，其中一人的釣竿搖晃震動，然後劇烈彎曲。尼龍釣線受到拖拉，捲線器不停顫動。釣竿一彎再彎，竿身極度緊繃，竿尖逼近把手。美國佬以爲釣線肯定勾到煤渣磚、輪胎，或是生鏽的洗手槽，更糟的是，說不定勾到某條焊入市區地基的支架，緊緊卡在河底。你釣到了維爾紐斯，他們開開玩笑。試試看拉上來吧。

但是小女孩白皙的臉孔探過石橋的護欄，一邊指指點點，一邊拚命點頭，開始用立陶宛語興奮地大喊大叫。手執緊繃釣竿的美國佬高聲歡呼，其他美國佬噗噗啪啪地圍繞在他身邊，專心觀看。釣線在河岸之間緩緩漂蕩，劃出一個大大的S，河面幾乎不見漣漪。最後釣線終於劃過河面，漂至岸邊，動也不動，彷彿負荷沉重。

手執緊繃釣竿的美國佬低聲嘟噥，終於把釣線拉到兩腳之間的淺灘。然後他放下釣竿，目瞪口呆，圍在他四周的美國佬搖搖頭，也都目瞪口呆。橋上的女孩們愈喊愈大聲，而且又叫又跳，很快就從橋上衝下來，沿著河岸全力奔跑。她們停在幾英碼外，氣喘吁吁，睜大眼睛瞪著美國佬，美國佬已經協力把一條其貌不揚的大魚拉上鵝卵石河岸，醜怪的巨魚躺在岸上大口喘氣。

那是一條鯉魚：魚身灰白赭黃，好像吸取了城市最陰沉之時的顏彩。部分魚鱗已經鬆脫，片片散落在石頭上，好像透明的五角銅板。殘破的魚鱗滾上紅邊，沒有眼瞼的魚眼比美國佬的眼睛大了兩倍，彎翹的魚鬚使其貌似一個惱怒不樂、可敬可畏的西班牙人，受傷倒地，不住喘氣。

美國佬怯怯地低頭瞪視，手臂懶懶地垂在身側。頭頂上方，車輛轟轟隆隆沿著石橋行駛。這條魚眞大，肯定比英國佬的鮭魚更大，從來沒有人釣到如此巨大的鯉魚。牠慢慢擺動胸鰭，一下子抬高，一下子放低，姿態甚爲可悲。

其中一個美國佬抬起鯉魚，把軟趴趴的大魚抱在懷裡，宣稱至少重達五十磅。說不定甚至六十磅。魚肚軟趴趴地垂在他的雙手之間，泄殖腔拖著一道糞便。陽光透過朦朧的晨霧映照，感覺沉甸甸。老師皺著眉頭前來，氣喘吁吁地跟在學生後頭。

鯉魚動了動，魚身輕輕一抖，幾乎只是微微傾斜，但已足以從美國佬的臂彎裡溜走。牠重重摔到河岸上，魚下巴先著地，然後側身稍微一滑，在鵝卵石上留下一道濕黏的印記。最後牠終於完全停歇，躺臥在地，魚尾一伸一縮。美國佬拿出一個可拋式相機，但當他們按下快門，相機卻卡住了。他們笨手笨腳地試圖修理；相機掉進河裡，緩緩下沉。

鯉魚大口吸氣，大口喘氣，圓圓的魚嘴和四根宛如槓鈴的魚鬚朝著空中依稀做出一個O型，一道微乎其微、幾乎難以目視的鮮血，從魚鰭沿著魚鱗滴下。女孩們開始哭泣。老師擤擤鼻子。

美國佬望望這群嘰嘰喳喳、足蹬鞍部鞋、張口結舌、手指緊抓作文練習簿的女學童，小女孩人人戴著十字架金項鍊，膝蓋上幾處瘀青，瀏海一圈圈地貼在額頭，及膝的長襪在七月四日的艷陽下鬆垂，下巴沾著淚珠。老師站在她們身後，指頭按著太陽穴，手肘抵在胸前，嘴唇在齒間輕輕顫動。

笨蛋，她說。你們這些笨蛋。

魚兒眞是了得。女學童眞是了得。美國佬竟然把那條鯉魚給放了，眞是了得。魚鰭浮游，行動遲緩，姿態醜怪，水面頓顯斑紋，而後緩緩沒入漩流，消失在城中的河流。教堂鐘聲響起，到了某個時刻，美國佬下定決心，他們在下一個大洲將會表現得更好。他們將做些研究，迴避風險，別在非法的地方釣魚，別喝太多酒，別聽信每一個陌生人的勸告。他們將攜帶兩副裝備，每人兩支釣竿、兩件絨毛運動衣。下次他們不會等到最後一天，他們會規劃路徑，擬定緊急應變方案，更何況美洲大陸資源無窮，綿延的沼地，搖曳的麥田，在暮光中化爲淡紫的潔白筒倉，還有面積龐大的倉庫、技藝純熟的工匠，這些都將一一顯露，助他們一臂之力。

他們不會輸，他們不可能輸；他們是美國人，他們早已是贏家。

守望者

從他出生到他三十五歲，喬瑟夫．薩立比的媽媽始終幫他鋪床，打點他的每一餐；每天早晨，她從英文字典任選一欄，叫他朗讀，然後才准他踏出家門。他們住在西非賴比瑞亞蒙羅維亞市郊的山坡上，小小的屋子已經日漸塌毀。喬瑟夫個子高，寡言，經常生病；他戴了一副超大的眼鏡，鏡片背後的那雙眼睛，眼白泛著淺黃的光澤。他媽媽矮小，精力充沛；每週二次，她把兩籃蔬菜頂在頭上，步行六英里，走到馬茲安鎮的市場，在她的攤子上販售。當鄰居們前來讚美她的園圃，她微微一笑，請他們喝可口可樂。「喬瑟夫在休息。」她跟他們說。鄰居們啜飲可樂，瞄一瞄她後方百葉窗緊閉的漆黑門窗。門窗之後，他們想像，那個經常生病的男孩八成大汗淋漓、神智不清地躺在他的小床上。

喬瑟夫是賴比瑞亞國際水泥公司的職員，負責把付款通知和訂貨單謄寫在一本厚重、皮面精裝的帳簿裡。每隔幾個月，他就謄寫一筆他不該謄寫的付款通知，開張支票給自己。他跟他媽媽說這筆多出來的錢是他薪水的一部分，而他也愈來愈習慣這個謊言。她每天中午順道經過辦公室幫他送飯——她在米飯上加了好多番椒，這樣一來，她提醒他，病毒才不會近身。她還站在他的桌邊看著他吃飯。「你表現得眞好，」她說。「你幫助賴比瑞亞增強國力。」

一九八九年，賴比瑞亞陷入一場一打打了七年的內戰。水泥工廠遭到破壞，變成游擊隊的一處彈藥庫，喬瑟夫因而丟了工作。他開始做些非法生意，販賣球鞋、收音機、計算機、日曆等竊自市區店家的貨品。這麼做沒什麼惡意，他告訴自己，人人都在掠奪財物。我們需要錢。他把貨品放在地窖，跟他媽媽說他幫朋友存放東西。趁他媽媽在市場之時，叫部卡車過來運走貨品。夜晚時分，他付錢雇了兩個男孩漫遊城中、拉彎鐵窗、移走大門，然後把他們偷來的東西擱放在家裡的後院。

他大多時間蹲在大門臺階上，看著他媽媽照料她的園圃。她的手指從土裡挖出雜草、剔除已不結果的葡萄藤蔓，或是採摘四季豆，豆粒撲撲通通地落入一個金屬餐碗之中，他聽著她怒罵戰時的日子多麼辛苦，維持規律的生活多麼重要。「我們不能因為戰亂就不過日子，喬瑟夫，」她說，「我們必須堅持下去。」

炮火迸發，山坡上閃過一道道白光；飛機轟轟隆隆地飛過小屋的屋頂。鄰居不再上門；山坡一再遭到炮轟。林木夜間起火焚燒，好像暗示著更邪惡的事端即將引發。警察開著偷來的廂型車呼嘯而過，槍托架在車門檻，反光太陽眼鏡遮住了他們的雙眼。過來抓我，喬瑟夫好想朝著一個個警察、他們遮黑的車窗、他們鍍鉻的排汽管大喊。你們試試看吧。但他沒有；他保持低調，假裝在玫瑰花叢間忙活。

一九九四年十月，喬瑟夫的媽媽早上帶著三籃甜薯到市場，自此一去不返。他在她園圃的菜畦間踱步，聆聽遠方轟隆的炮火聲、哀慟的警笛聲，以及當中間斷的靜默。當最後一抹光影沒入山坡，他走過去鄰居家。他們透過裝在臥室門口的鐵柵盯著他，做出警告：「警察被殺了。泰勒的游擊隊隨時可能上門……」

「我媽媽……」

「救你自己。」他們說，啪地關上大門。喬瑟夫聽到門鍊嘎嘎作響，門閂滑動歸位。他走出他們的家，站在滿是灰塵的街上。遙望遠方，一道道煙霧直升血紅的天空。過一會兒，他走到鋪了柏油的街道盡頭，轉彎踏上泥濘的小路，小路直通馬茲安鎮，他媽媽早上就是沿著這條小路走到鎮上。走到市場之後，他看到預期中的光景：火光，一部燒得焦黑的卡車，一個個被劈開的木箱，一個個行竊的少年。在一部小車上，他看到三具屍體；沒有一具是他的媽媽，沒有一具看來眼熟。

他遇見的每一個人都不願跟他說話。當他拉住一個匆匆奔跑的女孩，她口袋裡的卡帶已經滿得掉了出來；她望向別處，不願回答他的問題。他媽媽擺攤的地方只剩下一堆燒焦的夾板，夾板整齊堆疊，好像有人已經打算重建。當他回到家中，天色已亮。

隔天晚上，他媽媽仍未返家，於是他再度出門。他搜遍殘破的市場攤位；他沿著棄置的走道呼喚他媽媽。市場招牌原本懸掛在兩根鐵柱之間，現在鐵柱間卻倒吊著一個男人。男人的五臟六腑被扯出體外，搖搖晃晃垂掛在手臂上，宛如冥界的黑繩，整個人望似擺脫了繩索的活動木偶。

接下來的幾天，喬瑟夫晃蕩得更遠。他看到男人用鍊條拉著女孩往前走；他站到一旁，讓路給一部堆滿屍體的垃圾車。他被叫住二十次，也被騷擾了二十次：臨時檢查站的士兵拿起步槍，槍口直壓他的胸膛，問他是不是賴比瑞亞人、是不是克蘭族、爲什麼沒有幫助他們打擊克蘭族。放他走之前，他們朝著他的襯衫吐口水。他聽說一幫戴著唐老鴨面具的游擊分子已經開始吃敵人的內臟；他聽說足球場的恐怖分子穿上防滑釘鞋踐踏懷孕女子的小腹。

所到之處沒人聲稱知道他媽媽的去向。從家門的臺階上，他看著鄰居打劫園圃。他花錢雇來搶劫店家的男孩們不再上門。收音機裡有位叫做查爾斯．泰勒[19]的軍人誇口說他用四十二發子彈槍殺五十名尼加拉瓜和平軍。「他們一下子就翹辮子，」他得意洋洋地說。「好像灑把鹽在鼻涕蟲的背上。」

過了一個月，他所知的資訊依然只限於他媽媽那一晚失蹤，因此，喬瑟夫把她的英文字典夾在手臂下，把錢塞進他的襯衫、長褲和鞋子，鎖上堆放著感冒藥、偷來的筆記簿、隨身音響、一部空氣壓縮機的地窖，走出家門，永不回頭。他隨同四個逃往象牙海岸的基督徒旅行了一陣子；他結交了一幫手持彎刀，遊蕩於村落之間的孩童。他見證了幼童遭到斬首、嗑了藥的男孩們把一個懷孕的女孩開膛剖腹、一個男人倒吊在陽臺上、嘴裡塞著自己被切斷的雙手，種種景象不忍詳述。僅僅三星期，他見證的景象已足以讓他做十輩子的惡夢。在賴比瑞亞的內戰中，一切公然示眾，未加掩埋，甚至，已被掩埋的一切卻被全數挖出：屍體堆疊，倒臥在茅坑之中；孩童啼哭，拖著他們爸媽的屍體走過街道。克蘭族屠殺馬諾族；吉歐族屠殺曼丁戈族；公路上的旅客們半數武裝持槍；十字路口半數飄散著死亡的氣息。

喬瑟夫逮到機會就睡；落葉間、樹叢下、空屋的地板上，他能休息就盡量休息。他的頭痛愈來愈嚴重。每隔七十二小時，他發起高燒——他渾身發燙，然後渾身冰冷。沒有發燒的日子裡，他

19 Charles Taylor，查爾斯．泰勒，賴比瑞亞前總統暨軍事強人。一九九〇年代賴比瑞亞內戰期間，泰勒是非洲最知名的軍閥之一。一九九七至二〇〇三年間擔任賴比瑞亞第二十二屆總統。下臺之後受到國際法庭起訴，服刑五十年。

一呼吸就痛；他窮盡全力，繼續行進。

最後他終於走到一處他過不了的哨站，哨站裡兩位面色蠟黃的士兵不准他通行，他盡可能地詳述他的遭遇——他媽媽失蹤、他試圖找出她的下落。他告訴他們，他不是克蘭族，也不是曼丁戈族；他讓他們看看英文字典，他們卻立即沒收。他的頭陣陣抽痛；他心想，他們是不是打算殺了他。「我有錢。」他說。他解開領口的鈕扣，讓他們看看藏在襯衫裡的鈔票。

其中一個士兵朝著收音機講了幾分鐘，然後走了回來。他勒令喬瑟夫坐上豐田汽車的後座，帶著他開過裝了閘門的漫長車道。一排排橡膠樹綿延伸展，似乎無止無盡，一棟殖民地色彩、屋頂鋪著磚瓦的莊園坐落在樹下。士兵們帶著他走到屋後，穿過一道閘門，來到一個網球場。網球場中，十二個男孩閒坐在庭園座椅上，狙擊步槍擱在膝上，年紀約莫十六歲。水泥地上反射出白花花的日光。他們坐著，喬瑟夫站著，日光直直照在他們身上。沒有人開口。

幾分鐘之後，一個冒著汗珠的小隊長從屋子後門拖出一個男人，拉著他走過穿堂，把他扔到中央發球線上。男人戴著一頂藍色的貝雷帽；雙手綁在背後。當他們把他翻過身，喬瑟夫看到他的髖骨已經斷裂，臉頰下垂凹陷。「這人是個寄生蟲，」小隊長邊說，邊踢踢男人的肋骨。「他開飛機，接連一個月轟炸蒙羅維亞以東的城鎮。」

男人試圖坐起。他的眼神游移，看來可憎。「我是廚師，」他說。「我從耶凱帕上路。他們叫我經由陸路前往蒙羅維亞，所以我照著試試看，想不到就被抓了。拜託，我只會煎烤牛排，我沒有轟炸任何人。」

坐在庭園座椅上的男孩們喃喃抱怨。小隊長脫下男人的貝雷帽，隨手一揮，把帽子扔到柵欄另一頭。喬瑟夫的頭痛加劇；他好想窩成一團；他好想躺在樹蔭下睡一覺。

「你是殺手，」小隊長對犯人說。「你爲什麼不老實招來？你爲什麼不坦承自己幹了什麼好事？那些城鎮死了好多媽媽、好多女孩。你覺得她們的死跟你毫不相干嗎？」

「求求你！我是廚師！我在耶凱帕的靜水餐廳煎烤牛排！我過來這裡看看我的未婚妻！」

「你一直在轟炸鄉鎮。」

男人試圖多說幾句，但小隊長把球鞋壓上他的嘴巴。遠處傳來嘰嘰嘎嘎的聲響，好像小石頭在破布裡相互碰撞。「你，」小隊長指著喬瑟夫說。「你就是那個媽媽遭到殺害的傢伙？」

喬瑟夫眨眨眼。「我媽媽在馬茲安鎮的市場賣菜，」他說。「我已經三個月沒有見到她。」

小隊長從腰間的皮套抽出一把槍，遞給喬瑟夫。「這個寄生蟲說不定殺了上千人，」小隊長說。「上千個媽媽和女兒。我看到他就噁心。」小隊長雙手搭上喬瑟夫的臂部；他把喬瑟夫拉近一點，彷彿兩人在跳舞。網球場反射出白花花的日光，令人目眩。座椅上的男孩們竊竊私語，凝神觀看。把喬瑟夫押過來的士兵們倚著柵欄，點燃一支香菸。

小隊長的嘴唇貼上喬瑟夫的耳朵。「你幫你媽媽一個忙，」他喃喃說。「你幫我們國家一個忙。」

槍在喬瑟夫手中——把手溫熱，沾了汗水而濕滑。他頭痛欲裂，腦中隆隆作響。一排排林木滿是塵土，靜滯不動，小隊長在他耳邊吸氣吐氣，瀝青地上的男人無力地爬行，宛若一個生病的孩童，種種景象在他眼前不斷延展，模模糊糊；那種感覺就像是眼鏡鏡片已被液化。他想起他媽媽最後一次走向市場，日光斜長，陰影拖曳在身後，微風欻欻，鑽過叢叢葉木。他應該跟著一起去；他應該替她走一趟。應該是他感覺土地在身下開了大洞，應該是他下落不明。他們把她轟得自人間蒸發，喬瑟夫心想。他們把她炸成煙霧。因爲她覺得我們需要錢。

「他不配身體裡流著血，」小隊長輕聲說。「他不配肺裡呼吸空氣。」

喬瑟夫舉槍，一槍射穿犯人的頭。槍聲很快就被凝滯的空氣所呑噬，消失在濃密的林木中。喬瑟夫頹然跪下，眼簾深處迸出一道道白光，閃閃爍爍。周遭天旋地轉，一片灰白。他身子一垮，胸脯著地，昏了過去。

他在莊園裡的地板上醒來。天花板光禿禿，四處龜裂，一隻蒼蠅緊貼著天花板嗡嗡飛舞。他跌跌撞撞地走出房間，察覺自己置身在走廊上，走廊兩端都沒有門，下方一排排橡膠樹，林木不停延展，似乎直達地平線。他的衣服全濕了；他的錢也沒了，連藏在靴底的鈔票都不翼而飛。

兩個男孩懶洋洋地坐在門口的休閒椅上。隔著網球場的柵欄，喬瑟夫可以看到那個死在他槍下的男人，男人的屍體未加掩埋，癱躺在瀝青地上。他穿過一排排橡膠樹，沿途所見的士兵們連看都沒看他一眼。一個多小時後，他終於走到一條大路旁；他朝著頭一部駛過的車子揮手，他們給他水喝，把他載到港都布坎南。

布坎南平靜和睦——街上沒有一夥夥持槍巡邏的小毛頭，頭頂上方也沒有飛機轟隆飛過。他坐在海邊，看著混濁的海水沿著樁柱來回拍打。他的頭還是痛，但不是劇烈抽痛，而是沉悶哆嗦；那是欠缺之苦。他想哭；他想把自己扔進海中，跳海自盡。他想遠離賴比瑞亞，但他心想，他走得再遠都逃不開。

他登上一艘運輸化學品的艦艇，哀求給他一份刷洗鍋盤的工作。他刷洗時還算小心，但艦艇一路顛簸，航經大西洋之際，熱水依然濺了他一身。艦艇駛進墨西哥灣，穿越巴拿馬海峽，他待在船員的艙房裡，端詳同船的水手們。他心想，他們看不看得出他是個殺人犯，他是不是一副殺人犯的模樣，彷彿額頭被烙上一個印記。夜晚時分，他靠著船頭的欄杆，看著船身劃破一片漆黑。事事感覺虛空而殘破；他覺得自己似乎留下上千個尚未完成的工作、上千本計算錯誤的帳簿。海浪繼續朝向未知的前方漂流。艦艇搖搖晃動，朝北行進，沿著太平洋海岸航行。

他在奧瑞岡州的阿斯托利亞下船，移民署警察跟他說他是戰爭難民，核發了簽證給他。過了幾天，在他下榻的青年旅館裡，有人拿了報上的廣告讓他看看：**占地九十英畝，設有果園與住家的「海洋青草原」急徵冬季零工一名。我們迫切需要人手！**

喬瑟夫在臥室的水槽裡洗衣服，仔細端詳鏡中的自己——他的鬍子長了，而且打結；透過眼鏡的鏡片，他的眼睛看起來黃黃的，似乎有點扭曲。他記起他媽媽字典的定義：**desperate：迫切、緊急、絕望、孤注一擲**。

他搭公車到班登，沿著一〇一號公路行進三十英里，剩下的兩英里步行，走上一條沒有路標，滿是灰塵的小徑。「海洋青草原」曾是一個栽種蔓越莓的農場，破產之後轉型爲夏季的觀光莊園，原本的房屋已被拆除，讓出空間興建一座三層樓的大宅。他小心翼翼地走過橫置在門廊上的酒瓶碎片。

「我叫做喬瑟夫．薩立比，來自賴比瑞亞，」他告訴特威曼先生，這個矮胖結實，穿著牛仔靴的男人是「海洋青草原」的業主。「我三十六歲，我的國家在打仗，我只想安安靜靜過日子。我可以修理你的屋瓦、你的露臺，什麼都行。」說出這話時，他雙手顫抖。特威曼跟他太太走回屋裡，在廚房門後跟對方大吼大叫，他們那個蒼白憔悴、沉默寡言的女兒捧著一碗玉米穀片走到餐桌旁，靜靜進食，然後離去。牆上的時鐘叮叮咚咚敲了一下、兩下。

特威曼終於走回來，而且雇用了他。他們登報登了兩個月，他說，只有喬瑟夫來應徵。「今天是你的幸運日。」他說，一臉謹慎地看看喬瑟夫的靴子。

他們給他一件舊工作褲和一間車庫上方的住屋。上工的頭一個月，莊園遊客如織，人滿爲患：孩童、嬰兒、在露臺上朝著手機大喊大叫的年輕男子、形形色色的女子，到處擠滿遊客。他們是因爲電腦相關產業而致富的百萬富翁，一下車就查看車門有沒有刮痕，如果看到刮痕，他們就舔舔大拇指，用口水輕輕擦抹，試圖將之拭去。扶欄上擱著喝了一半的伏特加調酒，吉他樂聲透過擴音機緩緩飄向門廊，一群黃蜂圍著尚未清理的餐盤嗚嗚飛舞，木棚裡堆滿一個個鼓脹的垃圾袋：這些都是他們留下的痕跡，也都是喬瑟夫份內的雜務。他修理爐子的爐口，掃除走廊上的細砂，刷洗食物大戰之後殘留在牆上的鮭魚渣，閒暇之時，他坐在他住屋的浴缸缸緣，凝視著自己九月間，特威曼交給他一份冬季雜務的清單：裝設遮擋風雪的護窗，幫草坪打孔，清理屋頂和走道的冰雪，確保沒有人上門行竊。「你應付得來嗎？」特威曼問。他留下一副卡車鑰匙和一個電話號碼。隔天早上，人人都已離去。沉默漫過莊園。林木在風中搖動，彷彿試圖甩除咒語。三隻白鵝從木棚底下鑽出來，悠然自在地穿過草坪。喬瑟夫在主屋裡晃蕩，徘徊於客廳、巨大的石砌壁爐、玻璃中庭和超大的衣櫃之間。他拖著一部電視下樓，走到一半卻鼓不起勇氣竊用。他能把電視搬到哪裡？他能把電視拿來做什麼？

每天早晨，他迎接新的一天，長日漫漫，寂寥空虛。他走遍海灘，挖撿石頭，細細尋查石頭的獨特之處：深深嵌入的化石、螺貝的印記、閃爍的礦石紋理。他幾乎總是把石頭放入口袋；它們全都獨一無二，顆顆細緻精美。他把石頭帶回他的住屋，擱在窗臺上，一排排小圓石好像尚未完工的小城垛，防禦小小入侵者的進襲，保衛他的屋宅。

兩個月來，他沒跟任何人說話，也沒見到任何人。兩英里外，一〇一號公路的車潮緩緩地、持續地行進，偶爾一架噴射機轟然飛過，長長的白煙滾滾翻騰，隆隆的聲響消失於天地之間，除此之外，四下一片沉寂。

強姦，謀殺，一個嬰孩被踢得撞牆，一個男孩的頸間掛著一串風乾的人耳；在喬瑟夫的惡夢中，人類對彼此所能做出的種種惡行，一再重複放送。他大汗淋漓，浸濕了床單被毯，醒來之時猛掐著枕頭，好像想把枕頭勒死。他媽媽、他的錢、他乾淨俐落、井然有序的生活，一切全已失落——不是終結，而是消散，好像有個瘋子拐走他生活的每個組件，強行拖到地牢的深處。他好想有所貢獻；他好想做些正當的事情。

十一月間，五隻抹香鯨被困在離莊園半英里的海灘上，最大的一隻身長超過五十英尺，體積跟半個車庫一樣大，獨自癱躺在一處沙地上，其他幾隻癱躺在牠的北側，相距大約幾百英碼。喬瑟夫不是頭一個發現抹香鯨的人：沙丘上已經停了十二部吉普車，人們抬著一桶桶海水，揮舞著一支支針筒，奔跑於受困的抹香鯨之間。

幾個身穿霓彩兜帽外套的女人已經拿起繩索，綑住最小那隻抹香鯨的尾鰭，試圖用一艘裝了馬達的小艇把牠拖離海灘。小艇噗噗震動，滑過碎浪；繩索緊繃滑動，掐入鯨魚的尾鰭；鯨肉被勒出一道道白印。鮮血泉湧而出。鯨魚動也不動。

喬瑟夫走向圍觀的群眾。一個手執釣竿的男人和三個拿著半桶蛤蠣的女孩圍成一圈，一個披著實驗室白袍、袍上沾了血的女人跟大家解釋，這幾隻鯨魚體溫過高，大量出血，器官鼓脹，維生的氣管也被壓裂，獲救的希望相當渺小。即使他們設法將鯨魚拖離海灘，她對大家說，鯨魚說不定依然被沖回岸上。她之前見過這種狀況。「但是，」她補了一句，「這是一個絕佳的學習機會。一切必須小心處理。」

鯨魚滿身傷疤；魚背布滿痲點、溝痕、藤壺貝，有如雜斑。喬瑟夫伸手按壓一隻鯨魚的體側，傷疤周圍的皮膚在他的手掌下微微顫動。另一隻鯨魚甩甩尾鰭，拍擊海灘，噗啪、噗啪、噗啪，聲聲恍若發自心中深處，褐黃、充血的魚眼前後滾動。

喬瑟夫覺得他惡夢的某個入口已然開啓，種種蹲伏其中、靠在門邊喘氣的夢魘，全都奔騰而出。他踏上路程半英里的小徑，走回「海洋青草原」，一路跌跌撞撞，全身劇烈顫抖，有時甚至不得不跪下。參差不齊的雲朵緩緩飄過頭頂上方，熱淚從他眼中湧湧而出。他的脫逃終究是枉然；一切依然未加掩埋，浮在地面緩緩飄動，微風一吹就全都冒出地面。究竟所爲何來？救你自己，鄰居曾跟他說。救救你自己，喬瑟夫心想，但如果自己已經無法挽救？如果只有那些原本就不需挽救的人才可能被挽救呢？

他躺在小徑上，直到天色暗下。他的額頭陣陣抽痛。他看著群星在黯淡的星軌中灼灼閃爍，星光點點，星河盤旋，無止無盡地燃燒發光，他心想，那個女人說的話不知道是什麼意思，他不知道可以從中學到什麼。

到了早晨，五隻抹香鯨已經死了四隻。從沙丘上望去，抹香鯨好像是一列擱淺的黑色潛水艇。一根根木樁將牠們圍起，繞上黃色的膠帶，圍觀的群眾持續而至：更多市民過來看熱鬧——十二個女童軍，一個郵差，還有一個腳穿雕花皮鞋、擺好姿勢準備拍照的男人。

鯨魚的屍體已經脹滿氣體，鼓了起來，側邊下垂，好像洩了氣的氣球。屍身上一道道縱橫交錯的白色疤痕，望似可怕陰森的閃電，也像是鯨魚不慎陷入的釣網。最先喪命、體積最大的抹香鯨，也就是那隻獨自受困，跟牠的同伴們相距幾百英碼的巨鯨，鯨頭已被斬下，下巴朝天，拳頭大的鯨齒黏附著丁點細沙。幾個披著實驗室白袍的男人用電鋸和長柄尖刀移除鯨脂。喬瑟夫看著他們拖出一個個熱騰騰的紫色氣囊，肯定是各個器官。旁觀者四處晃蕩；他看到有些人動手剝下一層薄薄的魚皮，把魚皮像是灰白的烤盤紙似地捲成一捲，當作紀念品帶回家。

披著實驗室白袍的研究人員專注在體積最大的抹香鯨，他們站在鯨魚的肋骨之間賣力工作，最後終於費力地取出一團非常巨大的瘤狀橫紋肌，一端還有成串的瓣膜，肯定是鯨魚的心臟。四個男人一起用力才把它推滾到沙地上。喬瑟夫不敢相信鯨魚的心臟如此巨大；說不定這隻鯨魚有個超大的心臟，說不定每一個鯨魚的心臟都如此巨大，但這顆心臟跟一部除草機不相上下，通往心臟的血管大到可以讓他把頭探進去。其中一位研究人員拿起針筒刺入心臟，抽出一些心肌組織，存放在廣口瓶中。他的同事們已經回到鯨魚體內，電鋸的聲音再度響起。手執針筒的研究人員加入同事們。心臟在沙地上微微發熱。

喬瑟夫看到一個林務署的警察站在沙丘上吃三明治。

「那是心臟嗎？」他問。「他們留在那裡的是心臟嗎？」

她點點頭。「我想他們想找的是鯨魚的肺部，看看是否感染了疾病。」

「他們打算怎麼處理心臟？」

「我猜八成燒了吧。他們會把所有東西都燒掉，因爲那股味道。」

他挖了一整天。他在山坡上挑了一塊空地，空地隱沒於森林之間，俯瞰主屋西側和草坪一隅。透過後方的樹幹，他剛好可以看到大海在樹梢之間微微閃爍。他一直挖掘，直到夜幕低垂，然後進屋拿了一盞提燈走回來，在白色的光影中繼續挖掘。泥土濕潤多沙，遍布石頭與根莖，進展緩慢。他覺得自己的胸膛好像處處龜裂。當他放下鐵鏟，他的手指甚至伸不直。不一會兒，地洞的深度已經超過喬瑟夫的身高；他繼續挖掘，把泥土從洞口拋出去。

凌晨時分，他把一塊防水布、一把鐵鏟、一把鋸樹的鐵鋸、一部包了合金的手動式絞車搬上卡車的車臺，當他小心開過屋後的草坪，沿著狹窄的小路駛向海灘，各項裝備搖搖晃晃，嘎嘎輕響。車前燈的燈光中，三兩而立、飽經風霜的白樺樹林彷彿一捆捆殘破的白骨；樹枝刮過卡車兩側。

兩堆營火在北側的四隻鯨魚旁邊悶燒，但南側的巨鯨附近空無一人，他輕易地駛經漲潮線的一束束海草，開到黑黝黝的鯨魚旁，被斬了頭的巨鯨躺在沙丘丘底，好像一艘遭逢海難，船身凹陷的破船。

到處都是內臟和鯨脂。鯨腸散開，橫置海灘，好像遊行的彩帶。他緊緊咬住手電筒，隔著一根根巨大的肋骨，仔細研究鯨魚體內：一切全都濕淋淋、灰撲撲，分不清什麼是什麼。幾英碼之外，鯨心安置在沙地上，彷彿一顆巨石。螃蟹從側邊小口小口地咬嚙；鷗鳥站在暗處吵吵嚷嚷。

他把防水布平鋪在海灘上，將手動式絞車穩穩靠在車臺前端的橫桿上，然後把弓型卸扣勾上防水布各角的索環。他千辛萬苦地把鯨心滾到防水布上；接下來就只需把這一整團血淋淋的東西拉上車臺。他轉動曲柄，排檔劇烈震盪，轟隆作響，絞車憤憤咆哮，防水布四角緩緩上升。鯨心拖拖拉拉地輾過沙地，一寸寸地朝他移近，卡車很快就承載了它的重量。

當他把卡車停在先前挖掘的地洞旁，天空已露出第一道蒼白的日光。他降低後檔板，把防水布平放在車臺上，沾滿細沙的鯨心躺在車臺中央，好像一隻被宰殺的野獸。喬瑟夫擠到駕駛室和鯨心之間，用力一推，鯨心輕易地滾動，沉甸甸地滑過光滑的防水布，微微彈跳，砰地一聲重重落入地洞之中。

他把車臺上的鯨肉、鯨脂、凝結的血塊踢到車下，茫然地開著卡車，慢慢駛下山坡，回到海灘。其他四隻鯨魚依然躺在海灘上，腐爛的程度不一。

三個男人站在營火的餘燼旁，渾身沾滿血塊，捧著保麗龍杯啜飲咖啡。其中兩隻鯨魚缺了頭，另外兩隻鯨魚的牙齒已被拔除。沙蠅從殘骸之中飛躍而出。喬瑟夫看到第六隻鯨魚陳屍沙間，那是一隻幾乎足月的鯨魚胚胎，被人從母體裡拖出來。他下車，跨過黃色膠帶，走向他們。

「如果你們已經處理完畢，」他說，「那幾顆心臟就交給我吧。」

他們瞪視。他從卡車車臺取下鋸樹的鐵鋸，走向第一隻鯨魚，抬起軟趴趴的鯨皮，踏入巨若樹幹的肋骨之間。

一個男人抓住喬瑟夫的胳臂。「我們應該要把牠們燒了。能留什麼，就留什麼，剩下的全部燒掉。」

「我會把那幾顆心臟埋起來。」他沒看那個男人，反倒繼續直視遠方，凝視地平線。「減輕你們的工作量。」

「你不可以……」但他已經放開喬瑟夫，而喬瑟夫也已踏回鯨魚體內，砍鋸肌肉。他以鐵鋸權充解剖刀，劈穿三根肋骨，然後砍穿一條厚重稠密，可能是動脈的脈管。鮮血噴濺到他手上；黏稠、烏黑、帶點暖意。鯨魚體內有如深穴，氣味不佳，聞起來像是已經腐臭，喬瑟夫兩度不得不退後幾步，做個深呼吸。他握著鐵鋸，額頭沾滿點點血跡，鐵鋸輕輕搖晃，他的工作褲已被黏液、鯨脂，和海水浸濕。

他告訴自己這就像是清理一條魚，但這會兒的感覺完全不同，比較像是摘除一個巨人的內臟。鯨魚的血管非常巨大；貓咪可以奔馳其間。他割下最後一層鯨脂，一隻手擱在一團他確定是鯨心的東西上。它依然有點潮濕，散發暖意，而且烏黑。他心想：我的地洞不夠大，裝不下五顆鯨心。

他花了十分鐘鋸穿其他三條血管，當他逐一鋸穿，鯨心輕易地鬆落，朝他滑了過來，穩穩壓靠著他的腳踝和膝蓋。他用力拉扯，雙腳終於從鯨心底下掙脫。一個男人冒了出來，拿起針筒猛然扎入鯨心，抽取一些液體。「好了，」男人說。「拿走吧。」

喬瑟夫把鯨心拖上卡車。他劈砍取出一顆顆鯨心，把它們存放在山坡的地洞裡，忙了一早上和一下午。這幾顆鯨心都比不上第一顆，但是依然巨大，不下於特威曼廚房裡的爐子或是卡車的引擎。就連胚胎的心臟也令人讚嘆；那顆鯨心跟一個男人的軀幹一樣大，也一樣重。他兩隻手臂都抱不動。

等到喬瑟夫把最後一顆鯨心推進山坡上的地洞，他的身體已經不聽使喚。他頭冒金星，紫色的光暈在眼前旋轉；他的脊背和手臂皆感僵硬，走起路來不得不稍微彎腰。他填滿地洞，泥土與鯨心堆成一個小丘，周圍一叢鮭莓野果，雲杉環繞，杉幹欹欹地往後仰，夜深人靜，小丘高高坐落在莊園的山坡上，看來格外荒涼。離開時，他感覺自己脫離了軀體，好像那是一副他很快就再也用不著的笨重工具。他把卡車停在庭院裡，渾身沾滿濕淋淋的血塊，澡也沒洗就癱倒在床上。住屋的門開著，六隻鯨魚的心臟全都埋在土中，慢慢冷卻。他心想：我從來沒有這麼疲倦。他心想：最起碼我掩埋了某些東西。

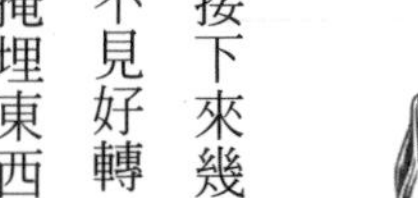

接下來幾天，他疲憊無力，也沒有意願爬下床。他庸人自擾，苦苦逼問自己：他的心情爲什麼不見好轉、不見癒合？什麼是報復？什麼是贖罪？鯨心仍在那處，躺臥在土壤之中，靜靜等候。掩埋東西又有何用？惡夢之中，夢魘總會自行破土而出。他想起媽媽字典裡的一個單字：**inconsolable：無法安慰、垂頭喪氣、沒有希望、傷心失落**。

他和賴比瑞亞之間相隔一個大洋，但他依然無法被挽救。山風一吹，濃重的黃黑煙霧飄過樹梢，拂過他的窗戶，煙霧帶著油味，好像煎炙腐臭的肉。他把臉埋在枕頭裡，避免吸進這股氣味。

冬日。雨雪嗖嗖掃過枝幹。地面結冰、融冰、又結冰，積雪如泥，厚厚一層，難以剷除。喬瑟夫從沒見過雪；他把臉朝向天空，任憑雪花飄落在眼鏡上。他看著雪花消融，細緻的晶角緩緩消融，凝聚成圓滾的水珠，好像上千盞眨動閃光的微型燈火。

他忘了他的差事。他望向窗外，察覺自己把割草機留在院子裡，但他提不起勁把它推回車庫。他知道他應該打開水龍頭、沖洗主屋的水管，也應該打掃陽臺、裝設護窗、開啓屋頂的除冰管線。但他什麼都沒做。他告訴自己，掩埋鯨心讓他累壞了，而不是因爲更加陰鬱的疲乏，也不是因爲一個個環繞在他周遭的沉重回憶。

有些早晨，當戶外感覺稍微溫暖，他決心外出。他扔開被毯，套上長褲。他踏出主屋，沿著泥濘的小徑前行，爬上沙丘。天空之下；大海無盡延展，有如冶熔的白銀，小島林木低矮，鷗鳥盤旋飛過樹梢，冰冷的雨絲橫掃林間，他置身其中，觀看世間一情一景，萬分驚恐，無法承受；他覺得他的心中裂開一個大口，一把杵錘往他內心穿直直墜下。他緊壓太陽穴，轉身回頭，不得不走進工具棚坐著，四周一片漆黑，他置身一把把斧頭和鐵鏟之間，試圖重新喘口氣，靜候驚恐消散。

特威曼說沿海不常下雪，但這會兒雪下得好大。雪連下了十天，喬瑟夫沒有開啓屋頂的除冰管線，屋頂承受不了冰雪的重量，因而部分坍塌。一塊塊破裂的夾板和一片片隔熱泡棉搖搖欲墜地堆疊在主臥室的床鋪上，好像通往天堂的斜坡。喬瑟夫手腳大張，躺在地板上，看著一團團白雪從屋頂的缺口飄入，聚集在他身上。雪花消融，順著他體側流下，在地板上再度凝結爲一層光滑澄淨的雨雪。

他在地下室找到一罐罐果醬，坐在飯廳的大餐桌旁用手指挖食。他把毛毯剪個洞，從頭上套下去，當作斗篷穿在身上。高燒退了又來，宛如野火，他不得不跪在地上，整個人包在毯子裡，耐心等候，直到燒退了，不再打冷顫。

在一個龐大的大理石浴室裡，他端詳自己在鏡中的倒影。他瘦了好多；肌腱順著前臂鼓起，肋骨瘦巴巴，好像一根根彎曲的條板，令人心驚，雙眼有如雞湯般黃濁。他伸手耙過頭髮，輕撫頭皮底下硬梆梆的頭蓋骨。某地某處，他心想，有塊空地等著將我掩埋。

他睡了又睡，夢見鯨魚；夢境之中，地底的鯨魚游過泥土，有如悠游於水中，所經之處，大地輕輕震動，樹葉隨之搖擺。牠們從草地破土而出，在濺灑於四處的根莖與碎石之間翻個身，隨即退回地洞，大地一寸寸地自行閉合，掩蓋了牠們，重趨完整。

春臨大地：鶯鳥在霧中鳴唱，瓢蟲在窗上漫行，蕨草探頭探腦，森林的地面冒出一株株渦形的嫩芽。他披著毯子穿過庭院，檢視一束束草地上最先冒出來的番紅花。一方方夾帶爛泥的積雪在樹蔭下悄悄融化。一樁往事不請自來：每年四月，風自沙哈拉沙漠吹來，他那棟在蒙羅維亞市郊山坡上的家，牆邊積了深達幾英寸紅色的沙塵。他的耳朵裡、他的舌頭上，全是一層灰。他媽媽拿著掃把和雞毛撣力戰沙塵，還把他叫過來助陣。爲什麼？他經常問。反正明天還是一層灰，今天何必掃臺階？她看著他，神情嚴厲而失望，一句話也沒說。

他想到層層沙塵——這會兒肯定鑽過百葉窗的窗縫，厚厚地堆在牆邊。他想像他們的屋子空空蕩蕩，寂靜無聲，桌椅滿是沙塵，園圃像被劫奪，雜草叢生，偷來的貨品依然堆積在地窖中。他想了又想，心中隱隱作痛。他希望有人在家中堆放滿滿一屋的炸彈，把屋子炸個粉碎；他希望沙塵蓋滿屋頂，永遠將屋子掩埋。

不久之後——誰曉得究竟過了幾天？——一部卡車吱吱嘎嘎地開上車道。他逐漸意識到那是特威曼。他躲回他的住處，蹲踞在窗臺和一排排整齊堆放的小圓石後方。他悄悄拿起其中一顆，在掌中滾動。主屋裡傳來喊叫聲。他看著特威曼大步走過草坪。

牛仔靴重重踏上樓梯。特威曼已經怒氣騰騰。

「屋頂！地板淹水了！牆壁變形了！割草機鏽得不像話！」

喬瑟夫用手指擦擦眼鏡。「我知道，」他說。「情況不太好。」

「不太好!?該死！該死！該死！」特威曼的咽喉開始發紅；字字句句哽在喉口。「老天爺啊！」他終於吐出一句話。「你這個天殺的混蛋！」

「沒關係。我了解。」

特威曼轉身，仔細端詳沿著窗臺擺設的小圓石。「你他媽的混蛋！你他媽的混蛋！」

特威曼的太太開著一部卡車載著他北上。卡車式樣新穎，安靜無聲，雨刷輕柔地滑過擋風玻璃。她一隻手始終擱在皮包上，緊緊抓住某個東西，喬瑟夫猜想八成是防身噴霧器，說不定甚至是把手槍。她覺得自己是個白癡，喬瑟夫心想。對她而言，我是個來自非洲的野蠻人，不知道怎麼幹活，也不曉得如何看守。我粗蠻，我是個黑鬼。

他們在班登的一個十字路口停車，喬瑟夫說：「我在這裡下車。」

「這裡？」特威曼太太四下觀望，好像頭一次看到這個市鎮。喬瑟夫爬出車外。她一隻手依然擱在皮包上。「責任感，」她說。「重點在於責任感。」她的聲音顫抖；他看得出她心中的怒氣。「我叫他不要雇你。我跟他說，雇用一個祖國一有麻煩就逃跑的傢伙有什麼好處？他不會知道什麼叫做義務。他不會了解什麼叫做責任感。這會兒你瞧瞧。」

喬瑟夫站在原地，一隻手搭在車門上。「我再也不要見到你，」她說。「你他媽的把車門關上。」

他在洗衣店的板凳上躺了三天。他研究天花板磁磚的裂縫；他審視飄過眼簾深處的彩光。衣物在乾衣機的圓蓋後面一圈一圈地轉動。**Duty：履行道德義務所需的言行舉止**。特威曼太太說的沒錯：他哪知道何謂責任感？他想到那幾顆混在一起，埋入土中的鯨心。地底的微生物肯定咬嚙出一道道有如迷宮的細縫，直穿鯨心中央。掩埋鯨心豈不是爲所應爲、爲所當爲？救救你自己，他們說。救救你自己。他在「海洋青草原」學到一些事情——一些尚未了結之事。

他得吃點東西，但尚未意識到飢餓；他沿著道路往南前進，跨著大步慢慢踏過路肩潮濕泥濘的草地。四周的林木一陣騷動。當他聽到汽車或是卡車逼近，車胎噓噓輾過潮濕的路面，他就退回林間，拉起他的毛毯裹住自己，靜待車輛駛過。

天亮之前，他已經回到特威曼的莊園，他走上山坡，俯瞰主屋，奮力穿過濃密的雜草。雨停了，天色清亮，喬瑟夫感覺手腳輕盈。他爬到樹幹之間那塊他掩埋鯨心的小空地，抱來一堆乾枯的雲杉樹皮，鋪在地上權充眠床。他躺在掩埋的鯨心上方，把自己半埋在樹皮之間，看著群星在空中迴旋。

我會變得無影無蹤，他心想。我只在晚上工作。我會非常小心；他們絕對不會懷疑是我；我將有如他們導水槽裡的麻雀、他們草坪裡的小蟲，隱匿無蹤，悄悄拾荒，融入地景。當樹木在風中搖動，我也跟著搖動；當雨滴從空中飄落，我也跟著飄落。那就像是一種隱身術。

如今這裡就是我的家，他心想，四下環顧。事情已走到這個地步。

隔天早上，他撥開刺藤，窺視下方的屋宅。兩部小貨車停在草坪上，幾座木梯靠著外牆矗立，一個男人跪在屋頂上，身影看來渺小。其他幾個男人把一箱箱木材用小車推進屋裡。鐵鎚辛勤敲打，聲聲入耳。

在他那塊空地下方的陰暗山坡中，喬瑟夫看到落葉之間冒出蕈菇。它們嚐起來像泥巴，害他胃痛，但他強迫自己全都吞下肚。

他蹲著，看著白霧慢慢瀰漫樹間，一直等到黃昏。當天色終於昏暗，他走下山坡，來到車庫旁的工具棚，從牆上取下一把鋤頭，笨手笨腳地摸黑翻尋種子盒。他摸到一個紙包，感覺裡面裝了種子，他把紙包塞進長褲口袋，穿過霸王樹和蕨草，踏過滿是松針的濕地，循著原路走上山坡，回到他那塊在樹幹之間的小空地。在暈暗澄黃的暮光中，他打開紙包，裡面裝了兩把種子，有些如同薊草般尖細深黑，有些寬扁潔白，有些圓厚黃褐。他暫且把它們塞進口袋裡。然後他站起來，舉起鋤頭，用力壓進土裡。一股氣味迎面襲來：香甜，豐潤。

從深夜至清晨，他不停翻土。已無鯨心蹤跡；泥土黝黑鬆軟。蚯蚓瘋狂扭動，直竄而上，在漆黑之中閃閃發光。到了黎明，他又沉沉入睡。蚊蠅嗚嗚嗡嗡繞著他的脖子飛舞。他沒有作夢。

隔天晚上，他用食指挖出一排排微小的地洞，在每個洞裡埋下一顆種子，好像埋下一個微小的砲彈。他飢腸轆轆，極度虛弱，不得不經常停下來休息；如果太快站起，他眼前就一片烏黑，好像天空猛然融入地平線，一時之間，他甚至感覺自己即將解體。他吃了幾顆種子，想像它們從他的內臟裡發芽茁壯，藤蔓攀升到他喉口，根莖從鞋底纏繞而上。鮮血從他一個鼻孔滴落，嚐起來帶著鐵腥味。

他在一架榨汁機的破銅爛鐵中，找到一個鏽跡斑斑，容量五加侖的鐵桶。海灘旁邊有條水流湍急，蜿蜒於巨石之間的小溪，他把鐵桶裝滿水，搬上拖車，一路濺灑，上坡走到他的園圃。

他吃海藻、鮭莓、榛果、幽靈蝦，被潮水沖到岸邊的死杜父魚。他從岩石上剝下海貝，扔進撿來的鐵桶裡烹煮。一天午夜，他偷偷走到山坡下的草坪，拾取蒲公英。蒲公英入口苦澀；腹胃一陣絞痛。

工人們修好屋頂。人潮慢慢湧來。一天下午，特威曼太太抵達莊園，忙得不可開交；她身穿正式的套裝，一陣風似地衝過露臺，一名年輕男子緊隨其後，拿著拍紙簿做筆記。她女兒獨自漫步，徒步行經一座座沙丘。晚間派對正式登場，屋檐掛上紙糊的燈籠，搖擺爵士樂團在涼亭中吹奏小號，笑聲隨風飄揚。

喬瑟夫手執鐵鏟，鍥而不捨地奮鬥了幾小時，最後終於從低矮的樹幹上打下一隻山雀，將之宰殺。夜深人靜時，他用微弱的小火炙烤；他不敢相信山雀眞的沒什麼肉，只有骨頭和羽毛，吃起來一點味道也沒有。這會兒我宰殺小鳥，還用牙齒撕扯小鳥的筋肉，他心想，我果眞成了野蠻人。如果特威曼太太看到我，八成不會訝異。

他每天把水運上山坡，幫一排排種子澆水，除此之外，他什麼忙也幫不上，只能靜坐等待。林間萬物滋生，萬物腐化，種種氣味有如河水般漂蕩於幹木之間。疑問成批而至：土壤夠不夠溫暖？他媽媽以前不是先把作物種在小花盆裡，然後才移植到土壤中？種子需要多少陽光？需要多少水？如果種子因爲無法繁殖，或是擺放過久，所以才被裝進紙包，那該怎麼辦？他擔心他用生鏽的鐵桶裝水灌溉，說不定會汙染園圃，於是他拿起一塊岩板，盡可能刮除鐵鏽，清理鐵桶。

回憶也成群湧現，不請自來：賓士汽車的殘骸冒著黑煙，車裡躺著三具燒焦的屍體，一隻黑色的金龜子緩緩爬過一隻殘缺的手；一個男孩腦袋開花，橫屍於紅色的塵土中；喬瑟夫的媽媽推著一車堆肥奮力走過庭院，雙腿的肌肉拉得好緊。三十五年來，喬瑟夫總是想像他的生活遵循著一道寧靜、安穩的脈絡——這道脈絡爲他而設，不容置疑，令人心安。走去市場，走去上班，中午享用加了番椒的米飯，在他的帳簿裡塗塗寫寫；這就是他的生活，規律，可信，就像太陽一定會升起。

但是，這道脈絡到頭來終究只是幻影——他的生活缺乏脈絡、缺乏指引、缺乏眞理，如同一盤散沙。他是個罪犯；他媽媽是個菜農。到頭來母子兩人都跟世間萬物一樣不免一死，諸如她園圃裡的玫瑰、大海中的鯨魚。

如今他終於爲自己的生活重新編製出一套秩序、一套規律。照料土地，扛水澆水，感覺健康，心中安適。

六月間，園圃的秧苗開始發芽，土壤中冒出頭一波青綠。當他傍晚醒來、看到幼苗矗立在蒼白的天光中，他滿心歡騰得感覺心幾乎要迸裂。上星期依然遍地烏黑的園圃，幾天之內居然密布著一道道青綠，眞是令人讚嘆的奇蹟。他堅信其中十幾株拇指大小、昂然指向天際的幼苗是節瓜，他趴伏在地上，透過刮痕累累的眼鏡鏡片仔細檢視：幼苗的莖桿已經分裂爲獨特的葉片，一簇簇細小的葉子也已準備打開。土裡眞有節瓜嗎？這些幼苗會長出一條條豐美、閃亮的瓜果嗎？看來似乎不可能。

他苦苦思索，不知道接下來該做什麼。他應該多澆點水，還是少澆點水？他是否應該修剪、埋植、施肥、剪枝？他是否應該砍下周圍樹木的枝幹，或是清除部分刺藤，藉此增加光源？他試著回想他媽媽以前怎麼做、她種花蒔草的種種技巧，但他只記得她站在園圃裡，一把種子從她手掌裡一顆顆掉落，她低頭看著她的作物，好像它們是圍繞在她腳邊的孩兒。

他找到一堆被沖到岩石上的釣具，他解開繞成一團的尼龍釣線，一圈圈地綑住一節浮木。他把鉤尖刺入蚯蚓，讓整條蚯蚓包住生鏽粗鈍的釣鉤；他掂掂釣線的重量，從暗礁上放低釣線，讓它沉入海中。有些晚上，他勉強釣到了鮭魚，他抓住魚尾，朝著石頭用力一甩，把魚敲昏。月光下，他把魚擱在平坦的岩石上，用破碎的蛤殼清理魚的內臟，生把微弱的小火炙烤魚肉，一邊心不在焉地嚼食，一邊急急忙忙踏上岩石，走回林間。他不在乎滋味；對他而言，吃東西跟挖地洞差別不大，兩者都是差事，大多是煩擾，極少令人稱心。

莊園跟園圃一樣，突然之間生機勃勃。每天晚上熱鬧滾滾，樂聲、笑聲、純銀餐具叮叮噹噹碰撞瓷器餐盤，處處洋溢著派對的歡愉。他可以聞到他們的香菸、他們的油炸馬鈴薯，庭園造景師來回奔波，他也聞得到割草機和牽引機的汽油味。車輛絡繹不絕地駛過車道。一天下午，特威曼在露臺上露面，朝著林間開槍。他穿著短褲和黑襪，跌跌撞撞地走過露臺的木板地。他再度上膛，把槍架在肩上，開槍射擊。喬瑟夫蹲靠在一截樹樁旁。他知道嗎？特威曼可曾看到他在那裡？槍響劃破林間。

到了六月中旬，他的作物抽高了數英寸。當他把臉湊近，可以看到幾個嫩芽已經開始綻放出嬌美的花朵；望似堅實的一顆綠色小球，其實是一朵含苞待放的鮮花。他眞想高興得大叫。幾株作物的嫩葉呈鋸齒狀，而且顏色淺淡，他據此判定它們說不定是番茄，因此，他試著用木棍和藤蔓製作一副小格架，就像他媽媽以前用鐵絲和鐵線搭起來的支架，方便作物攀爬。完工後，他小心翼翼地走下山坡，來到海邊，在沙丘裡踢出一個凹坑，躺下休息。

一小時之後，他醒來，看到一隻球鞋慢吞吞地經過他身旁，離他不到十英碼。他腎上腺素激增，直竄指尖，一顆心在胸腔裡狂亂跳動。那隻球鞋相當袖珍，乾淨潔白。跟它成對的另一隻球鞋也經過他身旁，拖拖拉拉地走過沙地，朝大海前進。

他可以跑開。他也可以突襲那人，把他活活掐死，或是把他按入沙中，讓他被卡在喉嚨中的細沙悶死。他可以跳起來大聲尖叫，然後見機行事。但他沒有時間做出任何舉動——他只能俯臥，盡量趴平，暗自企盼他在暗處的身影看上去像浮木，或是一團糾結的海草。

但那雙球鞋沒有慢下來。球鞋的主人費力走下沙丘，然後氣喘吁吁地蹲下，手腕上勾著一個小水桶，水桶看來沉甸甸，望似裝了兩塊空心磚。當那人走過漲潮線，喬瑟夫抬頭，辨識出那人的身影：捲曲、垂散的長髮，嬌小的肩膀，細瘦的腳踝。啊，那人是個女孩。她的頭懶洋洋地垂在頸際，肩膀極度鬆垮，整個人不太對勁，看起來飽受挫折，一蹶不振。她經常停下來休息；她拖著重物往前走，雙腳不時深深陷入沙中。喬瑟夫頭一低，感覺冰冷的細砂貼上他的下顎，試圖緩和自己的心跳。空中的雲朵已被吹散，群星如浪花般破碎開來，在海面上映照出微弱的星光。

當他再抬頭一看，女孩已經走到一百碼之外。浪潮中，她拿著一個好像是繩環的東西蹲下，把它繞過一塊空心磚的磚孔，而且似乎把手腕伸向磚塊。在他的注視之下，她把一塊空心磚綁上一隻手腕，另一塊空心磚綁上另一隻手腕，然後掙扎站起，拖著沉重的磚塊，跌跌撞撞地走入海中。海浪撲打她的胸膛，磚塊落入海中，濺起高高的浪花。海水已經及膝，然後漫到她的腰部，她在水中漂浮，兩隻手臂沉到身下，手腕上依然綁著空心磚。潮水湧起，她隨之漂浮，而後淹沒她的下巴，她失去了蹤影。

喬瑟夫這才了解：空心磚會把她往下拖，她會溺斃。

他頭又一低，額頭貼著細沙。四下一片沉寂，只有海浪撲打岸邊的聲響；沙中的雲母反射點點星光，微弱而清明。夜晚最深沉的時刻，喬瑟夫心想，全世界是不是同樣寂寥蕭條？他心想，如果他先前決定到另一個地方休息，如果他先前多花一小時在園圃架設支架，如果他的幼苗都沒有發芽生長，事態將會如何發展？如果他從來不曾在報上看到那個廣告？如果他媽媽那天沒去菜市場？秩序，機緣，命運：究竟是什麼牽引他來到這裡，其實都不重要。群星在各自的星系中熠熠發光。

海面下，無數的生物時時刻刻各自上演生命的戲碼。

他衝下沙丘，躍入海中。她在海中浮沉，雙眼緊閉，髮絲被海水沖成扇狀。她的鞋帶鬆開，漂浮在水流中，兩隻手臂消失在她身下，沒入漆黑的海水。

這個女孩，喬瑟夫意識到，竟是特威曼的女兒。

他潛身入海，從泥沙中扛起其中一塊空心磚，鬆開她的手腕，托住她的身體，拉扯另一塊空心磚，把她拖到海灘上。「一切都好，」他試著說，但他已經太久沒說話，聲音粗嘎，一個字都吐不出來。好一陣子沒有動靜。她的喉嚨和手臂起了雞皮疙瘩。然後她咳了幾聲，雙眼猛然大張。她急著想站起來，但一隻手臂依然綁著磚塊，兩隻腳亂踢。「等等，」喬瑟夫說。「等等。」他的手往下一伸，抬起磚塊，鬆開她的手腕。她往後一退，一臉驚恐，嘴唇哆嗦，手臂顫抖。他看得出她好年輕——說不定十五歲，耳垂上戴著小小的珍珠，光滑粉嫩的臉頰上有雙大眼睛。海水從她的牛仔褲管傾倒而出。她的鞋帶拖曳在沙地上。

「拜託，」他說，「別走。」但她已經奮力衝過圓弧的沙丘，朝屋子的方向跑過去，一轉眼就不見人影。

喬瑟夫打了冷顫；那條依然披在肩上的破毯子滴著水。如果她告訴某個人，他想，肯定會有搜索行動。特威曼會拿著他的獵槍徹底搜尋林間；他的賓客們會將之視爲遊戲，看看誰先抓到私闖林間的不速之客。他絕對不能讓他們發現園圃。他必須重新找個地方休息，最好距離莊園數英畝，或許是樹叢裡潮濕的低窪之處，若是找得到一個地洞，更是理想。他將不再升火；他將只吃那些就算生冷也嚥得下去的東西。每隔三晚才到園圃看看，而且只在最陰暗、最漆黑的時刻，幫他的作物打水上去，小心翼翼地掩飾他的行跡……

遙望大海，海面星光搖曳，微微輕顫。道道海浪鑲上銀邊，宛如一千條銀白的河川同時流動，美得令人心醉。這個景色，他心想，我這輩子從沒見過這麼美麗的景色。他靜靜觀看，渾身顫慄，直到太陽開始為他後方的天空著色，他才沿著海灘小跑步，退回林間。

四個晚上之後，爵士樂聲響起，暮光中，一個女子在門廊上慢慢旋轉，裙襬飄飄。他躡手躡腳地溜進他的園圃除草，將不速之客連根拔起。樂聲漫過林間，鋼琴，薩克斯風，聲聲悠揚。他拚命想要看看從土裡冒出來的幼苗。許多嫩葉已被害蟲侵蝕，葉面沾上一個個微小枯黃的圓點。一隻蛞蝓正在咬嚼另一株幼苗，幾株作物已被截斷，掉落在地。半數以上的幼苗要嘛已經枯萎，要嘛奄奄一息。他知道他應該圍起籬笆，噴些殺蟲劑保護幼苗。他應該架張簾幕，監看任何啃食園圃的害蟲，要嘛把牠嚇跑，要嘛拿起鋤頭予以重擊。但他辦不到——他幾乎連除草都不敢奢想。一切必須輕手輕腳地進行，他必須讓一切看起來無人打理。

他再也不敢走到海邊，或是穿越莊園的草坪——那些地方讓他感覺毫無遮掩，赤身裸體。他偏好隱蔽的林木、高聳的冷杉、成叢的三葉草、成群的楓樹林；在這裡，他只是眾生之一；在這裡，他身形渺小。

她拿著手電筒，晚夜在林間搜索。他知道那是她，因爲他藏身在一截中空的哺養木之中，等著她走過；先是瘋狂掃過蕨葉的燈光，然後是她困惑、驚嚇、雙眼圓睜的臉龐。她劈劈啪啪踏過小樹枝，喘著大氣爬上山坡，經過時發出巨大的聲響。但她毅然決然；手電筒的燈光逡巡林間、遍照沙丘、橫掃草坪。接連一星期，他每天晚上看著燈光在莊園各處飄動，彷彿一顆流離失所的星星。

有次他突然鼓起勇氣，大聲問好，但她沒聽見。她繼續搜索，沿著陰影重重的林間踏步，不一會兒，她踏步而過的聲響和手電筒的光影漸漸微弱，直到終於消散無蹤。

她開始在一截距離他園圃不到一百英碼的殘椿留下食物：一份鮪魚三明治、一袋紅蘿蔔、滿滿一紙巾的馬鈴薯片。他一一吃下，但覺得有點愧疚，好像他在作弊。她讓他的日子好過一點，這樣似乎不公平。

每天半夜，他看著她橫衝直撞地穿越林間，如此又過了一星期，最後他再也受不了，終於在她手電筒的光影中現身。她停步。已經圓睜的眼睛張得更大。她關掉手電筒，擱在落葉堆上。一縷白霧盤旋於枝葉之間。他們形同對峙。女孩似乎不覺得受到威脅，即使她雙手一直叉在腰間，好像是個準備拔槍的槍手。

然後她開始揮舞手臂，姿態短促，令人費解。她一隻手的掌心拍打另一隻手，手指搖擺轉圈，劃過上空，然後碰碰她的右耳，最後終於伸出兩手的食指，指向喬瑟夫。

他不知道該如何解讀。她的手指不停搖擺；她的雙手畫個圓圈；兩手掌心朝上；十指交纏。她的嘴唇動了一下，但是沒有吐出任何話語。她戴了一只巨大的銀錶，雙手比劃時，銀錶沿著她的前臂上下滑動。

「我不懂。」他太久沒說話，聲音粗嘎。他朝著屋子揮揮手。「抱歉，請妳走開，妳絕對不可以再過來這裡，會有人來找妳。」但女孩第三次重複同樣的動作，一隻手搖搖擺擺，輕輕拍打胸部，無聲地動了動嘴唇。

這下喬瑟夫明白了：他把雙手貼住耳朵。女孩點點頭。

「妳聽不見？」她點點頭。「但妳知道我說什麼？妳了解？」她又點頭。她指指她的嘴唇，然後雙手一攤，好像翻開一本書：啊，唇語。

她從襯衫裡掏出一本筆記簿，翻開簿子，拿起一支掛在脖子上的筆，草草書寫。她把簿子遞過來，昏暗中，他讀道：**你怎麼過活**？

「我找到什麼就吃什麼。我睡在落葉堆裡。我什麼都不缺。拜託妳回家，小姐，上床休息吧。」

我不會跟別人說，她寫道。

她轉身離開，他看著燈光上下跳動，橫掃林間，直到只剩下一個光點，宛若螢火蟲般盤旋飛舞，劃破幽暗。他看著燈光漸漸消逝，不禁感到孤寂，雖然他叫她走開，但他似乎希望她留下，當他意識到這一點，心中不禁感到訝異。

過了兩晚，圓月當空，她手電筒的燈光再現，搖搖晃晃地掃過林間。他知道他應該離開；他應該朝北走，直到入境加拿大一百英里才停步。但他反而慢慢踏過落葉，終於走到她的跟前。她穿了牛仔褲和連帽運動衣，一個背包垂掛在肩頭。她跟先前一樣關掉手電筒。月光漫過粗大的樹枝，在兩人肩頭投下閃爍的光影。他帶著她穿過刺藤，走過一叢馬鞭草，來到俯瞰大海的暗礁。地平線的那一端，一艘貨船一閃一閃，散放出孤寂的微光。

「那件妳打算做的事情，」他說，「我也幾乎做了。」她雙手擱在身前，望似兩隻瘦弱蒼白的小鳥。「我探身到艦艇的欄杆外，低頭望著一百英尺之下的海浪。底下就是汪洋一片。我只要兩腳一踮，就會落入海中。」

她在筆記簿裡寫道：我以為你是天使，我以為你過來把我帶上天堂。

「不，」喬瑟夫說。「不。」她看著他，然後移開目光。你為什麼回來？她寫道。被解雇之後？

貨船的燈光漸漸消逝。「因爲這裡好美，」他說。「因爲我沒有其他地方可去。」

一個晚上之後，他們又在漆黑中碰面。她的雙手在身前揮動，繞圈比劃，直升她的頸間、她的雙眼。她碰碰一隻手肘，朝他指指。

「我正要去提水，」他說。「如果妳願意，我們可以一起去。」

她跟著他穿越林間往下走，直到走到小溪旁。他探過一塊布滿青苔的岩石，找到他那個生鏽的鐵桶，在桶裡裝滿水。他們循著原路往上走，踏過藤草、苔蘚和交錯倒臥的林木，走到坡頂。他撥開一些砍成一片一片的雲杉樹皮。

「這是我的園圃，」他說，然後踏入作物之間，青綠的藤蔓沿著支架攀爬，匍匐植物蔓生，覆滿光禿的地面。四周飄散著泥土、樹葉、大海的清香。「這就是我爲什麼回來。這事我非做不可。這就是我爲什麼待下。」

接下來幾晚，她造訪園圃，跟他一起蹲俯在作物之間。她幫他帶來一張毯子、一條他不情不願吃下肚的長棍麵包。她還幫他帶來一本手語書，書中數百隻好像卡通動畫的小手，每一隻的下方都標示一個字。**樹木**、**腳踏車**、**房屋**，他研究頁張，心想有誰學得會每一個手語。他得知她叫做「貝兒」；他修長、笨拙的手指在空中比劃，練習用手語說出她的名字。

他教她搜尋蛞蝓、螢光甲蟲、蚜蟲、赤紅蜘蟎等害蟲，也教她用兩隻指頭把害蟲捏碎。有些藤蔓已經長到與膝蓋齊高，綿延伸展，漫過地面，藤葉上凝聚著一顆顆雨珠。「那是什麼感覺？」他問她。「是不是非常安靜？是不是一片沉寂？」她要嘛沒看到他說話，要嘛決定不回答。她坐下，凝視山坡下的屋子。

她帶來肥料，他們用溪水調拌，澆在一排排作物上。每次她離開時，他察覺自己看著她遠去，她的身影穿過林間，緩緩下移，最後草坪上出現一個朦朧的側影，悄悄消失在屋裡。

有些晚上，他坐在離園圃甚遠的蕨類植物之間，遙望一〇一號公路徐行的車燈，他伸手罩住耳朵，試圖想像那是什麼感覺。他緊閉雙眼，試著靜下心來。一時之間，他覺得自己可以領悟；那是一種虛無、寂寥的感覺，彷彿一片空白。但那種感覺無法——也不可能——持久；噪音無所不在，他的器官沙沙運作，他的腦袋嗡嗡作響，他的心臟在胸廓內跳動收縮。在這些時刻，他的身體聽來似乎是個交響樂團、搖滾樂隊，也像是一整座監獄的犯人全擠在一間牢房裡。聽不見這些聲音，甚至從來不曾聽聞自己的脈搏微微顫動，究竟是什麼感覺？

園圃展現出昂然的生機；喬瑟夫覺得即使世界墜入永久的黑暗，園圃依然持續生長。夜夜皆有變化；番茄莖桿上，一串串青綠的圓球漸漸成型，而且日益肥碩；藤蔓上冒出艷黃的花朵，有如光影燦爛的燈飾。他不禁心想，那幾株繁茂濃密的匍匐植物，可能果眞是節瓜──說不定是某種瓠瓜。

但它們竟然是西瓜。幾天之後，他們看到六顆蒼白的圓球端坐在寬大的葉片下。每天晚上，瓜果從土壤中擷取更多養分，似乎愈來愈巨碩，夜深之時幾乎瑩瑩放閃。他幫它們抹上一層泥巴，輕輕拍入土中，藏住它們。他也幫番茄抹上泥巴──在他看來，一顆顆淺黃、鮮紅的果實肯定像是烽火，從莊園的草坪上一眼就可望見，絢麗得令人難以忽視。

她在園圃裡坐著，凝視下方的屋子，他走出隱匿的林間跟她碰面。他輕拍她的肩膀，打手語表示天黑了，妳還好嗎，她露出歡顏，手指飛快一閃，打出回應。

「慢一點、慢一點，」喬瑟夫笑笑。「我只知道妳說晚上好。」

她微微一笑，站起來，拍去膝蓋上的沙土。她在筆記簿上寫道：我有樣東西讓你瞧瞧。她從背包裡拿出一張地圖，在沙地上攤開。地圖折線之處已經磨損，單薄脆弱。仔細一瞧，他看得出地圖上完整標示出美洲太平洋海岸，北自阿拉斯加，南至阿根廷火地島。

貝兒指指她自己，然後指指地圖，她的手指沿著地圖上幾條公路拖曳，公路全是南北向，她已用彩色螢光筆標示。然後她把雙手擱在想像中的方向盤上，模仿開車的模樣。

「妳要開這條路？妳要開這麼遠？」

是的，她點點頭。她往前一傾，用她的鉛筆寫道：當我滿十六歲，我會有一部福斯汽車，我爸爸答應給我一部。

「妳會開車嗎？」

她搖搖頭，舉起十根指頭，然後再舉起六根。當我滿十六歲。

他仔細研究地圖，端詳了好一會。「爲什麼？我不明白。」

她望向別處。她比了好幾句他看不懂的手語，然後在紙上寫下一句：我想要離開，而且在句子下面瘋狂地劃線，鉛筆筆尖應聲斷裂。

「貝兒，」喬瑟夫說。「沒有人可以開這麼遠。說不定甚至沒有貫穿南北的公路。」她看著他；她的嘴巴微張。

「妳今年多大？十五歲？妳不可以開到南美洲，妳說不定會被綁架。車子說不定會沒油。」他大笑，然後雙手遮住嘴巴。過了一會兒，他開始工作，從一個西瓜底下撬出一隻潛葉蟲，貝兒在逐漸蒼白的光影中研究她的地圖。

當他抬頭一看，她已離去，手電筒的燈光迅速移下山坡，逐漸消失。他看著她瘦弱的身影匆匆越過草坪。

她不再來到林中。據他所知，她根本不再外出。說不定她從大門進出，他心想。一個耳聾的女孩，獨自從奧瑞岡一路開到火地島——他不知道這個奇怪的夢想已在她的心中窩藏了多久。

過了一星期，喬瑟夫察覺自己蹲在通往海灘的步道旁，睡在沙丘的邊緣，一下午醒來好幾次，漫無目的地在附近打轉，一顆心急急跳動。黎明時，他研讀那本手語書冊，不停練習，直到十指僵硬，雙手痠痛。他回想貝兒打手語的模樣，她的雙手上上下下，左右交錯，有如清水般流暢，有時暫且停頓，然後反覆擺動，相互扣擊，有如齒輪扣合輾動，句句正確精準，令人佩服。他從來想像不到肢體竟能說出如此生動流暢的語言。

但他正在學習。他好像全部從頭來過，學習以另一套字彙描述世界。手掌攤平，在右耳旁邊甩兩下，是謂「樹木」；三隻手指上下擺動，游過另一手手臂圈出的海洋，是謂「鯨魚」；兩手舉過頭部，輕輕相觸，然後迅速分開，好像雲間忽然出現裂口，而你飄遊穿越，翱翔其中，是謂「星空」。

雷聲隆隆，籠罩海面，烏鴉高踞枝頭，放聲尖叫。再等一會兒，喬瑟夫心想。番茄快熟了。下雨了——冰冷、急促的雨滴飛越粗大的枝幹。他已經兩星期沒見到貝兒，這時卻在園圃裡看到她，她穿了一件藍色的雨衣，蹲在一排排作物之間，用力拔起地上的雜草，扔進一叢叢刺藤之中。雨水一滴滴從她的肩膀滾落。他看了一會兒。雷電在天空點起頻頻閃動的燈光。雨水從她的鼻尖滴下。

他踏進作物之間，番茄沉甸甸地垂掛在莖桿上，西瓜斜斜側躺，淺淺的青綠映著灰黑的泥土。他拔起一株細小的雜草，抖去草根的泥巴。「去年，」他說，「幾隻鯨魚在這裡喪命。一共六隻，死在海灘上。鯨魚有牠們自己的語言，喀喀噠噠，嗚嗚嘎嘎，好像玻璃瓶相互碰撞。垂死之時，他們躺在海灘上跟彼此說話，好像一群老太太。」

她搖搖頭。她的雙眼通紅。對不起，他打手語。拜託，他說，「我是個笨蛋。妳的點子一點都不奇怪，我心中每一個念頭說不定比妳的點子更怪異。」

過了一會兒，他補了一句：「我把鯨魚的心臟埋在林中。」他在胸前比出一顆心。

她看著他，頭一歪，神情緩和了下來。什麼？她比手語。

「我把牠們埋在這裡。」他想多說兩句，跟她說說鯨魚的故事。但他怎能知曉？他怎麼知道鯨魚爲什麼來到岸上？沒有來到岸上時，牠們都做些什麼？如果沒有受困海灘，鯨魚的屍身會是什麼模樣？牠們是否隨著浪濤翻滾，而後被衝到岸邊，皆已鼓脹腐爛？牠們會不會下沉？牠們的屍身是否在大海的海床化爲碎片，好讓一片奇特的深海園圃在鯨骨之間繁茂生長？

她端詳他，雙手在土中攤平。都是因爲她專心的注目，他心想。她用她的雙眼治癒了我。她被那片無法穿透的沉靜包圍，但我感覺她似乎始終傾聽。她蒼白的手指翻弄根莖，一滴雨珠順著一顆圓潤青綠的番茄緩緩流下，他忽然覺得自己必須對她訴說每一件事。他每一樁微不足道的罪行，他媽媽趁他還在**睡覺時**前往市場——他的心中流竄著上百個告白。他已經等得太久；字字句句不停堆疊，停滯在水壩的後方，如今水壩潰決，話語有如洪水般漫過岸邊。他想要告訴她，他見識了潮汐之中變化萬千的日光，獲悉了光的奇蹟：破曉時分蒼茫閃爍，正午時分灼灼耀目，黃昏時分金黃璀璨，薄暮時分微光乍現——一天之中分分秒秒皆是奇蹟。他想要告訴她，事物化爲泡影時，往往蛻變成另一番風貌；我們撒手西歸，而後化爲小草的葉片、迸裂的種子，再度茁生。但那本字典、那本帳簿、他媽媽、他親眼見證的驚恐，種種往事如同洪水般潰流而出。

「我曾有個母親，」他說。「她失蹤了。」他看不出貝兒是否在讀他的唇語；她望向別處，伸手抬高一顆番茄，從底側刮下一些泥土，放手讓它垂下。喬瑟夫蹲到她面前。暴雨驚動了樹林。

「她曾有個園圃。就像是這一個，但漂亮多了，而且比較……井然有序。」

他意識到他不知道怎麼談起他媽媽；他找不出適當的話語來表達。「我偷錢偷了好多年，」他說。他不確定她是否了解。大雨傾盆，流過他的眼鏡。「而且我殺了一個人。」她望向他的後方，沒有打手語。

「我甚至不知道他是誰，也不知道他是不是他們所說的那個人。但我殺了他。」

這下貝兒看著他，而且額頭一皺，好像有點害怕，喬瑟夫看了傷心，但又移不開目光。他想要訴說好多事情：受困海灘的鯨魚被自己有如黑色巨砲的身軀壓得窒息、森林的旋律、星光為海浪滾上銀邊、他媽媽在犁溝之間彎腰播種。他想要用手語重新編寫這些往事；他想要讓她看看他種種哀傷、汙穢的過去。每一具他行經身旁、未加掩埋的屍體；那副頹然倒臥在網球場上的屍身；至今依然藏放在他媽媽家地窖裡的贓物。

但他反而講起鯨魚。「其中一隻鯨魚，」他說，「比其他幾隻撐得久。人們剝下牠旁邊那隻死鯨的魚皮和脂肪。牠睜著褐色的大眼睛，看著人們動手，最後牠終於用胸鰭敲擊海灘，撲打細沙，我站在遠處觀看，大約像是從我們現在所站之處到屋子的距離，而我可以感覺地面震動。」

貝兒看著他，一顆骯髒的番茄擱在她的掌心。喬瑟夫雙膝跪地，淚水盈滿眼眶。

蔬果熟成；最近一個溫煦的日間，六隻唐納雀靜靜地站在枝幹上，有如金黃的花朵，番茄斜

斜一傾，沐浴在陽光中，西瓜柔細的花朵似乎盈滿了日光，隨時可能轟然綻放。喬瑟夫看著貝兒在草坪上跟她媽媽爭吵——她們剛從海邊回來。貝兒的雙手在空中猛然揮動，她媽媽用力扔下海灘椅，打出某句手語回應。這個女孩，喬瑟夫心想，是否把她的祕密深深埋在心中？說不定她把祕密保留在指尖，隨時可能化爲手語，對她媽媽比劃。妳開除的非洲人住在林中。他盜用公款，還殺了一個人。祕密是否在她心中翻騰，有如茶壺的蒸氣？或者如同種子般安頓，直到時機成熟才萌發？不，喬瑟夫心想，貝兒了解。她比我強多了，肯定守得住她的祕密。

他聞一聞番茄的甜香，番茄光滑粉嫩紅，一側微黃，香氣幾乎令人難以抵擋。

隔天早上，人們發現了他的行蹤。天剛亮，他正從岩石上剝下蛤貝，放進他生鏽的鐵桶，這時，沙丘上出現一個人影。縷縷日光照穿樹梢，其中一縷卻照個正著，映照出水中的他，好像串通好了揭穿他。其他幾個人影隨後現形；他們跌跌撞撞地走下沙丘，費力行走於鬆軟的細沙之間，朝著他的方向大笑。

他們帶著飲料，聽起來好像喝醉了。他考慮丟下他的鐵桶，游向外海，任憑潮水把他沖走，一頭撞上遠方的大石，自此一了百了。當他們走近他身邊，他們停下來。特威曼的太太也與他們同行，她直接走向他，臉頰潮紅，不停抽搐，猛然把飲料潑到他胸前，大聲尖叫。

他沒有意識到他應該把那本手語書扔掉，當他們看到手語書塞在他的長褲的褲帶裡，事態變得更嚴重。特威曼太太拿著書在手裡翻一翻，搖搖頭，似乎說不出話來。「他從哪裡拿到那本書？」其他人說。兩名男子站到他的左右兩側，臉頰不停顫抖，握起拳頭。

他們帶著他走過沙丘，爬上步道，越過草坪，經過他先前居住的車庫，以及他強取鐵鎚和種子的木棚。貝兒不見蹤影。特威曼先生光著上身，急急把運動褲往上拉，從屋子裡衝出來。話語似乎哽在他的心裡，糾結成團。「不要臉，」他終於吐出一句。「**不要臉**。」

遠方傳來警笛聲。喬瑟夫遙望山坡，試圖從壁壘般的雲杉之中辨識出那塊小小的空地，找出他位於坡頂的園圃，但他只看到一抹青綠。他很快就被推進屋裡，什麼都沒得看，只有那張散置著餐盤和半杯飲料的超大餐桌，以及周遭一張張厲聲問話的臉孔。

他們把他銬上手銬，開車載他到班登，把他安置在一個辦公室裡，辦公室擺著陳舊的警笛，塑膠足球獎盃沿著架子擱放，兩名警員坐在桌緣，輪流重複問話。他們詢問他跟女孩在一起做什麼、他爲什麼做出這種事情、他們去了哪裡。特威曼在警局某處大發雷霆；喬瑟夫聽不清話語，只聽見特威曼的嗓門已經扯到極限、聲音變得斷斷續續。坐在桌緣的警員們面無表情，往前一靠。

「你都吃些什麼？你到底有沒有吃東西？你看起來好像什麼都沒吃。」「你花了多少時間跟女孩在一起？你把她帶到哪些地方？」「你爲什麼不跟我們明說？我們可以幫你減輕一些麻煩。」他們問了五次他怎麼拿到那本手語書。我在園圃種菜，他想要告訴他們，別煩我。但他什麼都沒說。

他們把他關在一間白森森的牢房，空心磚牆、地板、小床的床框和窗戶的鐵架，全都漆上一層厚厚的白漆，感覺不出原有的質地。只有水槽和馬桶沒有上漆，成千個潦草彎曲的字跡深深刻入鋼面。從窗戶看出去是道磚牆，牆面約在十五英尺之外。一盞光禿禿的燈泡從天花板懸掛來下，高得搆不著，即使晚上也發亮，宛如小小的人工太陽。

他坐在地上，想像叢生的野草覆蓋了園圃，細長的葉片拖垮番茄的幼苗，交錯的草根繞穿每一絲殘餘的鯨心。他想像番茄完熟，沉甸甸地垂下，黑色的圓點在各側蔓開，有如燒焦的汙點，最後掉落在地，被蚊蠅咬到中空。西瓜翻滾破裂。螞蟻大軍囓穿果皮，扛走一塊塊銀閃閃的果肉。不到一年，園圃就將什麼都不剩，只留下鮭莓和蕁麻，跟其他各處大同小異，沒有任何值得述說的故事。

他心想，貝兒不曉得在哪裡。他希望她已行至遠方。他試圖想像她已坐上福特汽車的駕駛座，一隻手臂擱在車窗窗沿，某條南向的公路在她眼前延展，她轉個彎，眼前赫然呈現浩瀚的汪洋。

他沒吃他們從鐵柵下送進來的花生醬三明治。過了兩天，法警站在鐵柵旁，問他是否需要其

他東西。喬瑟夫搖搖頭。

「身體需要食物，」法警大聲說。他把一包餅乾悄悄送進來。「吃餅乾吧。你精神會好一點。」

喬瑟夫沒吃。警察以爲他絕食抗議，或是身體不適，其實都不是。光是想到吃東西就讓他反胃，他就是無法把食物咬得稀爛，一團團地塞進喉嚨。他把餅乾放在三明治旁邊，一起擱在水槽的邊緣。

法警看了他整整一分鐘才轉身離去。「你知道吧，」他說，「我會把你送進醫院，你會死在那裡。」

一位律師試圖脅迫他說出詳情。「你在賴比瑞亞做些什麼？這些人以爲你具有危險性——他們說你智障。你智障嗎？你爲什麼不說話？」喬瑟夫不想抗辯，他心中沒有怒氣，也沒有因爲司法不公而義憤塡膺。他沒有犯下他們所說的罪行，但他犯下好多另外的過錯。沒有一個人做出這麼多錯事，他心想，沒有一個人更値得受到刑罰。「有罪！」他想要大喊。「我這輩子自始至終都有罪。」但他沒有精力。他動一動，感覺自己的骨頭磨過地板。律師氣沖沖地離開。

他心中再無鬧門、再無間隔。那種感覺就像是他畢生所做所爲全都聚積心中，遲緩流向身體各處。他媽媽、他殺死的那個男人、奄奄一息的園圃——他絕對忘不了，他絕對熬不過，不管活得多久，他依然無法償還他所竊取的一切。

又過了兩天，他還是沒吃東西。他被送進醫院——他們扛他出去，好像他的皮膚是個囊袋，袋裡一塊塊骨頭互相敲撞。他只記得有人敲敲他的胸板，他隱隱感到疼痛。醒來時，他發現自己在一個房間裡，躺在一張床上，手臂上插著一條條管子。

半夢半醒之間，他眼前浮現種種可怕的景象：一個個缺了手腳的男人在五斗櫃或是角落的椅子上現形；地上一排排屍體，死狀極不自然，眼睛上面一隻隻飛舞的蚊蠅，耳朵裡面一絲絲乾硬的血塊。有時當他醒來，他看到那個死在他槍下的男人跪在床腳邊，膝上擱著藍色的貝雷帽，雙手依然綁在身後。男人的額頭剛冒出傷口，傷口一圈烏黑，好像是個鑿穿出來的小洞。男人的雙眼圓睜。「我甚至從來沒有**搭過**飛機。」男人說。隨時可能有個護士走進房間，看到一個死去的男人跪在床腳邊，而一切就此告結。終於，喬瑟夫心想，我終於必須付出代價。

還有其他訪客：特威曼太太坐在角落的椅子上，細瘦的手臂叉在胸前，她緊盯著他，雙眼布滿青紫的血絲，好像瘀傷，在眼眶中勃勃跳動。「怎麼可以這樣？」她大聲尖叫。「怎麼可以這樣？」貝兒也來了，或說可能是貝兒——喬瑟夫醒來，依稀記得她悄悄推開窗戶，指指垃圾桶上面的鷗鳥。但他不知道自己是否夢見了這一切，她是否已在前往阿根廷途中，她究竟是否想著他。他的窗戶關著，窗簾拉下。當護士拉開窗簾，他看到窗外沒有垃圾桶，只有草坪和停車場。又過了一個多星期，一位律師前來，這人臉色紅潤，鬍子刮得乾乾淨淨，衣領周圍長了一圈粉刺。他爲喬瑟夫朗讀報上的一篇文章，根據報導，賴比瑞亞已經進行民主選舉，查爾斯・泰勒當選現任總統，內戰終止，難民們湧向家園。「你將被遞解出境，薩立比先生，」他說。「這對你是個大好消息。你竊取的工具，還有私闖民宅——法院都將不予起訴。過失行爲和性侵指控也已撤銷。你免於刑責，薩立比先生，你自由了。」

喬瑟夫在床上往後一靠，意識到自己根本不在乎。

一位護士大聲說有人來訪。他必須靠她攙扶才下得了床，當他站起，眼前全是黑點。她扶著他坐到輪椅上，推著他沿著走廊往前走，從側門出去，走進一個藩籬圍起的中庭。

外面好亮，喬瑟夫覺得自己的腦袋說不定會迸裂。她推著他走到草坪中央的一張野餐桌旁，草坪四周圍著藩籬，車子停在後頭的停車場，護士循著原路走回醫院，喬瑟夫朝著天空瞪大眼睛；日光刺目，雲朵翻騰。停車場另一頭，一排樹木在風中晃動，樹葉已經掉了一半，枝幹左右搖擺。入秋了，他心想。他想像他的園圃之中，作物的根莖烏黑萎縮，番茄的葉片發皺凋落，霜凍讓一切陷入癱瘓。他心想，他們是否終將留他在這裡，讓他在此撒手西歸。幾天之後，護士返回，把他從輪椅上抬下來，掩埋他的殘骸，他脛骨的血肉終將慢慢脫落，他漆黑的心臟終將漸漸停頓，他的白骨終將緩緩入土。

一扇通往中庭的門開啓，貝兒從門口走出來。她肩上背著背包，帶著羞怯的微笑走向喬瑟夫，逕自在野餐桌旁坐下。她穿了一件防風外套，透過外套的衣領，他可以看到她襯衫的肩帶、她白皙的鎖骨、鎖骨上方三個小雀斑。她的髮絲隨風揚起，隨風落下。

他雙手抱住頭，端詳著她。她也打量他。她打手語問好，喬瑟夫試著打手語回應。他們微微一笑，坐在桌邊。陽光映照在停車場的車輛，反光閃閃爍爍。「這是眞的嗎？」喬瑟夫問。貝兒頭一歪。「妳是眞的嗎？我醒著嗎？」她瞇起眼睛，點點頭，好像在說：當然是眞的。她指指他後方的停車場。我開車過來，她比手語。喬瑟夫什麼都沒說，但他微微一笑，雙手撐住頭顱，因爲他的脖子支撐不起。

然後她似乎想起她爲何而來。她從肩上拿下背包，取出兩顆西瓜，放在兩人之間的桌上。喬瑟夫睜大眼睛看著她。「它們是……？」他問。她點點頭。他把其中一顆拿在手中。瓜果沉重冰涼；他用指關節輕輕敲兩下。

貝兒從防風外套口袋裡拿出一把小刀，插進另一顆西瓜，順著弧線對切，西瓜砰地一聲，輕輕裂成兩半，甜美的香氣迎面襲來，甜膩、多汁的果肉之中可見幾十粒西瓜籽。

喬瑟夫把西瓜籽挖出來，攤放在木桌桌面，每一粒潔白的種子都沾滿果漿，完美極了。陽光一照，粒粒晶瑩閃爍。女孩切下一塊西瓜，果肉多汁，閃閃發光；西瓜自身彷彿蘊含著光，喬瑟夫不敢相信竟有這種顏彩。他們各拿一塊，送到嘴邊，一口咬下。他感覺自己似乎嚐得出森林、樹木、冬天的風雪、鯨魚的身形、群星、山風。一塊小小的果肉順著貝兒的下巴滑下。她的眼睛閉著。當她睜開雙眼，她看到他，嘴巴一咧，露出微笑。

他們吃了一口又一口，喬瑟夫感覺西瓜濕滑的果肉順著咽喉溜下。他的雙手和雙唇黏答答。喜悅在他的心中攀升，他整個軀體隨時可能融入光中。

他們吃下另一顆西瓜，而且再次挖出西瓜籽，攤放在桌面，等著風乾。吃光西瓜之後，他們平分西瓜籽，女孩把均分的種子包在筆記簿的白紙裡，兩人各自把微微潮濕、裝了種子的紙包放進口袋。

喬瑟夫坐著，感覺陽光流洩而下，映照他的肌膚。他的頭輕飄飄，好像若非頸子支撐，他的頭顱說不定已經飄走。他心想：如果我得重來一次，我會掩埋整群鯨魚。我會在地面播下一水桶一水桶的種子——不單只是番茄和西瓜，而是還有南瓜、青豆、馬鈴薯、甘藍、玉蜀黍。我會在花床裡種滿一卡車一卡車的花苗。一座座龐大的園圃將繁茂生長。我會讓我的園圃非常龐大、非常豔麗，人人都看得見；我會讓雜草盡情生長，還有常春藤，還有種種一切，所有作物都有機會。

貝兒哭了。他牽起她的手，握住她細瘦、能言善道的手指。他心想，他那棟在蒙羅維亞市郊山坡上的家，牆邊是否已經積滿沙塵？蜂鳥是否依然在花蕊間輕快飛舞？奇蹟是否可能出現，他媽媽依然在家，跪在泥地之中？他們可否齊心協力，清掃沙塵，母子兩人拿著掃帚把沙塵掃成一堆，扛到門外，扔進院子裡，看著沙塵四散紛飛，化為一朵朵赤紅的巨雲、隨風飄揚、撒落在其他某處？

「謝謝妳。」他說，但不確定是否大聲說出。雲層開裂，天空盈滿日光——日光流洩，映照兩人，木頭桌面、他們的手背、圓弧濕滑的西瓜皮，全都蒙上一層光影。事事似乎稍縱即逝，卻又美得令人心驚，好像他跨站在兩個世界，一個是他的過往，一個是他的未來。他心想，他媽媽辭世之前，心中是否就是這種感受？她是否看到同樣的光，是否感覺事事皆有可能？

貝兒已抽回她的雙手，現正指向地平線遙遠的一方。家，她比手語。你要回家了。

瑞匹德河畔的一團亂線

穆立肯一一收拾他的東西：他的飛釣釣竿，一個沾了咖啡漬的保溫壺，幾個被馬鈴薯條、鹿肉乾、小薑餅塞得鼓鼓的保鮮袋，背包裡幾雙備用的襪子。一盒從地下室拿出來的毛鉤。早餐：一條熱油煎得吱吱響的香腸，兩片塗了乳瑪琳的黑麥麵包，一杯盛在馬克杯裡的咖啡，杯子缺了一角。他倚著廚房和臥室之間的破舊門框咀嚼，看著沉睡中的太太。她的身軀在被毯下縮成一團，灰色的襯衣披在木椅上，睡得像隻牛似地。自從他們新婚之夜，她始終是這副睡姿——在那歡欣輕佻的新婚之夜，她入睡許久之後，他依然抱著她，跟她述說種種情事，而她始終沒有醒來。他曾跟她說，有時他覺得好像有個獵人帶著幾隻獵犬把她拖進黑夜之中，直到天亮才放她走，而這個黑夜獵人形似幽靈，身旁的獵犬上了拴鍊，淌著口水。穆立肯叫了叫她的名字。她依然睡得不省人事。他撥撥火，走出家門。

他走上小徑，潔白明亮的弦月飄過核桃樹樹梢，宛如一截凍得發白的化石。棉絮般的雲朵一縷一縷地飄向大海。一夜之間，秋意似乎從林間馳騁而出，枝幹的綠葉落盡，院子覆滿層層落葉。穆立肯嚼著一截枯黃的野草，打開結了霜的卡車駕駛室。這個時節，他心想，跟冬天差不了多少：天空灰白，烏鴉飛掠枯樹，貓頭鷹貪婪獵食，一張張圓臉映在結了冰的池面。再過不久，鱒魚和鮭魚將退到河中深處，魚身動也不動，魚眼眨也不眨，浮游於鋪了碎石的池底，河面也將浮現冰雪環繞，宛若迷宮的渠道，在魚群上方結起薄冰。穆立肯將遁入他的地下室，無所事事，就著檯燈的燈光綁製毛鉤。

卡車費力地前進，柴油似乎凝滯，遠光燈的燈光暈黃微弱。公路溼答答，霧濛濛。一道長長的光影慢慢掃過路面，車燈刺眼耀目，四下只見一輛運送木材的大卡車，車上載著一截截濕淋淋的樹幹，嘎吱嘎吱地沿著公路行駛。成群椋鳥排排站，擠在木條搭起的圍欄上，其中一隻單腳站立，車燈一閃而過，鳥兒看來平靜自若。

到了四點半，他已經開到韋瑟比的便利商店。他站在斑斕的光影中，四周是一堆堆亮光漆、一架架糖果、一包包香菸、一捲捲銀白的樂透彩券、一張張牛奶減價的標示。掛在門上的鈴鐺叮咚作響。思樂冰製冰機緩緩攪動著粉紅色的冰沙。他在保溫瓶裡裝滿超商置放過久的咖啡，把一份報紙和零錢擱在櫃檯上，韋瑟比趴在櫃檯上睡覺。

韋瑟比眨眨眼，眼神呆滯，好像剛從大老遠的地方回返。

是你喔？

穆立肯點點頭。

你簡直像是他媽的鬧鐘。

等你到了我這個年紀，穆立肯說，睡著跟醒著沒什麼兩樣。只要眼睛閉上，就算是睡覺。

韋瑟比伸手揉揉眼睛。又要去瑞匹德河釣魚？

想去試試看。

你每天都帶著一份報紙和咖啡過去那裡。

穆立肯聳聳肩，眼睛已經望向外頭。是嗎？幾乎每天吧。我今天打算過去。

韋瑟比擦擦櫃檯，打個呵欠。我以爲退休等於睡懶覺，他說。穆立肯隨手把門關上。

郵局一片漆黑，窗戶緊閉，一盞孤燈發出微弱的燈光，照過一排黃銅郵箱。一輛運送木材的卡車呼嘯駛過公路。穆立肯走向一個郵箱，打開銅鎖，看看裡面。一封信。信紙厚厚的，相當平滑。他把信塞進襯衫口袋，然後從他上了拉鍊的外套口袋掏出另一封信，用小小的字跡寫上地址，把信投入郵箱後，鎖上銅鎖，走了出去。

他開著卡車駛入山林，山坡上的樹木已經光禿，落葉也已緩緩沒入塵土，幾顆星星躲在交纏的雲朵後方，星光漸淡。林道坑坑洞洞，泥濘不堪；他轉了四次彎，路口皆無標示，他涉水開過一條石頭淤塞的小溪，卡車格格作響，引擎愈來愈燙，輾過濕滑的泥土，山腰的林木砍伐殆盡，伐木工人從幽暗的森林、荒涼的蕨木、乾枯的黑莓樹叢之間劈砍雲杉，一截截圓滾的樹幹綑紮成束，堆在路旁。林道盡頭是一塊小小的泥土空地，一塊塊花崗岩的側角冒出地面，釣客們把車子停在這裡，他的卡車搶了頭香。

他套上防水褲，調整他的釣竿和捲線器，把釣竿靠在卡車車頭，把備用的襪子、報紙和裝了肉乾、小薑餅、馬鈴薯條的保鮮袋塞進背包。他把毛鉤盒放進背心口袋，拉上拉鍊，罩上羊毛兜帽，然後稍坐片刻，喘口氣，鼻息爲擋風玻璃蒙上一層白霧。一朵白雲漫過明月。

他的手指摸到襯衫口袋裡的信件，信紙厚厚的，信封摸起來光滑。他戴上老花眼鏡，拆開信封，看到一朵壓花。在駕駛室黯淡的燈光、引擎隆隆的聲響中，他閱讀一個個圓胖潦草的字跡：

親愛的穆立肯：

我實在非常困惑。你說你對我也有同樣的感覺，但你依然照常過你的日子、釣你的魚——還有她——好像一切都很好，沒什麼不尋常。但一切都不好！這個祕密干擾著我。那些我們在郵箱交換的信件，那些她以為你去釣魚，而你一半心思也確實在河邊的日子，那些都不夠，一點都不夠。我滿心苦惱，我覺得我為你著迷。說不定我很貪心，一心只想把你據為己有，說不定這樣很自私，但，小穆，愛情究竟是否真實？或者愛情也只是一個謊言？

喔，我不知道，說不定我會永遠等著你。你的確讓我快樂。你這個人、你的羞赧、你的寡言、你的體貼。我心情低落，而我只有你那封宣稱你今天果真會去河邊的信，我想我現在明瞭什麼叫做思念。我全身發痛。你該做出決定了。

順帶一提：如果你娶了我，然後出門釣魚，你當真是出門釣魚嗎？

他把壓花摺到信紙裡，放回信封，悄悄把信封夾進背包裡的報紙中，鎖上車門。然後他朝著河邊前進，沿著布滿青苔，宛若迷宮的小徑踏步行走，穿過矮樹叢、野草、刺荊、覆滿菌類的樹幹，走下一個溼答答的溝壑。溝壑的泥巴黏附在他的靴上，汙泥點點飛起，濺到防水褲的褲管。鬆軟的林地堆滿落葉，窒礙難行；踩踏時，更多樹葉飄散而下。他釣竿的竿尖來回晃動，他腳下的靴鞋踢踢躂躂，乾枯的樹葉沙沙飄落，林中深處的河水簌簌輕響，交織成獨特的韻律。

穆立肯重重踏過最後一個矮樹叢。瑞匹德河水流湍急，漆黑光滑的河水滾滾而流，他站在河邊，心中升起一股熟悉的悸動。河水滔滔，他的血液隨著奔流，那股張力令人難以抗拒，他不禁雙唇微啓，滿心歡喜地嘆了一口氣。他就著筆式手電筒的燈光，站在河邊再度讀信，鼻息化爲一朵朵白雲，他摸摸信封邊角，又把信塞進折起的報紙中。雲朵已經在西方堆疊，再過不久，最後一絲星光即將消散。斑駁的月亮投下一縷微弱的光影。他把一個飛羽毛鉤綁在竿尖，涉水走入河中，拋擲垂釣。

他很快就看到其他釣客，他們的筆式手電筒在他右肩後方閃閃發光，但若要假裝四下只有他一人，倒也不難。他用發麻的手指穩住釣線，這樣釣線才不會滑跳或是溜動，而僅是漂浮，他把他的毛鉤拋向大多釣客都拋不到的地方。

破曉時分悄悄來臨，天空甚至只鑲上一道粉紅色的細邊，他有點失望，因爲今天早上完全看不到秋日璀璨的日出，不一會兒，環繞在他四周的光影漸漸黯淡，白晝拉開了序幕。茶黃的河水咕嚕咕嚕地繞著他的靴子打轉，凝滯而濕滑，河水一變冷就會這樣。河流上游，其他釣客各據河面一處，朝著對岸甩竿拋投，一個釣客留了鬍鬚，叼著香菸，離他稍遠處還有另一個釣客。

但河面寬廣，穆立肯心想，河裡也有很多魚。他小心翼翼地沿著下游行進，不慌不忙地朝著每個水塘拋投，讓他的飛鉤繞著每一塊大石飛轉，搜尋枝幹之下和渦流之中。他知道每一塊黃澄澄、綠茸茸的石頭所在之處，也知道河水如何穿梭其中。

其實他不知道。有些地方起了極爲微小的變化，而他並未察覺：一截伐木浮出水面，阻擋了水流；河岸某處遭到河水切砍，坍塌下陷；幾個他以爲水流湍急之處，居然冒出一團團落葉。微小的變化難以計數，處處皆是他不熟悉的新環境。他幾星期沒有來釣魚，少了他，河水卻依然滔滔奔流，想著想著，他不禁有點難過。

十一點左右，雲層漸漸消散，太陽沿著蔚藍飄渺的雲際緩緩移動，斜斜地露出小小一角，山丘和林木伐盡的山腰染上微弱的日光。山風勁揚，樺樹嘎嘎作響。穆立肯拖著發麻的雙腳走到岸上，踢一踢腿，增添暖意。他打開背包，幫自己倒了一些韋瑟比的咖啡。他吃了一塊小薑餅，嚼了一會兒，但餅乾太乾，咖啡適口多了。他攤開報紙，靠著覆滿苔蘚的樺樹樹幹坐下，打算讀報，但他反而呆呆坐著，咖啡喝下肚，感覺暖暖的，他看著枯黃的樹葉抖抖顫顫地順流而下，跟自己打賭哪一片會先流過他跟前、哪一片會被困在渦流之中。樹葉若是順利地、迅速地流過狹窄的河道，毫無窒礙地漂向下游，看在眼裡的他，總是感到開心。一切沒入河中，他心想。不僅是樹葉，還有瓢蟲的屍身、蒼鷺的白骨、小蟲的遺骸。源自山坡的事事物物終究悄悄沒入河中，而河流帶著萬物流入大海。只有魚兒反其道而行，他也因此對魚兒情有獨鍾。

他稍微顫抖。空氣稀薄冷冽，難以呼吸，聞起來像是破舊的錫罐，也像是白雪。這個季節下雪還嫌早，他不禁有點擔心。他靠著樹幹而坐，手腕交疊，平放在膝上。一隻太晚出世的燕尾蝶飛落在薊草上，暫且歇息，蝶翼瘋狂地舞動。穆立肯輕輕吹口氣，蝴蝶隨即漫天飛舞，蝶身幾乎貼著河面，不一會兒就消失無蹤。

河水輕濺，淙淙作響，他不知不覺地淺淺入睡。河水穿梭，流過岩石，山風吹拂覆滿青苔的枝幹，層層白雲掠過山嶺。淺眠之中，他沒有作夢，倒是眼瞼底下浮現他太太的身影，她握起拳頭捶打麵團，把麵團穩穩擱在一個塗了奶油的碗盅裡。她彎腰，他可以看到她寬厚的背部、她孱弱的膝蓋、她沾了麵粉的手腕。她拿條毛巾蓋住麵團，藉此醒麵。

當穆立肯抬頭一望，兩人高高站在他身旁。

嗨，他們說。穆立肯，運氣如何？

還沒釣到魚。我看得到魚。大多只是咬邊。牠們不太咬餌。說不定太冷了。

其他兩人點點頭。一人是那個叼著香菸的鬍鬚男。他凝視河流，瞇起眼睛，搔搔臉頰。另一人是個女士，骨架粗大，不苟言笑。她是穆立肯太太的姪女——一個釣魚、狩獵、賭博樣樣來的女人。

沒有什麼「說不定」，她說。她講話很大聲，穆立肯聽了不禁畏縮，聲音大到能沿著河流迴響。她在他旁邊蹲下，打開他的保鮮袋，自己動手拿了一條嚼勁十足的鹿肉乾。我該死的雙腳都凍僵了。

鬍鬚男點點頭。今早結霜了，他補了一句。晚上會下雪。

姪女小姐嚼著肉乾，睜著瞳孔圓大的眼睛瞄一瞄他的東西。

你們看到燕尾蝶了嗎？穆立肯問。

燕尾蝶？

蝴蝶。我剛才看到一隻。

鬍鬚男看了姪女小姐一眼。

我阿姨還好嗎？姪女小姐大吼一聲，齒縫間夾著肉乾。

穆立肯眞想擺脫他們。好，他說。很好。

姪女小姐抓起那一袋小薑餅。你呢？姨丈？退休生活如何？

好，很好。

我覺得我好像每天都在這裡看到你。你在其他地方釣魚嗎？還是我阿姨指派你差事？

我不知道。

你是個濫好人，姨丈，一直都是個濫好人。

如果妳要餅乾，妳就拿去吧。

她緊盯著他。鬍鬚男點燃一根香菸。你不要？她問。她的手已經伸進袋子裡。

穆立肯搖搖頭，他低頭看著自己的背心，把玩口袋的拉鍊，不停拉上拉下。他衷心希望他們別煩他。姪女小姐拿起報紙，翻開一頁，往後一折，開口說道：我只想看看比數。穆立肯好冷。他們不相信他看到蝴蝶，但他眞的看到了。

報紙也拿去吧。

我再看一秒鐘就行了。

拿去吧。我不看了。穆立肯但願他們趕快走開。剛才他靠著樺樹樹幹坐著，舒服極了，況且他不喜歡煙味或是姪女小姐聒噪的聲音。

我們說不定會試試密德朗水壩，鬍鬚男說。穆立肯點點頭。看都不看他們。姪女小姐站起來，手心沿著防水褲的內側搓揉，然後把報紙粗略折成一個方塊，夾在腋下。

她一邊咬嚼小薑餅，一邊吐了一口口水。如果釣到了什麼，我們會大聲喊你。

好的。

比方說某一條值得大聲嚷嚷的魚。

好的。

鬍鬚釣客用力吸口菸，揮揮手，兩人隨即沿著通往下游的小徑前進，一路低頭躲閃，足靴踩踏盤附在地面的樹根，遮覆樹根的苔蘚隨之輕輕晃動。謝天謝地，穆立肯輕聲咕噥。他坐在樹下，喝冷了的咖啡。他有點頭重腳輕。他覺得自己似乎察覺整個地球慢慢運轉、樹根嘎嘎刮擦岩床、雲朵滾滾飄過山嶺。最後他終於拿起釣竿，再度涉水入河。

時值午後，約莫三、四點，他已經拋投了好一會兒，除了一對吵吵嚷嚷、飛越樹稍的烏鴉，四下寂靜無聲，這時，他釣到了第一條魚。他已經朝著一處鵝卵石淺灘拋投十幾次，釣線忽然懶懶地抽動，有個東西終於咬了他的珠狀毛鉤。魚兒爲了性命搏鬥，奮力一跳，穆立肯趕快用魚網接住，在手上潑些河水，把魚握住。那是一條紅紋的公鮭魚，魚頭粗鈍，魚眼漆黑，看來凶惡。魚下巴已經開始滴血，魚身在他的手裡扭曲跳動。

穆立肯把魚放入水裡，輕撫鰭側，然後鬆手。魚兒一沉，翻個身，颼地游走，穆立肯檢查一下釣鉤的繩結，覺得自己的精力逐漸消散，那股每次釣了魚的震顫，也已逐漸舒緩。直到他又開始拋投，才心頭一震，忽然想起那封信夾在報紙裡，而報紙已經不在他手中。

他噗噗啪啪地踏上岩石，河水順著他的防水褲刷刷流下，他伸出顫抖的雙手，抓起背包，跌跌撞撞地沿著紊亂的河岸奔跑。他臉上血色盡失，雙腳麻木，不聽使喚，踩到樹根，腳還來不及抬，就重重撞上腐爛的樹樁。那種感覺就像腳踝上綁著重物奔跑。他慌慌張張地踏入溝壑，跌了一跤；他的雙手陷入烏黑的爛泥。他掙扎站起，但靴子深深陷在爛泥中。刺荊勾住他的防水褲。薊草刮過他的脛骨。他沿著小徑往上跑，深黑的林木阻擋他的去路、跟他作對、加深他的恐懼，原本幽靜美麗的小小國度，這會兒變得陰森可怕，尖細的松針悄悄刺進他的肋骨。

小徑彎來繞去，似乎永無止盡。他的釣竿被刺荊勾住，釣線瞬間糾結纏繞，變成一團無可救藥的亂線。這種事情怎麼可能發生？細長的釣線怎麼可能忽然變得如此糾結？他停下來，血液奔竄，耳中轟轟作響。他拉扯捲線器，但釣線只是纏得更緊，似乎繞住整叢蔓生的黑莓；圓鼓的尖刺好像鯊魚的牙齒，緊咬著釣線不放。

他肩膀一垮，瞇著眼睛凝視前方莫測高深的小樹叢。然後他在泥濘、冰冷、狹窄的釣客小徑坐下，動手拆解釣線，一團一團地鬆開。他的呼吸漸趨緩和，胸廓不再劇烈起伏。釣線漸漸鬆動，一圈一圈地散開。澄橘金黃的樹葉在他周圍迴旋飛舞，飄落在地。

當亂線終於解開，他把釣線重新捲入捲線器，抬頭仰望枝幹間烏雲密布的天空，一看看了好久。河水發出聲響，嘩啦嘩啦，撲通撲通，聲聲自身後傳來，吟唱著熟悉的音曲。他的喉結緊繃發白；他的鬢鬍閃閃發光。

最後他終於急急轉身，拖著沉重的步伐走回河邊。第一片雪花從空中沉沉落下，墜向瑞匹德河黃褐的渦流。

夜色早已深沉，雪花飄灑，悄悄鑽過小樹叢，穆立肯站在水中，凍得半死，周遭霧濛濛，他摸黑垂釣，手腳發麻，脊背也因不停拋投而刺痛。細緻的雪花消融於緩緩流動的水面。他繼續垂釣。

已近午夜，粗大的枝幹被白雪壓得下垂，雪花依然不停飄落，這時，一條河魚咬了他的毛鉤，飛快游向下游，捲線器被拉得劇烈震盪，嗖嗖作響，充分顯示是誰占了上風。釣線很快被拉到剩下備線。熱血在穆立肯胸中翻滾沸騰，噗噗奔流。他的捲線器發出尖銳的聲響。魚兒縱身一躍，一跳再跳，連跳五下，有如一顆銀灰的子彈在河面旋轉躍動，絕美而驚心。然後河魚繞個彎，游進一個淺灘，穆立肯只聽得見牠驚慌失措地撲打水面，一碼一碼地拉走備線。魚兒啪啪濺水，河水潺潺而流，林間簌簌起風，雪花晶瑩飄落。熱血如潮水般衝擊穆立肯的胸口，一湧再湧，愈漲愈高，直到他肯定自己胸口迸裂。

河魚拉光了備線。穆立肯伸出血色盡失的手指，慌慌張張地拉住釣線；河魚奮戰不歇。備線鬆開，不再纏綑在捲線器上——誰會料到一條河魚竟能拉光六十碼的備線？釣線滑過捲線器的導環，穆立肯往前一躍，趕忙伸手抓取，釣線全數從捲線器上鬆脫，魚兒遠遠游向下游，扯動穆立肯雙手間的釣線，他可以感覺河魚拉著釣線一碼一碼地往前游，魚兒浮出河面，縱身一躍，撲打水面，釣線從他手中溜走，魚兒掙脫，重獲自由，留下穆立肯伸長了手臂站在水中，似乎擺出懺悔、哀求的姿態。

釣線散漫地漂過河面。他打了一個冷顫。他的釣竿和空空如也的捲線器倒插在碎石之間。林木無動於衷，靜靜地環繞著他。四下只見河水潺潺流經林間與雪地，永不停歇，永無休止，吟唱著最輕盈、最寂靜的水語。

Mkondo

(mkondo，名詞，1. 水流、流動，例：河中的水流、清水在地面流動；2. 速行，例：空氣急急竄經門窗、穿堂風；3. 過道，例:船行的尾蹤、一道足跡;4. 奔跑，例:動物奔馳。)

一九八三年十月，一位名叫沃德．比契的美國人受派前往坦尚尼亞，爲俄亥俄州自然歷史博物館搜羅前鳥類的化石。歐洲古生物學家的一個考古團隊，已在坦噶西方的石灰岩山嶺發現某些類似董氏尾羽龍的化石，而博物館急於收藏一隻這類帶毛的小型恐龍。沃德並非古生物學家——他的博士學位讀到一半就放棄——但他相當熟悉如何搜尋化石，而且野心勃勃。搜尋化石本身不怎麼有趣——挖鑿篩撿，辛勤終日，一無所獲，失望沮喪——但他喜歡這個工作代表的意義。發掘化石，他告訴自己，就像重新解答重要的謎團。

他開車沿著兩個月來每天行經的山脊前進，駛向挖掘場，開著開著，他忽然看到一個女人在路上跑步，她腳穿涼鞋，膝蓋上方鬆鬆地繫著肯加布，濃密的長髮紮成一條辮子，貼著頸背左右甩動。他打算繞過她，但她突然衝到他卡車前方，他踩煞車，左右打滑，前輪離地，幾乎滑下山脊。她竟沒有回頭看。

沃德靠在方向盤上往前一探。果眞發生這種事情嗎？那個女人果眞衝到他車前？這會兒她在前方全速衝刺，腳上的涼鞋激起陣陣沙塵。他追隨其後。她是個嫻熟的跑者，步履穩健，毫不遲疑，好像一隻獵獸，追逐著某個獵物。他從來沒見過像她這樣的女子；她沒有回頭一瞥，一次也不。他放緩車速，慢慢接近她，直到她的腳後跟幾乎擦過保險桿。在引擎的噪音中，他可以聽到她急促地呼吸。沃德靠著方向盤，大氣不喘一口，心中盈滿憤怒、好奇等情緒，說不定還有點愛慕，有如著了魔；女子繼續衝上山坡，髮辮左右甩動，雙腿上下奔騰，有如運作中的活塞；他倆就像這樣跟追了十分鐘。她沒有放慢腳步。當他們行抵小路的頂點，積了水的坡頂在陽光下冒著熱氣，她迴旋轉身，縱身一躍，跳上卡車的引擎蓋。他踩下煞車，卡車重重地滑進泥地。她翻身躺下，雙手緊緊抓住擋風玻璃兩側，大口喘氣。

別停！她用英文大喊。我要體驗風的感覺！

他稍坐片刻，透過車窗看著她的頸背。他一路跟著她攀上坡頂，這會兒怎能說不？她躺在引擎蓋上，他可以開車嗎？

但他的腳似乎已經自作主張，逕自鬆開煞車踏板，卡車滑下山坡，車速愈來愈快。路面狹窄，左彎右拐；他看著她死命抓著卡車，手臂肌肉緊緊繃起。他開過挖掘場，繼續開了半個多小時，山路陡峭，崎嶇不平，她的髮辮撲打著擋風玻璃，肩頭的肌腱清晰可見。卡車蹦蹦跳跳地駛過路面的坑洞，順著蜿蜒的山路前進。她依然緊緊貼在引擎蓋上。卡車終於開到小路盡頭，眼前出現一團濃密雜亂的藤蔓，溪谷陡峭，谷底躺著一部鏽跡斑斑、扭曲變形的汽車。沃德打開車門，他幾乎喘不過氣。

這位小姐，他開口，妳是不是……

聽聽我的心跳，她說。他依言照辦——他好像從遠處看著自己下車，把耳朵貼上她胸口。他聽到引擎般的聲響，好像卡車的引擎在她的身下撲撲敲擊。他聽得見她的心臟奮力把血液傳送到身體各處，她吸進的空氣在肺葉中呼號。他怎樣都無法想像世間居然存在著如此鮮活的聲響。

我看過你在森林裡，她說。拿著鏟子在土裡挖掘。你在找什麼？

鳥類，他結巴地說。一隻重要的禽鳥。

她大笑。你在土裡找尋禽鳥？

死了的禽鳥。我們在找尋牠的屍骨。

你幹嘛不找活著的禽鳥？牠們到處都是。

他們可不是花錢雇我找活的禽鳥。

是嗎？她爬下引擎蓋，踏步穿過小路盡頭的竹林。

兩個晚上之後，他站在她爸媽家的門外，心想自己該不該來。她名叫娜依瑪；爸媽經營茶園有成，性情羞怯，他們家在豆田和香蕉園的上方有塊小小的土地，占地大約四公頃，地產上種了茶，還有一棟三房的木屋和一座玻璃圍起的茶種苗圃，茶園高居烏桑巴拉山間，烏桑巴拉山位於印度洋之東、吉力馬札羅山之南，山勢陡峭，林木濃密，昔日坦尚尼亞的雨林一路延伸至東非海岸，如今僅存這片林地。知了在苗圃後方的一排尤加利樹上高歌，剛剛升起的星群在空中閃爍著微光。沃德在卡車的車臺上擺滿一籃籃鮮花：木槿、馬櫻丹、忍冬，以及其他種種他說不出名字的花朵。

她爸媽站在門口。娜依瑪繞著卡車走了幾圈，最後終於伸手從莖梗上掐下一朵雛菊，塞在耳後。你追得上我嗎？

什麼？沃德說。

但她已經邁步奔跑，急急繞過苗圃，衝進林中。沃德瞄她爸媽一眼後——他們兩人依然站在門口，神情木然——立刻跟著她跑。綠樹成蔭，樹下加倍陰暗；樹根竄出地面，交錯蔓生；枝幹擊打他的胸膛。僅只一次，他瞥見她跳過陷阱、避開低矮的灌木叢，然後就失去蹤影。周遭如此漆黑。他跌了一跤又一跤。小徑一再分叉，有如一條條動脈，從中央大血管分歧而出，細分了上百次；他不知道她可能消失在哪個方向。他探聽尋她的聲響，但只聽到蟲叫、蛙鳴、樹葉沙沙飄動。

最後他終於折返，小心謹慎地循原路走回屋子。他幫她媽媽從溪邊打水；他跟她爸爸坐在炭火旁喝茶。但娜依瑪沒有回來。她爸爸捧著茶碗聳聳肩。有時她半個晚上都不見蹤影，他說。她會回來。她總是會回來。如果我阻擋她外出，她會不開心。她媽媽說娜依瑪年紀夠大，可以自己作主。

他離開時，她依然還沒回來。回程漫長，他花了兩小時開過坑坑洞洞的路面，一路顛簸回到旅館。沃德始終忘不了她緊抓著他的引擎蓋、手臂的肌肉緊繃暴突、手指弓曲、心臟如擊鼓般跳動。兩個晚上之後，他再度造訪；過了兩晚，他又再上門。每次他都爲她帶來某些東西：一個懸掛在金項鍊上的三葉蟲化石，一個擱放著各式紫水晶的木雕小盒，她始終微微一笑，朝著燈光舉起禮物，或是把禮物貼緊臉頰。謝謝你，她說。沃德則低頭看著他的靴子，喃喃說聲不客氣。

晚餐時，他經常描述自己之前居住的地方：俄亥俄州、閃閃發亮的摩天高樓、成排的獨棟平房、他任職的博物館、館中收藏的蝴蝶標本。她饒富趣味地聆聽，手心平貼在桌面，身子往前一傾。她問了好多問題：那裡的泥土是什麼模樣？住了哪些種類的動物？你有沒有見過龍捲風？他編了一套半真半假的俄亥俄州演化史：恐龍在草原上爭鬥；成群史前野鵝浩浩蕩蕩地飛過矮樹樹梢。但他找不出話語說他真正想說的話；他無法形容她的蠻野、她那天在路上的模樣，既嚇壞了他，卻也令他驚豔。他無法告訴她，每天夜裡，他汗涔涔地躺在蚊帳裡，一再唸她的名字，好像那是一個咒語，說不定會把她召喚到他房裡。

天黑之後，她總是急急奔向家後方那一條條有如迷宮的小徑，對他下戰書，激他追上她。每次他都盡力去追，每次也都更加深入林中，然而卻老是被岩石絆倒，割破了手掌，或是跌入棘刺灌木，扯破了襯衫。他愈待愈晚，在苗圃裡幫她爸爸打雜，或是跟她媽媽坐在桌邊，兩人陷入客氣、尷尬的沉默。他始終必須在她回來之前離去，搖搖晃晃地開過小路，坐看一道道初露的晨光在山峰上方閃閃跳動，往南駛向他在坦噶的旅館。

時間一個月一個月地蒸發；十二月、一月、二月，悄然而逝。沃德幫博物館找到一副完整的史前鳥類化石——細針大小、精巧細緻的鳥骨收疊於石灰岩塊之中——他們希望他返回俄亥俄州。他的機票已經訂妥，三月一日啓程，但他延了機票，央求館方准許他休假兩星期，安排他在科羅圭租個房間。小城科羅圭位於娜依瑪家的山腳下，接連兩星期，他每天越過河流，往北駛入泥濘不堪、錯綜複雜的之字形小徑，小徑的盡頭即是她爸媽家。

他為她帶來網球鞋和運動衫；他為她媽媽帶來一包包南瓜子，也為她爸爸帶來一本本平裝本小說。娜依瑪始終對他露出費解的微笑。晚餐時，她問了更多他那個世界的問題：冬天聞起來是什麼味道？躺在雪地裡感覺如何？每天晚上，他追著她跑入林間，愈走愈深，但始終追丟了她。跟我說我該怎麼做！他經常對著逐漸陰暗的山嶺高喊。跟我說妳朝著哪一個方向前進！當他躺在房裡的小床上、全身疲乏無力，她的名字總會從他唇邊溜出：娜依瑪、娜依瑪、娜依瑪。

他回程機票的效期已滿，他的簽證已經到期，他的瘧疾藥物也已告罄。他致函博物館，央求讓他再休一個月不支薪的假。雨季來臨：先是暴雨，然後是令人窒息的溼熱，街道熱氣騰騰，山間虹彩盈盈。有時洪水氾濫，山羊被把大水沖入他旅館旁的河流。從房間的陽臺上，沃德看著羊群漂浮而過，河水湍急，羊隻拚命打水，試圖浮出水面，有時他覺得自己就像那群山羊，沉浮於超乎他掌控的狀況中，奮力掙扎，逆流泅泳，在靜默與絕望中滾滾翻騰。說不定活在世間不過就是被大水沖過河岸，終究流入大海，你無從選擇，前方只見浩瀚無形的汪洋、白茫茫的浪花，以及陰暗無光，有如陵墓的深海。

他開始想家，逐漸思念分明的四季、溫煦的氣候、尋常的大地。午夜之後，當他一個人開著卡車沿著蜿蜒的山路穿越山嶺，他經常凝視山勢稍微低緩的西方，想像著再開過一個山脊就是俄亥俄州。他的房子、他的書架、他的別克汽車，全都還在那邊；他想像冰箱裡存放著起司、雞蛋和冰涼的牛奶，水仙花整齊地矗立在花床。蚊帳裡的眠床，褐黃的洗澡水，靜默地跟娜依瑪的爸媽吃著水煮玉米，這些都已令他厭煩。雖然在非洲只待了五個月，但他可以感覺倦意已經滲透全身。豔陽在空中發威，他的心中也是熱氣騰騰——他再也無法承受；他會被烤乾。

接下來是四月；潮濕到了極點。博物館發了一封電報到旅館。他們找不到替代他的人選，希望他趕緊回返。他們拔擢他擔任策展人，還答應幫他加薪。若是願意接受新職，他必須在六月一日之前報到。

還有兩個月。他開始練跑。日光灼灼，有如熔爐；陽光白花花，令人目眩，但只要身體承受得了，他就出去跑步，每天跌跌撞撞地跑上山坡，步履蹣跚地回到旅館。起先他跑不到幾公里就屈服於熱氣之下。沿路的人們大膽地瞪著他，一臉好奇，這個高大的外國佬幹嘛氣喘吁吁地在街上跑步？但隨著他的步伐日趨穩健，眾人很快就失去興趣——其中幾人甚至拍手幫他加油。到了四月底，他已經有辦法跑十、十五、二十公里。他的皮膚愈來愈黝黑，肌肉愈來愈結實。

他天天差遣司機帶份禮品入山：飛蛾標本，煤炭化石，一個藍色的廣口瓶，瓶裡裝著八株微小輕盈、飄揚飛舞的玉鳳蘭。三隻以細針固定在絨布上、安放在小塑膠盒中的燕尾蝶。有天他回到旅館，臉不紅，氣不喘，一顆心在胸中穩穩跳動，他開始察覺有些東西正在心中萌芽，一股奇異、源源不絕的力量正從內心滋生。他日漸精瘦。他胃口極佳，永不饜足。到了五月中，他已經可以一跑再跑，無需停歇。有天早晨，他跑步經過賣竹籃的小販和城南的黏土場，浩瀚璀璨的大海在他面前開展，青藍的炭火輕煙懸浮於海灘上方，忽然之間，他覺得自己可以這麼一直跑下去。

直到五月底，沃德才又開車北上，越過潘加尼河，沿著錯綜複雜、坑坑洞洞的小徑往上行駛，開進雨林中。他雙腿微微抖動，充滿前所未有的精力——這次她絕對逃不了。她在門口見到他，張口結舌，屏住氣息；他帶來了最後一份禮物。他站在門口，微微顫抖，雙手握拳，擱在身側，看著她解開盒子的銀色緞帶。盒裡是一隻活生生的帝王蝶。帝王蝶在她雙手之間飛舞，開始在屋裡漫游。

博物館把牠寄到這裡時，牠還是個蝶蛹，沃德邊說，邊看著帝王蝶輕輕撞上天花板。牠肯定剛剛破蛹而出。娜依瑪看著他。

你看起來不一樣，她說。你變了。

用餐時，她自始至終專注看他的臉龐、他的臂膀、他手背上的青筋。她點燃桌上的石蠟蠟燭，燭火搖曳，纏繞糾結，映現在她的眼中，眼中的倒影亦是搖曳交纏。

我前來，他大聲宣布，請妳跟我一起回家，當我的太太。

他還來不及站起來，她已經走過他身邊，他快步追隨，一把推倒自己的椅子，重重踏上小徑，在尤加利樹的樹蔭下奔跑。夜色漆黑，沒有月光，但他靈活多了，而且感覺自己的雙腿充滿前所未有的精力。他跑跑跳跳地躍過樹椿和藤蔓，沿著小徑往前飛奔。不到二十分鐘，他已比先前任何一次更深入林中，跟著她爬上一個陡峭的坡道。她穿了一件白色的洋裝，疾馳奔跑時，他的目光始終停駐在洋裝上。

他追著她穿過樹林，深入樹林之上的竹林，最後終於跑進竹林之上的一塊林地。林地開闊，蓑衣草、青野草、石南花群聚而生，一團團地散布在平坦的巨石和高聳的植物之間，植物形狀怪異，好像長了刺的包心菜，矗立在莖桿的頂端，在微光中輕輕搖擺。他數度碰到叉路，必須選擇朝哪個方向前進。每隔幾分鐘，他就瞥見她在前方奮力衝刺。她速度真快——他已經忘了她跑得多快。

他循著她的足跡穿過遍地巨石的原野，然後是一條狹窄漫長的泥地。他踏著她的腳印奔跑，配合她的步伐前進。他的肺葉呼呼嚎叫；血液在他的耳中轟轟作響。她的足跡把他引到山脊，途經一排高聳的圓石，來到懸崖崖邊。他停下來。地平線另一端的大海無限延展，映照出灰濛炫目的點點星光。他環顧四周，希冀瞥見一縷白衣，身影有如河水般飄搖於夜色之中。但她不見蹤影。他追丟了她；此處已是盡頭——儘管信心勃勃，但他是否選錯方向？他轉身，往後一退，再度走向懸崖邊。他雙手一伸，擱在兩塊圓石上，他確定他先前看到她的洋裝掠過這兩塊圓石，泥地上也留有她的足跡。他的後方是來時路，前方看來虛無，空間無限延展，群星迴旋飛舞，深邃的懸崖之下，隱隱傳來浪花拍打岩石的聲響，淅淅嘶嘶，水花四濺。

一顆星星從天空墜落；另外一顆也跟著墜落。血液在他的耳中乍響。他傾身探過崖邊，雖然除了夜空中遙遠的星光之外，他什麼也看不見，但他感覺一股自信、一股決心，於是他閉上眼睛，往前踏步。

多年之後，他經常回想往事，心中猜想：那些足跡、那件白洋裝——她是不是藉此在他面前現身，讓他追得上她？他像隻獵獸捕食似地追趕她，還是反過來被誘餌牽著走？難道他才是獵物？究竟是他把她逼下懸崖，還是她誘使他從崖邊跳下？

他直直墜落，感覺永無止盡，似乎拖了好久才墜入水中，但他的鞋底、他的手肘終於啪地撞觸水面，他沉入水中，游回水面，一息尚存，拚命喘氣。周圍水流輕緩，因此他知道自己在河裡。峽谷岩壁高聳，將他團團環繞。他順流漂浮，來到一處礫石淺灘。他坐起，半個身子仍在水中，手臂刺痛，試圖恢復正常呼吸。

她站在河岸遠處。肌膚跟河水一樣漆黑，甚至更加油亮，當她朝他走來，她的下半身似乎慢慢消融，與河水融爲一體。她走到他身邊，對他伸出一隻手，他牽起，她的手相當溫熱，但他可以感覺她的手在顫抖。燕子在他們上方畫出一個個圓圈；一隻沿著河岸另一端獵食小魚的鶴鳥暫且停歇，鳥喙蓄勢待發，一隻腳懸置在水面之上。

她冒了多大的風險！這是一個多麼美妙、多麼神奇的賭博！連沃德都看得出，跨出崖邊、縱身投入一片漆黑的不是他，而是她。她望向他的身後，凝視空中繽紛的群星。好，她說。

下個星期六，在牧師的見證下，他們在盧紹托成婚。

他們在她爸媽家待了一星期；他睡在她的房裡；他們幾乎不交談；他們的眼中只有彼此。沃德無法忍受讓她離開視線之外；他想要跟著她上茅房，他想要幫她更衣。娜依瑪察覺自己幾乎無時不刻微微顫抖。她獻身給他；她踏上她選擇的路，在自己能夠承受的範圍內勇往直前、全速前進。在飛機上，他們手牽著手。他看著青蔥翠綠、溝渠縱橫的山坡在遙遠的下方緩緩消逝，心中依稀感到成功的喜悅。

娜依瑪坐在靠窗的座位，試圖想像自己飛馳橫躍天際，而不是跟著一群陌生人受困在這個狹長的機艙。她想像自己伸長手臂，翱翔空中，巨大蓬鬆的雲朵如卷軸般開展，緩緩飄過她的身旁。她緊緊閉上雙眼，緊緊捏住拳頭；想像中的景象始終沒有浮現。

十歲之時，娜依瑪自創一個叫做「Mkondo」的遊戲。遊戲規則如下：她從她爸媽家後方一條條相通的小徑中，挑選一條她從沒走過的路徑，然後沿路前進，一直走到盡頭。走到盡頭時，她必須再往前跨一步。有時這只是意味她必須踏過一叢蕁麻，或是鑽過一團藤蔓。有時小徑通往峽谷，直入河中——或許是褐黃靜緩的潘加尼河，或許是某條滾滾翻騰的無名小溪——而她經常把她的肯加布拉抬到大腿上，戰戰兢兢地涉水入河。如果小徑直通溪谷谷底，盡頭之處是一片杉林，她就爬到離地二十英尺的枝幹上，往前跨出那額外的一步。

她最喜歡那些攀登山嶺的小徑，小徑蜿蜒，穿越石南和青草漫生的原野，直通某個搖墜崩塌的峰頂。她經常站在小徑盡頭，把腳抬高。山風勁揚，樹稍在風中搖頭晃腦，遠遠望去，田野平坦灰撲撲，高空之中，白雲一叢接著一叢自地平線的另一端蜂擁而至。她往前一傾，迎向滾滾奔騰的山風，一隻腳高懸高空，空曠與虛無向她湧來，包圍了她，她一陣暈眩，驚慌恐懼，卻也滿心歡喜。她好想繼續跨步，將自己拋向虛無，而她也總是壓下這股衝動。

她盡情奔跑，直到再也感覺不到雙腳在身下移動，直到過往與未來似乎緩緩消逝。四下只有娜依瑪——密密麻麻、搖擺晃動的大樹只注意到她一人——她感到一股毫無忌憚的衝動，一心只想跑得更快，在白雲下盡情奔騰，喚起心中烈火般的生存意志。偶爾有些夜晚，當她接近小徑的盡頭，她感覺身體的一部分緩緩消逝；在那千載難逢、令人震撼的片刻，她化身爲一道光芒，飛馳而上。她並非不知足，而是好奇；她也並非懼怕停滯，而是必須走動。但諸如此類的心情——懼怕停滯、不知足——確實存在她的心中。她坐不住；她憎惡採茶；她憎惡上學。

隨著年歲的增長，娜依瑪看著朋友們互相嫁娶；年輕男子承接他們父親的工作；年輕女子變成她們母親的種種版本。人人似乎永遠不會離開成長之處、永遠不會踏上他們從未走過的路徑。十九歲、二十二歲，她依然在林中奔跑，爬越刺藤，攀上河岸。孩童們叫她瘋子；採茶工人視她為外人。到了那時，Mkondo已不再只是遊戲；藉由Mkondo，她才可以確定自己仍然活著。

而後沃德到來。他與眾不同，地位顯著；他述說那些她只能夢想的地方，他表現出她從未見過的細膩。（他踏下他的卡車，羞怯地盯著他的雙腳，指尖輕刮他襯衫上的一點汙泥。）那些禮物、那種關注、那個獨特迷人的前景——全都讓她心動。但直到他跟著她躍入河中，她才真心信服。當時四下陰暗，他大可輕易掉頭離開。

在飛機上，她睜開眼睛。她心想，這個婚姻、這張飛往另一個洲陸的單程機票，其實只是另一場Mkondo：妳只是鐵了心，跨出那額外的一步。

俄亥俄州：陰鬱的天候懸置於城市上空，有如一襲壽衣。層層的霧靄抹去日光；直升機在空中穿梭往返，永不歇止；公車嗚嗚地穿越街道，宛如垂死的野獸。沃德居住的那一帶，每棟屋宅僅相隔一英尺——娜依瑪可以抬起一扇紗窗，把手伸進鄰居家的廚房。

頭先幾個月，她全心全意地追隨沃德，因此逃脫了心中的失望。那是最迫切、最孤注一擲的愛戀。整個下午，她每分鐘盯看時鐘一眼，等待公車在街尾放他下車，期盼他的鑰匙打開大門。晚上他們出外跑步，避開路燈，躲過報箱，跑過一條又一條街道。有時他們徹夜不眠，聊到天亮；星期一早晨始終來得太快，娜依瑪好想砰地關上大門，藏起他的鑰匙，把他壓制在玄關的地板上。

博物館跟她預期中不一樣：大理石階梯龜裂，大型動物和獸骨上架展示，立體實景模型的穴居人，睜著塑膠眼睛朝向灰泥捏塑的爐火彎腰；但她看得出沃德爲何對博物館寄予厚望。那個飄散著霉味的地方引發人們心中的眷戀；曾有一時，鄉野肯定就是這副模樣。晚間時分，他們坐在屋頂上，看著堵在街上的車輛磨磨蹭蹭地行進；他們在化石雷龍的胸肋骨架裡野餐。在一個大理石的展廳中，牆上掛滿將近五萬隻蝴蝶的標本，含括地球每個區域的物種。蝶翼的顏彩令她驚豔；炫藍的暈輪，斑斕的條紋，假可亂眞的蝶眼，無一不令她屏息。沃德神采飛揚，一一指出牠們是哪一種蝴蝶。那是他最心愛的展廳。即使事隔多時，他升了好幾次官，他依然經常回到這裡撣撣標本上的灰塵，扶正解說牌標籤，檢視新增的收藏。

但她在館中待得愈久，愈發覺得博物館令人膽怯。館中這也不生，那也不長，一無生息。燈泡光禿禿，旋入天花板，連散發出的燈光都顯得死氣沉沉。館中眾人執迷於幫物品命名分類，好像頭一隻破繭而出的橘翼蝴蝶非得叫做「紅襟粉蝶」，好像一個乾巴巴、用大頭釘釘在美術紙板上，標注著「晚蕨」的標本即可道盡蕨草的本質。館方把沃德搜獲的史前古鳥貼上索引卡，鎖放在玻璃方箱。這哪叫做自然博物館？她眞想把一車車泥土推入館裡，傾倒在地。看到這隻蛆蟲嗎？她會一邊大聲叫嚷，一邊朝著上了年紀的守衛和前來參訪的小學生甩甩蛆蟲。看到這些鼻涕蟲嗎？這才是自然歷史。這就是你們的先祖。

車輛，看板，警笛，不願直視她的陌生人；這些全都超乎她的預期，也都讓她措手不及。林木的枝葉——而她也只看得到這麼幾株——沾染了碾磨廠的煤灰。超市枯燥乏味，毫無生氣；肉類包在塑膠套裡販售，她不得不在走道上撕開嗅聞。當她在院子裡洗衣服，鄰居們假裝不看她。妳需要某些東西，她一邊在草坪上擰沃德的襯衫，一邊告訴自己。妳需要某些東西，否則妳在這裡撐不下去。

沃德看著娜依瑪在屋裡遊蕩，好像在找尋某些遺失的東西；有時她抱怨某種奇怪的病痛，比方說她的咽喉周圍冒出無影無形的腫塊，或是她頭重腳輕，全身乏力。有次他帶她到一個朋友家吃飯，這人來自肯亞，是個大學教授，跟他不算熟。出去跟朋友吃頓飯會讓妳開心一點，沃德跟她說。教授太太烤了烙餅，用斯瓦希里語喃喃唸誦聖歌。但娜依瑪一臉陰沉地坐在桌邊，凝視戶外。晚餐後，大家在起居室喝茶，她卻待在廚房，坐在地上跟主人家裡的小貓講悄悄話。

夜晚時分，沃德滿心自厭，輾轉難眠：你如此渴求一樣東西，最後也終於得手，怎麼可能落得滿腹牢騷？事情怎麼可能這麼快就走到這個地步？當他終於昏昏沉沉地墜入夢鄉，夢中卻是一個怒氣騰騰、容貌不清的魔鬼；他驚醒，倒抽一口氣，感覺魔爪依然掐著自己的喉口。

沃德也在改變，說不定他只是恢復以前的模樣，慢慢回到他比較熟悉的人生軌道。在俄亥俄住了六個月之後，娜依瑪看得出他頸間的紅暈逐漸消散，肌肉的線條也逐漸模糊。她看著他讓自己陷入工作的紛擾；他經常八、九點才回家，侷促不安，連聲道歉。他週末也把工作帶回家；他受託編纂博物館的刊物，隨後負責會員管理。我愛妳，娜依瑪，他站在書房門口說。但他變了，他已經不是當初那個喘著大氣、生氣勃勃，像隻發情雄鹿似地來到她爸媽家的男人。

他們小心地、靜靜地做愛。結果總是乏善可陳。妳還好嗎？他事後氣喘吁吁地問道，忽然生怕觸碰她，好像她是一朵被他撕下花瓣的鮮花——一切都是意外，一切都已太遲。妳還好嗎？

她在俄亥俄州的第一個二月，天天都是陰天，從早到晚灰濛濛。她感覺白雪沉甸甸地壓著屋頂。每天早上，她滾下床，拉起窗簾，屋外又是陰陰暗暗，空中始終不見日光，周遭始終一片凝滯，她不禁哀怨地嘆氣。一英里外，市中心一棟棟單調乏味的高樓浮現天際，好像巨大的牢獄。公車轟轟隆隆地駛過地上的爛泥。

她已經來到俄亥俄，她已經跨出那額外的一步。接下來呢？她心想。現在我該怎麼辦？掉頭返鄉？到了八月，她在俄亥俄已經住了將近一年，晚上經常抽搭啜泣。俄亥俄的天空已經變成確切而實際的重擔，緊緊繞住她脖子，重重壓在她肩頭。她垂頭喪氣地在家中遊蕩。沃德萬分焦慮，急著做出任何嘗試，於是他開車載她出城，觀看山坡上的穀倉和田野中的打穀機。他們坐在朋友家的門廊，享用抹了奶油和胡椒的新鮮玉米。她問說，那邊那些白色的盒子是什麼？

蜜蜂。於是她整個冬天在地下室敲敲打打，拼製蜂箱，四月間，她從農業用品店購得一隻女王蜂和三磅裝的工蜂，在沃德的後院設立蜂房。每天傍晚，她戴著防護面罩，手執一束束悶燒中的青草，用熏燒的煙霧誘哄蜂群，在這些時刻，她站在蜂房旁，觀看一隻隻野性十足的蜜蜂勤奮地工作，心中總是充滿歡喜。但鄰居們怨聲載道——他們家裡有小孩，鄰居們說，有些小孩對蜜蜂過敏。蜜蜂侵擾他們的連翹花叢、他們的天竺葵盆栽。一個女人說蜜蜂從冷氣機鑽進她家。鄰居們開始在沃德的雨刷下塞字條、在答錄機裡留下粗魯無禮的留言。後來有個玻璃紙鎮打破了他們客廳的玻璃窗，紙鎮上貼了一張字條：**你們家的蜜蜂受得了殺蟲劑嗎？**擺明了是個威脅。兩名警察隨後上門，兩人站在門廊上，警帽擱在身後。住家不得養蜂，他們說，市府有規定。

沃德主動提議幫她解決那些蜜蜂，但她婉拒。她從來沒有開過車。她開開停停，幾乎撞倒兩個騎三輪車的孩童，最後終於把車子停在洲際公路旁的田野中。她打開後車廂，看著蜜蜂迴旋飛出車外。蜂群怒氣騰騰，搞不清東西南北，其中十二隻還叮了她：她的兩隻手臂、一隻膝蓋、一隻耳朵都被蜜蜂螫咬。她低聲啜泣，憎惡自己做出這種事。

她用吸盤在臥室窗戶架設餵鳥器，她拿小餅乾把松鼠誘進廚房。她研究行走於大門臺階的螞蟻，看著蟻群把金龜子的殘骸扛在肩上，運過林中的草地。但這些都不夠——這不是荒野，沒錯，感覺不太像，一點都不像。山雀和鴿子，老鼠和花栗鼠。家蠅。參訪動物園，看著一對髒兮兮的斑馬吃草。這就是生活？人們就是選擇這樣過日子？她可以感覺心中的火苗逐漸熄滅，狂放的青春日益僵化。她意識到她生命中的一切，諸如健康，歡愉，甚至情意，皆與地景息息相關；世間的風景與她心靈的風景難分難解。她的動脈中有著一朵朵陰暗的烏雲，她的肺葉中有著一片片灰黑的天空。她聽到耳中傳來簌簌流動的聲響，或許是血液漫流，其實是時間消逝，節奏分明，抑揚頓挫，穩穩地標示出每一個無可挽回、稍縱即逝的時刻，分分秒秒都讓她追悼。

冬日——她在俄亥俄的第三個冬天——她開著沃德的別克汽車越過州界，駛往賓州，回程車上多了一對幼小的紅尾鵟鷹，她跟一個雞農買下這對幼鷹，雞農射殺了牠們的母親，而且在報上登廣告，打算賣掉牠們。幼鷹羽翼已豐，性情暴戾，鳥喙有如尖鉤，鳥爪漆黑銳利，雙眼有如赤焰。她幫牠們套上皮製的頭罩，把牠們綁在地下室的木塊上，每天早上餵牠們吃一塊塊生雞肉。為了訓練牠們，她戴上厚厚的護腕，讓牠們棲息在她手腕上，帶著牠們在家裡走動，她還拿根羽毛輕拍牠們的翅膀，跟牠們說話。

幼鷹們滿心恨意。夜晚時分，地下室傳來狂野的叫聲，聲聲迴盪。有時娜依瑪醒來，心中充滿怪異的撼動，好像世界已經翻轉——圓弧的天空在她身下，一對幼鷹盤旋於地下室，翱翔飛舞，仰頭嘶叫。她躺在床上，靜靜聆聽。但不出所料，電話鈴聲很快就響：鄰居們不知道沃德的地下室爲什麼傳出有如孩童尖叫的聲響。

她漸漸習知，她不可能締造蠻野，也不可能把蠻野帶到她的跟前；蠻野必須自然生成，有幸才得以正好瞧見；就像奔至小徑盡頭，眼前罕無人跡，豁然瞧見一片蠻生的荒野。她每天晚上下去看看那一對幼鷹，帶著牠們走到地下室另一側，拿根羽毛輕拍牠們，用斯瓦希里語和查加語跟牠們說話。但牠們依然厲聲尖叫。妳不能套住牠們的嘴巴嗎？沃德從書房大喊。等到牠們長大一點，戒掉這個習慣，妳再把嘴套拿下來？但恨意不是一個幼鷹們長大就可以戒除的習慣，恨意已經深植於幼鷹的心中；她看得出牠們眼中灼灼閃動的怨怒。

鄰居們不斷來電，而且報警，警察兩度上門，出現在大門臺階上，如此過了一星期，沃德終於請她坐下來談談。娜依瑪，他說，警察得把老鷹帶走，眞抱歉。

讓他們上門吧，她說。但那天晚上，她把其中一隻幼鷹帶到後院，拿下頭罩，放牠高飛。幼鷹笨拙地揮揮翅膀，試了一試，飛到一道山形牆上。牠穩穩站定，厲聲尖叫，叫了又叫，好像在拉警報。牠猛啄屋頂，磚瓦的碎片頓時四散紛飛；牠飛到屋前的門廊，拚命敲撞門窗。然後牠高踞郵筒之上，繼續嘶吼。娜依瑪繞了一圈跑到屋前，激動不已，氣喘吁吁。

五分鐘之後，警察拿著手電筒探照門窗。沃德穿著運動褲站在人行道上，搖搖頭，指了指尖叫的幼鷹，而幼鷹這會兒已經棲息在排水溝上。街頭街尾，門廊的燈光紛紛亮起。兩個穿著連身工作服的男人把卡車慢慢停在草坪上，試圖用長柄的網子誘捕幼鷹。幼鷹對著他們尖叫，朝著他們的腦袋俯衝而下。警笛嗚嗚哀鳴，男人高聲叫喊，幼鷹發狂怒吼，種種噪音達到高峰之際，忽然一聲槍響，鳥羽四散紛飛，然後靜默無聲。一個警察侷促不安地把手槍擱回槍套。幼鷹的殘骸軟趴趴地落到樹籬後方，殘破的鳥羽緩緩飄浮，迴旋飛舞，沒入黑暗之中。

她一直等到警察離去、鄰居們一一熄燈，然後她走下樓梯，帶著另一隻幼鷹走到後院，放牠高飛。牠歪歪斜斜地飛向空中，消失在市區上方。她站在院子裡，靜靜聆聽，凝視著幼鷹最後出現在她眼前的地方，薄暮之中，那不過是一個小黑點，浮現在灰白的天際。

妳非得住手不可，沃德說。妳下次會拖什麼東西回家？一隻鱷魚？一隻大象？他搖搖頭，敞開臂膀，把她抱在懷裡。僅僅三年，他的軀體已經鬆軟得令她反胃。妳爲何不去大學修幾門課？他問。妳可以步行到校園。但當她想像大學的模樣，腦海中浮現卻是盧紹托那段無趣的求學生涯、悶熱的課堂、乏味的數學、釘在牆上的舊地圖。綠色代表土地，藍色代表水面，星星代表首都，毫無深度可言。師長們只顧著幫那些存在了上百萬年的無名物品命名。

她天天早早上床，晚晚起床。她打起呵欠，而且嘴巴張得非常大，沃德看在眼裡，覺得她似乎不是打呵欠，而是發出無聲的吶喊。有天沃德出門上班之後，她跳上頭一部停下來的公車，一直坐到司機說公車已經開到終站，而她發現自己到了機場。她在航廈裡遊蕩，看著丹佛、土桑、波士頓等城市的名稱在螢幕上跳動變換。她用沃德的信用卡買了一張飛往邁阿密的機票，疊放在她的口袋裡，聽尋登機廣播。她兩度走到登機門口，但躊躇不前，掉頭折返。回程的公車上，她察覺自己哭了。她是否忘了如何跨出那額外的一步？她怎麼這麼快就忘了？

她抱怨夏天濕熱、冬天陰冷。當沃德提議帶她出去吃晚飯，她宣稱身體不舒服；他跟她分享博物館的事情，她把頭轉開，甚至懶得假裝聆聽。儘管已經過了四年，她依然不加思索地說這是「他」的家。**我們的家**，娜依瑪，他堅稱；他握拳猛敲牆壁，**我們的廚房**、**我們的香料架**。他開始猜想她是不是打算離開；他確信有天當他一覺醒來，他會發現她已離去，壁爐架上多了一張字條，衣櫃裡少了一只皮箱。

他遲歸，在臺階上碰到她。我有好多事情必須處理，他說，而她逕自走過他身旁，踏入暗夜之中，朝相反的方向走去。

在辦公室裡，他從抽屜裡拿出記事本，動筆寫道：如今我知道我無法滿足妳的需求。妳需要動力，妳需要活力，妳需要我根本無法猜想的事物，而我只是一個過著普通日子的普通人。如果妳必須離開我、追尋妳所需要的事物，我想我可以理解。不管他是何許人，只要他曾經目睹妳在樹下奔跑，或是緊緊抓住他卡車的引擎蓋，若少了這樣的妳，他再也無法百分百開懷。但我願意試試看。不管怎樣，我活得下去。

他在紙上簽名，對折疊起，收放在他的口袋裡。

他們的人生相纏相繞：他們出生在世界上不同的角落，因爲機緣與好奇心而結合，兩人的心中卻各有地景，互不相容，終究漸行漸遠。沃德坐在公車上，朝著家中前進，口袋裡擱著他那封信，在此同時，另一封信被塞進飛機機艙，乘坐一輛又一輛卡車，轉經一人又一人之手，靜靜地擱放他們俄亥俄州的郵箱中，等候他們拆閱。信件來自坦尚尼亞，寄件人是娜依瑪的叔叔。娜依瑪把信帶進屋裡，放在流理臺上，靜靜凝視。當沃德回到家中，他發現她窩在地下室的地上，整個人蜷縮在一張毛毯裡。

他在她眼前揮揮手指，幫她端來一杯茶，她卻連碰都沒碰。他使勁拿下她捏在手裡的信，攤平閱讀。通往坦噶的一段山路被突如其來的泥沙沖斷，她爸媽的卡車被泥沙沖得滾下峽谷，兩人同時喪命。他們在一星期前下葬，她已經錯過葬禮，但沃德依然提議出錢讓她返鄉，他跪在她前面，問她是否需要他做些安排。她毫無反應。他托住她的臉頰，抬高她的頭，當他放手，她的頭頹然地垂回胸前。

他跟她一起睡在冷硬的水泥地上，身上依然穿著襯衫，打著領帶。隔天早上，他從口袋裡掏出那封他寫的信，撕得粉碎。然後他把她抱到車上，開車載她到州立醫院。一位護士把她推進病房，在她手臂插上針管。她會好起來，護士說，他們會幫她。

但這不是她需要的協助；蒼白的牆壁，白花花的日光燈，走廊上飄散著病弱與病痛的氣味。每天兩次，他們把藥丸塞進她嘴裡。她恍恍惚惚地度日；她的脈搏緩緩跳動，滴答滴答，聲聲入耳。電視嘰嘰喳喳，空談嘻笑，她卻滿心空虛，昏昏沉沉。她像這樣躺了幾天？她可以看到人們傾身湊向她，一張張蒼白的臉孔在眼前忽隱忽現：醫生、護士、沃德，始終是沃德。她的手指摸到她病床的金屬護欄；她的鼻子聞到帶著消毒藥水味的醫院餐食：即食馬鈴薯、藥用奶油瓜。電視無時無刻嗡嗡作響。她迷迷濛濛地入睡，夜夜無夢。當她試著回想她的爸媽，腦中卻是一片空白。坦尙尼亞終究也將從她的記憶中消逝——她就像她那對失去雙親的幼鷹，除了那個將她繫綁、戴上頭罩、強行將她留下的處所，她已經不曉得哪裡可以稱之爲家。接下來呢？他們也會闖進來、開槍射殺她嗎？

現在是早上嗎？她是不是已經在這裡待了兩星期？她扯下手臂上的針管，氣喘吁吁地爬下病床，跌跌撞撞地走出病房。她可以感覺體內的藥物讓她的行動變得遲緩，反應也變得呆滯。她覺得自己的腦袋像是一顆搖搖晃晃、頂放在她肩膀上的玻璃球，稍有不愼就會落地；落得她得窮盡餘生之力撿拾碎片。

走廊上到處都是嘎嘎滾動的輪床和匆匆而過的醫護人員，她站在牆邊，看到地上貼著一條條膠布，膠布呈輻射狀散開，有如她年少時奔跑的小徑。她選了其中一條，試圖循路前進。過了一會兒——她說不出過了多久——一個護士拉住她的手肘，推著她轉身，護送她回到她的病房。

他們鎖上她的房門。晚餐吃青豆，中餐喝湯。她感覺自己悄悄流逝；她的心房愈來愈單薄，血液在裡面遲緩地流動。不知怎麼地，她內心深處那個無拘無束的自我患了病痛，遭到踐踏，一命嗚呼。怎麼可能如此？難道她沒有小心護衛？難道她沒有把它藏放在心中最安全的一隅？

出院之後——她不確定自己在那個上了鎖的房間裡待了幾天——沃德帶她回家，扶她坐在窗邊的椅子上。她看著公車和計程車駛過家門，她看著鄰居們低著頭，拖著沉重的步伐來回走動，一股龐大的空虛進駐她心中；她的肉身有如沙漠，無風無雨，灰暗漆黑。非洲似乎遠在天邊，遙不可及。有時她甚至懷疑非洲是否還存在、她這輩子是否只是一場夢、她的過往是否只是某個講給小孩聽的寓言。你們看看一時衝動會招致什麼下場，說故事的人會在小孩面前搖搖手指，殷殷相告。你們看看這就是踏入歧途的下場。

春天遠去，夏天與秋天相繼消逝。娜依瑪睡到中午才起床，有時甚至更晚。隨著季節緩緩交疊，回憶一丁點一丁點地悄悄回返——幼小的知更鳥吱吱叫，哀求母鳥餵食小蟲，雪花緩緩飄落，漫過街燈的光影——種種往事有如涓涓細流的清水，一點一滴地回到心中。往事彷彿透過一道厚厚的玻璃牆呈現在她的面前；它們的意義起了變化，失去了它們的脈絡、它們的稜角、它們的不羈、它們的鮮活。即使她終於又開始作夢，夢中的景象變化了。她夢見一列火車載著駱駝悠然自得地駛過一片林地，澄橘的雲朵高懸於繁茂的森林之上，但種種景象當中卻不見她蹤跡——她凝視各處，但不得其門而入；她目睹各地美景，但無法親身體驗。那種感覺就像她不著痕跡地被排拒在每一個時刻之外。世界變得像是一件沃德的博物館所陳列的展品；優美、懷舊、打了折扣，猶如某件古老、封存、你碰也碰不得的物品。

有些早晨，她在床上看著沃德打領帶，襯衫的衣角鬆鬆地蓋住他肥厚的大腿，她心中頹敗的一隅不禁湧起一股厭惡。她翻身躺臥，滿心怨懟；她恨他追著她穿過雨林，她恨他從那個懸崖一躍而下。他們之間再無掩飾：沃德已經放棄打動她的心，她也放棄允許自己被他打動。她在俄亥俄州待了五年，感覺卻像五十年。

午後時分。她蹲在後院的臺階上，半睡半醒，這時，一列雁鳥飛掠過家中的山形牆，雁鳥離地面好近，她甚至可以清楚地看到牠們的羽毛、牠們光滑圓弧的漆黑鳥嘴、牠們偕同眨動的鳥眼。

疾風尾隨雁鳥轉向，朝她撲來，令她體會到牠們的翅膀多麼有力。雁鳥持續飛向地平線的另一端，咕咕鳴叫，輪流帶頭。她一直觀望，直到雁鳥消失在視線之外，然後她凝視牠們失去蹤影處，心中不禁猜想：雁鳥究竟遵循什麼路徑？牠們的腦袋裡隱藏著什麼一到冬天就自動開啓的開關？牠們受到什麼力量的驅使，年年沿著同樣的路徑，飛往同樣的南方水域？天空如此絢爛，她心想，卻又如此難以捉摸。雁鳥早已離去，但她依然仰頭盯著天空，靜靜等待，滿心企盼。

那年是一九八九年；她三十一歲。沃德正在吃杯子蛋糕，糖霜像是鐘乳石似地懸掛在他的下唇。她走進屋裡，站到他面前。好吧，她說。我想上大學。

他暫停咀嚼。嗯，他說。聽妳的吧。

體育館中，學生們在標示著政府、人類學、化學的攤位間來回走動。其中一個攤位掛設一張張沖印好的照片，吸引了她的注意。一座白雪環頂的火山。一張座椅龜裂的椅子。子彈射穿蘋果的連環影像。她仔細研究這些照片，塡好表格：基礎攝影，相機入門。沃德的地下室有臺尼康六三〇相機，她撣去灰塵，開學第一天，她帶著相機去上課。

這臺相機絕對行不通，她的老師說。我只有這一臺，她說。他翻弄底片室的背蓋，跟她解釋說光線會滲透進來，毀了她的底片。

我可以用手緊緊壓住，她說。或者拿膠帶貼住，熱淚從她眼中湧出。

好吧，老師說。我們看看可以怎麼辦。

隔天他帶著學生們在校園裡走動。我們試一試，拍**幾張**就行了，他大喊。別浪費底片。來，大家注意構圖。

學生們散開，將鏡頭對準樓房的基石、缺蝕的欄杆、消防栓的圓拱封蓋。娜依瑪走向人行道之間的草坪，一株灰白、彎折的橡樹斜斜地立在三角形的草坪上。她的相機被絕緣膠帶牢牢貼起，裡面裝了二十四張底片。何謂裝了二十四張底片？光圈級數、曝光指數、景深，對她而言，這些術語不具任何意義。但她傾身向前，舉起鏡頭，鏡頭中，光禿的枝幹映著藍天左右搖擺，然後她靜靜等待。雲層深厚，掩蓋了陽光，但她可以看到一縷日光緩緩現形。她繼續等待。不到十分鐘，雲層緩緩散開，一縷日光撥雲而出，照亮橡樹，她按下快門，拍下她的照片。

兩天後，在暗房中，她看著老師取下夾子，從晾乾底片的繩子取下她那捲黑色的底片。他點點頭，把底片遞給她。她模仿他先前的模樣，朝著燈泡舉起底片，她幾天前拍攝的景象——橡樹枝幹躍然迎向陽光，遠處迷濛的光影像穿透一道道細縫——赫然出現在眼前。她感覺陰霾在眼中一掃而空。陣陣顫慄流竄她的手臂；喜悅之情泉湧而出。那種感覺就像你從濃密的林蔭緩緩飄升，轉身一瞧，望過樹梢，頭一次重新賞析這個世界。那是一種超脫神魂的狂喜、一種最爲原始的情感。

那天晚上，她徹夜難眠，一顆心七上八下。下一堂課，她三小時之前就進了教室。

他們製作印樣，洗出照片。在暗房裡，她凝神屏息地看著顯影液，等著她的照片一丁點一丁點地顯像——相紙漂浮，影像緩緩現形，先是迷濛灰白，然後完整呈現，她一驚，深覺這是她所見過最神奇、最美麗的魔術。顯像，停影，定影。就是這麼簡單。她心想：我之所以被安置在這裡，目的就是爲了影像發聲，這是我的宿命、我的使命。

下課之後，老師把她叫過去。他傾身靠向一張張照片，爲她解說：這一張不該拍到電話線，那一張曝光的時間可以長一點。不錯，他說，這組新手照片拍得不錯。但是有些問題。妳的相機漏光——這張照片的周邊泛白，妳看到了嗎？這株樹木立體感不足；這張照片沒有背景，缺乏基準點。他拿下眼鏡，往後一靠；這會兒顯得有點裝模作樣。如何以二元空間表達三元空間，如何將世間景象納入平面頁張，娜依瑪，這就是每個藝術家最重要的挑戰。

娜依瑪後退一步，重新檢視她的照片。藝術家？她心想。我是藝術家？

她每天外出，拍攝雲朵：積雨雲，卷層雲，縱橫交錯的飛機雲，孩童的氣球緩緩飄過鐵道上方。她捕捉映射在雲底的城市天際線、兩朵蓬鬆的白雲飄過一灘積水的水面。一隻剛被公車輾斃的小狗，眼睛如明鏡，映照出菱形的藍天。窗戶，燈泡，太陽，繁星，各自反射出不同的光影，而她開始透過這些光影觀看世界。沃德有時留些錢在流理臺上讓她購買雜貨，但她經常把錢拿來買底片；她晃蕩走進她從未造訪的鄰里；她蹲在某戶人家的臺階上，動也不動，一蹲就是一小時，靜候天空濃密的雲層豁然分散，希冀瞧見日光漫過細緻晶瑩、疊架在兩根青草之間的蛛絲。

電話再度鈴鈴響：我們看到你太太蹲在一隻死掉的小狗旁邊，沃德，幫小狗**拍照**。她拍我們家的垃圾桶。她站在你車子的引擎蓋上凝視天空，沃德，一站站了一小時。

他試圖跟她談談。嗯，娜依瑪，他試探地說，課上得怎樣？或是：妳在外面有沒有自己小心？他又升官，時間幾乎全都花在募款餐會、講電話、陪同捐款人在館內參觀。直到現在，他和娜依瑪已經相行甚遠——他們的路徑早已分歧，各自穿越不同的洲陸。她經常把她的照片拿給沃德欣賞，沃德也經常點點頭。妳表現得真好，他說，然後拍拍她的背。我喜歡這張，他好端端地舉起一張她不喜歡的照片，照片中的捲雲沾染一方虹彩，緩緩飄過明月。她不介意；她心靈的星火已經熊熊燒灼。沒有任何事情能夠讓她放緩腳步。沃德和他的鄰居們盡管望向低處，她會把目光朝向天空。讓她一個人獨享一朵朵澄橘、淡紫、青藍、潔白的雲朵，靜觀這些遨遊世界、神氣活現、千變萬化的旅客飛掠空中。每天早晨，她踏出大門，感覺自己冷硬漆黑的內心揚起焰火。

基礎攝影課程結束。她拿了A。秋季開學，她再選修兩門攝影課：當代攝影和暗房技術。一位教授對她讚賞有加，主動提議指導她做獨立研究，教授表示：我認爲我們最好讓妳繼續朝著這條路前進。而娜依瑪確實**踏上了一條路**，她可以感覺這條路在她眼前延展。她喀嚓喀嚓，拍了又拍。到了學期末，她已經拿到學生攝影賽的大獎，得獎作品是那隻被公車輾斃的小狗；她從沒見過面的陌生人們在走廊上與她擦身而過，齊聲祝福她。一月間，一家咖啡館打電話給她，提議以一百美金買下她的首張攝影作品，也就是那張籠罩在光影之中的橡樹枝幹。到了夏天，她的照片獲選參展，連同其他幾位攝影師的作品在一家小藝廊展出。她的耐性令人折服，一名女子喃喃說道。這些照片提醒我們，每個時刻都是稍縱即逝，一去不返，天空亦是變化萬千，沒有任何時刻相同。另一名女子湊過來，大聲宣稱娜依瑪的作品充滿靈氣，完美地、莊嚴地表現出無形的事物。

她躲過一位身穿燕尾服、托著一盤春捲的侍者，提早離開藝廊，大步踏入漸漸昏暗的戶外拍照：一方夕陽斜斜射穿橋墩；明月悄悄移到一棟樓房後方，留下一縷縷盈盈顫動，宛如花環的光影。

深夜時分——時值一九九二年四月——她的心頭浮現昔日熟悉的感覺，隱隱察覺那股拔腿飛奔，接近小路盡頭的狂喜。她站在自然歷史博物館的大理石臺階上，仔細端詳天空。下午下了雨，這時天空投下澄淨的星光。來自銀河的光芒籠罩了她的頸背與肩胛，令她心中的熱血昂揚奔騰。天空似乎僅僅幾碼深；她可以伸手一探，抓住酷寒的中心，撥弄各個星系的太陽，好像那是一顆顆小小的水銀。天空既可深廣，也可淺狹；天空變化萬千，面貌無窮。

沃德在蝴蝶展廳，正在拆裝一個裝滿標本的紙箱。標本裝箱不佳，許多蝶翅皆已毀損，鱗粉的圖樣漆黑模糊。他正從箱中搬出標本，擺在地上用細針釘好。她抓住他肩膀一搖，開口說道：我要離開，我要回家，回非洲。

他往後一靠，但沒有迎上她的目光。什麼時候？

現在。

等明天吧。

她搖搖頭。

妳要怎麼回去？

飛回去。她緩緩轉身，邁步走出展廳，輕柔的腳步聲緩緩隱去，沒入沉靜。他知道她的意思是搭飛機，但當晚稍後，獨自躺在他倆的床上時，沃德不禁想像她伸長手臂，攤開手掌，身軀優雅而輕易地抬升，越過原野與山嶺，朝向大海飛去。

一張照片寄到沃德手中。照片中，積雨雲層層堆疊，氣勢磅礡，鉛灰閃亮，映著遙遠的地平線。他搖搖信封，但她只寄了照片。隔週，另一張照片寄達家中：地平線上，一隻犀牛投下孤獨的側影，兩顆流星閃過夜空，星尾灼灼交錯。她什麼都沒寫，也沒有署名。但照片不斷寄達，每個月兩張，有時較多，有時較少。等待照片的空檔，沃德百般無聊，生活出現了一個巨大的缺口。

他賣了他的房子和傢俱，買了一戶在市中心的公寓。週末，他把時間花在購物：一部超大的電視，兩幅裝飾浴室牆面的磁磚壁畫。他重新裝潢他的辦公室，在窗臺擺上稀有的螺貝，在書桌鋪上西班牙的皮革。他的工作效能突飛猛進。他可以一邊享用西班牙海鮮燉飯、黑鮪魚壽司或是和風煎餃，一邊說服賓客捐錢給博物館，而且幾乎次次告捷。他學會如何讓自己隱匿無形，扮演聽眾的角色，只有當他試圖爭取的賓客希望他做出擔保，或是需要時間構思接下來該說什麼，他才開口發言。他描述孩童們湧入博物館，藉此勾動他們的善心；他在博物館的電影螢幕上爲他們放映數位化的恐龍影片，藉此震撼他們。他始終以這句話告結：我們爲孩子們提供了世界。而他們經常拍拍他肩膀說：是啊，比契先生，是啊。

他竭盡所能，確保博物館跟得上時代。人們想要的是互動式的展覽、複雜的智慧型機器人、微型複製的巴西雨林，他比誰都早到，一直工作到館中各處關閉。他在大廳旁的一間展室模擬冰河期，每隔四十五分鐘重複上映。他訂做一座微型大草原，還有正在做日光浴的河馬、搖擺晃動的洋槐、一隻三英寸的迷你斑馬、一群精巧細緻的母獅，母獅野蠻凶殘，栩栩如生，大口咬食斑馬。但他心中依然懷著哀傷，有時神情表露無遺。

沃德·比契什麼都不講，其實心裡默默受苦，他的鄰居們這麼說，博物館的義工們也這麼說。他應該再找個伴，他們說。找一個比較**實事求是**，跟他一樣有品味的伴侶。

他栽種玉米、番茄、豌豆。他坐在咖啡館靠窗的座位閱讀報紙，朝著把找零擱在桌上的女服務生微微一笑。每隔幾星期，總有一個信封寄到家裡來：一朵朵雨雲映現在獅子潮濕的爪印中；一道道颱線環繞著吉力馬札羅山的峰頂。

又過了一星期。他夢見她。夢境中，她長出一對巨大絕美的蝶翅，展翅環繞地球飛翔，拍攝夏威夷火山口的煙雲、炮轟伊拉克的濃煙、格陵蘭上空一道道歪斜閃動、晶瑩細緻的極光。他夢見自己追上飛越森林的她；他的手臂宛如一張捕蝶的巨網；正當他朝著她抬起手臂，即將收攏懸掛在她上方的網口，他卻從夢中醒來，喉頭一陣緊縮，不得不靠在床邊拚命吸氣。

有時他下班準備回家，一個人走過空蕩的博物館，鞋跟喀噠喀噠地踏過地板，行經那一副他將近二十年前從坦尚尼亞運回館中的史前鳥類化石。彎曲尖細的羽翼和肋骨的骨架依然嵌入石灰岩塊，但鳥骨已經鬆垮；牠的脖子嚴重彎折；牠已經毀損碎裂，在痛苦中死去。這副化石是多麼奇妙！半是鳥類，半是蜥蜴；部分是這副模樣，部分是那副模樣，蟄困其間，永遠難以達到更加完美之境。

一封蓋了坦尚尼亞郵戳的信件寄抵家中——數月以來，電郵信箱裡頭一次出現她的來信。生日快樂，她用她那輕飄飄、小女孩似的字跡草草寫道。再過幾天才是他的生日。信封裡有張照片，照片中，一片深綠繁茂的草地深入一處峽谷，河流貫穿草地，將之一分為二，河面如鏡，閃爍著點點星光。他把照片拿到桌燈下。那片草地、那個彎曲的河岸——看來似乎眼熟。

他看出來了：那是他們兩人的地方；那是當年他從懸崖縱身一躍、河中的落水，那是當年她朝他走來，幾乎與河水融為一體的地方。他從燈光下抽回照片，正面朝下擱在桌上，低聲啜泣。

什麼最讓他後悔？他們在路上偶然相遇，她決定跳上他卡車的引擎蓋？他決定把她帶到俄亥俄？讓她離開？讓他自己離開？

他沒有她的地址，也沒有她的電話。他什麼都沒有。飛航途中，他兩度離開座位，走進洗手間，觀看鏡中的自己。你知道你在做什麼嗎？他大聲問道。你瘋了嗎？他像喝水似地狂飲伏特加。雲朵遠遠飄過在他的窗下，未曾透露任何信息。

他四十七歲。他走進了館長辦公室，遞出了辭呈。他買了機票，仔細收拾了他的衣物。這些舉動都像是站在懸崖邊，跨出那額外的一步。

在三蘭港潮濕的空氣中，他感覺昔日的回憶襲上心頭：婦人的肯加布，風乾中的丁香，四肢不全、嘴歪眼斜、伸手乞討銅板的婦人，一切如此熟悉。抵達當天，他看到自己漆黑的身影清清楚楚地映在旅館的牆面，不禁感到似曾相識。

他開車沿著海岸駛向坦噶，這股悸動一路相隨。馬薩伊草原一望無際，青綠褐黃，縷縷輕煙飄揚其間；兩艘獨桅帆船映入眼簾，航向桑吉巴群島；他覺得他已經見過這一切，好像他又是二十年前的自己，開著路華越野車，載著一車的鐵鏟、篩盤和鑿子，頭一次開上這條小路。

有些事情變了：如今盧紹托有了一家菜單以英文書寫的旅館，旅館外的街上有人兜售價錢貴

得離譜的豪華探險團。烏桑巴拉山也變了：山坡地多了數以百計的梯田；電視天線矗立在山脊線上，閃閃爍爍。但大哥大、計程車、菜單上的起司漢堡，這些變化都不重要。終究而言，他想了想，濃眉大眼的原始人不就是行走於這片土地？他們不就是行走這一道道陰鬱的山脈之下，迎向這一股股爲他們帶來雨水和乾旱氣味的山風？他在旅遊指南中讀到，直到一九〇〇年，人類才親眼目睹坦尙尼亞「塞倫蓋蒂國家公園」的牛羚和斑馬大遷徙。一百年──在沃德的職業領域，一世紀不過是彈指之間。一百年可能引發什麼改變？對於那些世世代代奔騰於原野中，教導年輕崽仔如何求生的野生動物而言，一百年多麼短暫。

他睡得又沉又香，多年以來，他頭一次沒有夢見被某個東西掐住脖子，從夢中驚醒。他在他旅館的門廊上喝了咖啡，吃了司康，然後啓程上路。他以爲他輕而易舉就找得到她爸媽家──那條路他已經開了多少次？五十？──但道路變了；路面比較寬闊，也已築平；他經常轉個彎，以爲自己知道開到了哪裡，但他以爲應該攀升的地方，路面卻忽然下傾，他以爲應該是個交叉路口的地方，竟然冒出莊園的鬧門。死巷，岔道，迴轉，處處陌生。

在山裡繞了幾天之後，他開始跟他碰見的每一個人打探消息：她爸媽好不好、她好不好、大家知不知道攝影師在哪個地方沖洗照片。他詢問採茶工人、導遊和商家，旅館櫃檯的一個男孩說他幫觀光客把底片寄到三蘭港沖洗，他知道地址，但只有白人把底片交給他。一位老婦人口齒不清地對沃德說，她記得娜依瑪的爸媽，但他們去世多年，他們的房子自此無人居住。他請她吃午餐，問了她好多問題。妳記得他們住在哪裡嗎？妳能不能告訴我怎麼開到那裡？她聳聳肩，依稀朝著山間一指。你想要尋回某個東西，她說，你就非得先失去它。

等待，晃蕩，長時間坐在悶熱的租車裡——這些全非他所預期。他終究把車停在道路盡頭，循著步道走入田野。他的腳後跟冒出一顆顆水泡；汗水浸濕了他的襯衫。但他知道唯有如此，他才找得到她。他必須走過一條條翻山越嶺的小徑。他必須想出法子，讓他們兩人的道路再度相會——這次她不會留下足跡、不會穿上一襲白衫、不會顯露她的行蹤。

每天早晨，他動身啓程，試圖讓自己走上迷途。他做了一副健行手杖，買了一把彎刀，試圖忽略路旁一個個標語，標語寫著斯瓦希里語，說不定警告大家提防野牛攻擊，或是呼籲民眾切勿擅闖，否則將被起訴。他的小腿刮痕累累，胳臂布滿蚊蟲咬痕。他的衣服支離破碎；他扯下外套的衣袖，當野戰背心穿在身上，越過林間，宛如一個末日浩劫的戰士。

徒步行進了三星期之後，他發現自己走上一條杉林中的狹長小徑。天色幾乎全黑，他完全不知道自己身在何處。他循著小徑轉了好多次彎，根本分不清東西南北；上行的坡道有可能引領他走出山林，也可能誘使他更入深山；他沒有羅盤、沒有地圖。藤蔓從樹上垂下，團團交纏，令人咋舌。禽鳥隱匿於蔥鬱的樹頂，他看不見，只聽到上方傳來鳥鳴。他繼續前進，奮力走過狹隘、雜草蔓生的小徑。

不一會兒就一片漆黑，黑夜的聲響在他周遭迴盪。他從背包裡拿出小型照明燈，纏綁在帽子上。雨水沾濕了枝葉，霧氣濛濛——圓大的雨珠落入低層的林地，淋濕了他的雙肩。他很快就意識到自己找不到小徑。他把照明燈照向各方，眼前赫然呈現腐爛的樹椿、纏繞樹幹而生的藤蔓。苔蘚從枝幹垂掛而下，好像一把把大鬍鬚；一大群螞蟻緩緩前進，列隊而行，進占了一截原木。

他年屆五十，失業，跟他太太分居，迷失在坦尙尼亞的群山之中。在狹長的光影中，他看著一滴水珠悄悄滑入一朵紅花的花身。他心想，再過幾天，花瓣就會紛紛掉落，枯萎皺裂，最終融入林間，化爲一截樹皮、一顆莓果、一股流竄蠑螈四肢的精氣。他摘下紅花，小心翼翼地包在一條大手帕裡，收放在背包內最上方的夾層。

他摸黑前進，跌跌撞撞，不時滑倒，走了一整晚。旭日東昇，但他說不定還在同一個地方繞圈子——他無從而知。雨水滲過繁茂的樹頂刷刷而下。他渾身濕透。他突然意識到他畢生習知的每一件事似乎卻派不上用場。行進，找水，尋路——這些才是值得追求的目標。他多少知道自己應該害怕。他多少跟自己說，你不屬於這個地方，你會死在這裡。

這些年他做了什麼？他的思緒悄悄翻尋過往：皮革桌面摸起來的感覺、銀製餐具碰撞餐盤的聲響、景觀餐廳的酒單——而後年少的記憶浮上心頭，他想起黏稠的泥土在手中拆解，成功尋獲一朵稀有罕見、嵌入石中的海百合，石板一角裡那副魚骨化石。他記得看到山羊遭急流沖刷，沿著河岸高聲嘶喊。難不成他沒有學到任何教訓？那股赤裸裸的精力、那股他從崖邊一躍而下的自信，爲什麼沒有緊隨著他？如果他孤零零地死在這座森林裡，那該怎麼辦？他的骨骸會變成什麼？骨骸會不會崩垮龜裂、嵌入泥中，宛若一個神祕的謎團，等待來日另一物種從石中鑿出、解開迷惑？他這輩子活得不夠精采，也不夠透徹。他始終看不出來，他跟世間的種種，諸如大樹的枝幹、漫行的蟻群、從泥中曲繞而出的青綠嫩芽，其實都有個共通點：他們都有股**生命力**，日日驅策自身迎向晨光，邁入世界。

他不會死——他不能死。直至此刻，他才記起他應該怎麼活。他心中的某一部分想要引吭高歌、高聲喊叫：我完完全全、百分之百地迷失了。緊緊壓疊、觸感粗糙的樹皮，雨滴撲撲通通，拍打樹葉，附近一隻青蛙呱呱唱著情歌；他看在眼中，感覺一切美得令人心驚。

一隻巴掌大的白蛾緩緩飛過，穿梭於藤蔓之間。沃德繼續前進。

一條小徑；林木自各方包圍，路面幾乎難以辨識，只見一條窄長的過道，通往遠處的燈火。那天晚上，他跌跌撞撞地穿過一大片蕁麻，找到了她爸媽的房子。房子低矮狹小，發出微光，煙囪冒出輕煙，宛若神話故事中的小木屋。牆壁爬滿藤蔓，茶園漆黑荒蕪，九重葛和薊草漫生。但是這個地方有人打理：屋後有座菜園，碩大豐實的南瓜懶洋洋地躺在泥地上，玉米高高矗立，長出穗狀的雄花。窗戶透出兩道明亮的燭光。隔著紗窗，他看到一張橡木大桌、木製櫥櫃、一串擱在流理臺的番茄。他大聲叫她，但無人回應。

在小型照明燈逐漸變暗的燈光中，他看到茶種苗圃被抹上泥巴，苗圃從上到下蓋滿層層汙泥，好像一個巨大的蟻穴。門上釘著一個牌子。**暗房**，牌子上寫道。娜依瑪的字跡。

他丟下背包，坐到地上。他想像她在苗圃裡，從一個裝了化學藥劑的平盤撈出底片，高高舉起，夾在繩上晾乾。底片所捕捉、複製的時時刻刻全都凍結在光陰的定點，宛若她個人的自然博物館，一一在她眼前延展。

不一會兒，旭日東昇，緩緩從樹梢露臉。他凝視糾結的藤蔓和薊草，遙望田壟微拱、綿延無盡、猶在暗處的梯田，靜觀第一道晨光漫過山崗。他聽到她在裡面走動——靴鞋輕輕刮擦地面，液體緩緩傾灌，依稀傳來濺灑的聲響。絢麗奪目的日頭從地平線升起。說不定，他心想，我找得出適切的字語。說不定當她走出那扇門，我會確知自己該說些什麼。說不定我會說聲對不起、我了解，或是謝謝妳寄了那些照片給我。說不定我們會一起靜靜去欣賞晨光漫過山崗。

他把手伸進背包，拿出那朵紅花，細緻的花朵已被壓成鐘形，他小心翼翼地舉著紅花，擱在膝上，靜靜等候。

獻詞

深深感謝Wendy Weil最即時、最恆久的熱誠擁戴；謝謝Gillian Blake促使書中的每一篇故事更加扎實；謝謝我的父母、我的兄弟爲我所做的一切；謝謝Wendell Mayo和June Spence的引領啓發；謝謝抽空閱讀本書初稿的諸位人士，尤其是Lysley Tenorio、Al Heathcock、Melissa Fraterrigo、Amy Quan Barry; 謝謝Neil Giordano爲本書第一篇故事提供寶貴的協助，也謝謝C. Michael Curtis爲本書第二篇故事提供重要的建議；謝謝George Plimption協助完成〈守望者〉；謝謝Hal Eastman和Jacque Eastman充沛的活力；謝謝Mike Gawtry和Tyler Lund充當我的實戰專家；謝謝「Ohioana Library Association」的支持，最後也向「Wisconsin Institute of Creative Writing」獻上誠摯的謝意，若無該機構的支持，本書的多篇故事絕不可能完成。諸位若是行有餘力，煩請捐款贊助。

僅將本書獻給內人蕭娜，謝謝她毫不動搖的信念、她的睿智、她的愛。

藍小說 281

拾貝人

作　者—安東尼・杜爾
譯　者—施清真
主　編—嘉世強
編　輯—張瑋庭
企劃經理—何靜婷
封面設計—廖韡
內頁排版—極翔企業有限公司

董事長—趙政岷
出版者—時報文化出版企業股份有限公司
108019台北市和平西路三段二四〇號三樓
發行專線—（〇二）二三〇六—六八四二
讀者服務專線—〇八〇〇—二三一—七〇五
（〇二）二三〇四—七一〇三
讀者服務傳真—（〇二）二三〇四—六八五八
郵撥—一九三四四七二四時報文化出版公司
信箱—10899台北華江橋郵局第九九信箱

時報悅讀網—http://www.readingtimes.com.tw
電子郵件信箱—liter@ readingtimes.com.tw
法律顧問—理律法律事務所　陳長文律師、李念祖律師
印　刷—勁達印刷有限公司
初版一刷—二〇一八年七月二十日
初版四刷—二〇二四年四月二十六日
定　價—新臺幣三五〇元

時報文化出版公司成立於一九七五年，
並於一九九九年股票上櫃公開發行，於二〇〇八年脫離中時集團非屬旺中，
以「尊重智慧與創意的文化事業」為信念。

拾貝人 / 安東尼・杜爾（Anthony Doerr）著；施清真譯 . – 初版 . –
臺北市：時報文化, 2018.07
面；　公分 . –（藍小說；281）
譯自：The Shell Collector
ISBN 978-957-13-7479-6

874.57　　107010827

The Shell Collector
by Anthony Doerr

ISBN 978-957-13-7479-6
Printed in Taiwan